本译著为国家社科基金重大项目"非洲英语文学史"（项目编号：19ZDA296）、国家社科基金一般项目"南非英语小说民俗书写研究"（项目编号：22BWW065）阶段性成果。

南非文学译丛

红色之心

The Heart
of
Redness

Zakes Mda

[南非]

扎克斯·穆达 著

胡忠青 译

深圳出版社

版权登记号　图字：19-2024-206号

THE HEART OF REDNESS
Zakes Mda
Copyright © Oxford University Press Southern Africa 2000
This edition arranged with Blake Friedmann Literary Agency Ltd
through Andrew Nurnberg Associates International Limited

图书在版编目（CIP）数据

红色之心 /（南非）扎克斯·穆达著 ; 胡忠青译.

深圳：深圳出版社，2024.12. --（南非文学译丛）.

ISBN 978-7-5507-4086-0

Ⅰ．I478.45

中国国家版本馆CIP数据核字第2024VU8008号

红色之心
HONGSE ZHI XIN

出 品 人	聂雄前
责任编辑	林凌珠
责任校对	张丽珠
责任技编	梁立新
封面设计	朱镜霖

出版发行	深圳出版社
地　　址	深圳市彩田南路海天综合大厦（518033）
网　　址	www.htph.com.cn
订购电话	0755-83460239（邮购、团购）
设计制作	深圳市龙瀚文化传播有限公司 0755-33133493
印　　刷	深圳市希望印务有限公司
开　　本	889mm×1194mm　1/32
印　　张	10.5
字　　数	226千
版　　次	2024年12月第1版
印　　次	2024年12月第1次
定　　价	58.00元

致　谢

　　在克罗哈（Qolorha），有一个真实存在的商人，叫鲁弗斯·胡利（Rufus Hulley）。他带我去了那些充满奇迹、美得无以言表的地方。千万不要把他误认为是《红色之心》（*The Heart of Redness*）中的商人约翰·道尔顿（John Dalton），后者纯粹是一个虚构的人物。我很感激鲁弗斯；也很感激杰夫·皮尔斯（Jeff Peires），他在研究专著《亡者将复生》（*The Dead Will Arise*）和一些学术论文中对历史事件的记载为我的小说提供了参考。克罗哈的人们会原谅我重塑了他们的生活。

　　我写这部小说是为了纪念新的生命，其中包括我的儿子祖基勒（Zukile），我的女儿祖基斯瓦·曾齐勒·莫罗西（Zukiswa Zenzile Moroesi）和我的外孙万迪尔（Wandile）。

无头祖先及其后代

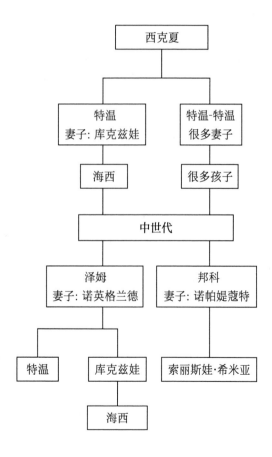

1

"我的眼泪快要止不住了，"希米亚之子邦科说，"不是因为疼痛……不……我不会因为疼痛而哭，我只为美好的事物而哭。"

他经常哭，有时只是流点鼻涕，偶尔会有一滴泪从他的脸颊滑落。因此，他总是随身带着一块白手帕，尤其是在这片土地重归和平、处处洋溢着幸福的日子里，他更是如此。他经常把手帕借给别人用，如同鼻烟一样。如今，频繁地流泪让他苍老的脸上沟壑纵横。

邦科和他家族里的其他怀疑派不同。以忧郁著称的怀疑派不相信那些能给他们的生活带来幸福的事情，他们大部分时间都在抱怨过去的不公和伤亡。他们想象着，如果一个半世纪前这个国家还没有被愚蠢的信仰侵袭，那该是何种景象。信仰使这个国家混乱无序，直到今天，人们仍能感觉到它的麻木与昏沉。他们也哀悼中世代的苦难，然而，却只能在私下悄悄诉说。

邦科不相信悲伤。他早就认为，已经发生的事情，如同不锈钢般恒久不变。他的祖先们默默地忍受着那些痛苦，并带着那些痛苦进入了另一个世界。

　　紧跟其后的是介于祖先时代与新世界之间的中世代。这个世代如梦般转瞬即逝，更像是一个噩梦。但现在，中世代所遭受的苦难已经过去了，如今的生活是必须赞美的新生活，所以，希米亚之子邦科用眼泪来表达对新生活的赞美。

　　他的妻子诺帕媞蔻特很温和，但对他频频哭泣的行为快要失去耐心了。每当有人当着她丈夫的面做一件好事时，她就会尖叫："停下！请停下！不然你会把邦科惹哭的！"

　　但她很宠爱那个可怜的家伙。人们都说，很高兴看到这对上了年纪的夫妇还如此恩爱。如果他们的女儿索丽斯娃·希米亚不再继续做一个老处女的话，他们此刻一定正在幸福地含饴弄孙。

　　这对夫妇肩并肩离开宴会是一幅美妙的画面。邦科又高又瘦，一张深巧克力色的脸上布满了皱纹，而诺帕媞蔻特是一个敦实的女人，脸上的皮肤很光滑，看起来比实际年龄更年轻。有时，人们看到他俩摇摇晃晃，哼着歌儿一起离开，显然还在回味宴会上的最后一支舞。

　　这里的习俗是男人走在前面，女人跟在后面，但是邦科和诺帕媞蔻特并肩而行，有时还牵着手！父母的这些举动经常让索丽斯娃·希米亚感到很尴尬。在她看来，老年人没有爱的权利。即便是父母碰巧傻到对彼此还怀有一丝好感，他们也不应该在公共场合表现出来。

　　"我的眼泪快要止不住了，诺帕媞蔻特。"家里的男人一边抽泣，一边用手帕擦着他的眼睛。

　　"像你这样的大男人不应该像个被宠坏的孩子一样，一阵一阵地哭，邦科。"家里的女人说道。尽管如此，她还是搂着他的肩膀。

又有一件美好的事情发生了，他们刚刚收到消息，他们唯一的爱女索丽斯娃·希米亚升职了，她现在是海滨克罗哈中学的校长。

人们不会把索丽斯娃·希米亚称作索丽斯娃。在提到她的时候，人们会同时使用她的名字和姓氏，因为她是社区里的重要人士，可以说是一个名人。她学识渊博，在福特哈尔大学获得了教育学学士学位，并在美国某大学获得了英语作为第二语言的二语教学证书。

"他们不会接受她的。"诺帕媞蔻特叹了口气，好像是在自言自语。

"但她是这个社区的孩子，"邦科坚定地说，"她是他们看着长大的，她受过很好的教育，而有些人却嘲笑我，说我把一个女孩送去上学是疯了。"

"他们会说她是个女人。还记得离开的那个老师吗？他是个男人，但他们还是不接受他，使他的工作难以为继。对于一个女老师来说，这种刁难怕是只多不少吧？"

"他们容不下他，是因为他没有行割礼，还不是一个真正意义上的男人。包皮松弛下垂的男老师，怎么能教我们的孩子呢？"

"我告诉你，邦科，他们不会接受她的。在那所学校，他们肯定会为难我的宝贝！"

"她不是个婴儿，她已经三十六岁了。如果他们不接受她，那就是笃信派在捣鬼。他们嫉妒，因为他们没有这样一个受过教育的女儿。"邦科说道，显然是不想再继续讨论这个话题了。

又回到了笃信派与怀疑派之间的战争。他们的竞争无处不在。

这种竞争在几年前就已经开始了。那时，希米亚家买了一张带有四把椅子的松木餐桌，这家人立刻成了社区讨论的焦点，因为那时候村里还没有谁家有餐桌。但是，笃信派泽姆买了跟邦科家一模一样的餐桌，而且还配了六把餐椅。泽姆此举大大抢了希米亚家的风头，惹恼了希米亚之子和他的支持者们。

从那以后，两家之间的较劲变成了一场公开的战争。他们的好邻居们无时无刻不在期待着他们的下一次较量。

怀疑派对怀疑的崇拜始于邦科·希米亚的祖先特温－特温。大约一百五十年前，在女先知农卡乌丝那个时代，受人敬重的特温－特温把怀疑提升到了宗教的高度。这种崇拜在中世代消亡了，因为那时的人们更关心如何生存和反抗压迫，没有时间为信仰和怀疑而喋喋不休。

但是，甚至在中世代的苦难还没有彻底过去之前——而此时每个人都清楚苦难的日子即将结束——希米亚之子邦科便复苏了这种崇拜。

他不在乎是否只有他和自己的近亲认同这种崇拜，也不在乎人们早已忘了前几代人之间的冲突。他坚信，曾经的冲突使他成为现在的自己，也形塑了这个国家的现在。他的任务就是教导人们怀疑一切，他告诉他们，如果没有那个灾祸，中世代不会受苦。

美好的事物不仅仅要以眼泪来庆祝，所以邦科跟他的妻子说，他要去弗林德莱拉贸易商店买一罐咸牛肉。诺帕媞蔻特笑着说，他不能把孩子的升职作为借口。邦科心想，他需要吃一点咸的东西，因为他在昨天的宴会上喝多了，现在还有点没缓过来。但谁听说过高粱啤酒能让人宿醉的呢？

"你走的时候我也去酒店一趟，看看他们是否有什么活儿给我做。"诺帕媞蔻特边说边整理她的头巾，披上披肩。但是她的丈夫没听见她的话，因为他已经走出了他们粉红色的圆型茅屋。

除了有养老金可以领，诺帕媞蔻特还在蓝色火烈鸟酒店兼职帮游客照顾孩子，以增加收入。游客们经常来这个地方，享受这里的静谧，欣赏鸟类和植物，或者去农卡乌丝山谷，看看曾经发生奇迹的地方。他们一般都会在蓝色火烈鸟酒店预订住宿，把孩子交给兼职保姆照看，然后自己去山谷散步或骑马，或在波涛汹涌的大海里游泳。

酒店管理者们偶尔会在有婴幼儿需要照顾时把诺帕媞蔻特叫来。然而，许多天过去了，没有人给她打过电话。她往酒店走去，看看是否有活儿可以干。她不得不这样做，因为她发现管理者们只有在万不得已的情况下才会给她打电话。他们的首选是那些身段柔美，足以让血气方刚的男游客们垂涎三尺的年轻女孩儿。诺帕媞蔻特几乎总是在不请自来的时候发现确实有孩子需要照顾，而此时已经有人给某个不知羞耻的小骚货发了信息，让她来干这活儿。在这种情形下，诺帕媞蔻特总是不管不顾，直接把活儿揽下。

邦科拖着他笨重的长筒胶靴到达山丘上的贸易商店。他穿着棕色罩衫，肘部和膝盖处几乎快要磨破了，头上戴着一顶绿色的羊毛帽子，人们称之为无边便帽，他不像一般男人那样经常随身带一根棍子。

他低声咒骂店主不该把商店建在小山上，但从山顶俯瞰的壮丽景色弥补了他爬山的艰辛。在他的右下方，汹涌的大海拍打着岩石，形成了雪白的巨浪，他的左边是绿色的山谷和一簇簇院落，院子里的房子被漆成了美丽的粉红色、浅蓝色、黄色和白色。

村里的大多数房子都是圆形的。但近年来，慢慢出现了一种新的六边形建筑。这些时髦的六边形房子房顶上覆盖着茅草，但茅草下还有一层波纹铁，看起来就像一条比裙子还长的衬裙。这既是为了美观，也是为了防白蚁。但邦科不喜欢这种新式的六边形建筑，觉得它不如圆形茅屋经久耐用。

从他站的地方可以看到格萨哈河和农卡乌丝山谷，还可以看到农卡乌丝深潭和经常被浓雾笼罩的大潟湖。

的确，海滨克罗哈是一个充满奇迹的地方。即使这个国家的其他地方都拉响了干旱警报，这里的河流也不会干涸，这里的牛儿总是又肥又壮。

邦科生于这个村庄，长于这个村庄。除去在城里打工的时间，他一生都生活在这个村里。即便这样，他也总是被这个村自然天成的美丽感动到热泪盈眶。

一阵热浪扑面而来，是海风把热浪送到了陆地上。

弗林德莱拉贸易商店是一座巨大的石头建筑，红色波纹铁屋顶上有一排电视和收音机的天线，还有一个卫星接收器。商店前面是一条长长的混凝土门廊，里面摆着的许多木轭、绿色的犁和播种机，被串在一起。

商店后面是店主的家。这是一栋抹着粗灰泥的现代房屋，有大大的窗户。在房子和商店之间，停着一辆汽车和一辆四驱的厢式轻便货车——都是梅赛德斯-奔驰的最新车型。

邦科瞥了一眼商店老板约翰·道尔顿放在商店走廊上的电视。电视放在靠墙的架子上，正在播放着老电影。孩子们总是挤在这里，看他们所谓的"放映机"。这些孩子中有一些是牧童，这个时候，他们本该在草原上照看牛群。难怪现在有那么多父母因为自家的牛在别人家地里吃草而被控诉。

邦科慢慢走进店里，视线不经意地扫到了一块大黑板，黑板上写着这个商店收购羊毛、玉米和兽皮的最新价格，或者在他家磨坊磨玉米的加工费。他要求见他的商人朋友。道尔顿夫人说他有事出去了，邦科仍然坚持说想见他，因为邦科知道道尔顿此刻就躲在办公室里。道尔顿别无选择，只能从他的小办公室里溜出来，接待这个固执的人。

"现在又怎么了，老家伙？"他问道。

道尔顿五短身材，秃顶，五官硬朗，留着浓密的、黑灰夹杂的长胡子。他总是穿着卡其色的狩猎服，看起来像是在模仿阿非利卡①农民，但他既不是阿非利卡人，也不是农民，他一直是个生意人，他的父亲也是。他的祖父是另一种商人，一个传教士，一个救世商人。

道尔顿是有英国血统的白人。好吧，让我们这样说吧：和那些给中世代带来痛苦的白人一样，他的皮肤是白色的，但他

---

① 阿非利卡人是南非的白人种族之一，以17—19世纪移民南非的荷兰裔为主，融合了法国、德国移民，说南非语，多数信仰基督新教，少数信仰天主教。
——编注

有一颗科萨人的心，他的科萨语比村里大多数科萨人说得都好。年轻时，他违背父亲的意愿，去了启蒙学校，并遵循科萨人的习俗接受了割礼，因此他是一个完整的男人了，他知道大山里的秘密。他经常嘲笑自己那些说英语的南非同胞们势利。他说，他们对非洲的一切都怀有根深蒂固的恐惧和怨恨，并倾向于美化他们血腥的殖民历史。他应该知道，他自己的家族历史和其他白人家族的历史一样血腥。他的家族历史始于他的高祖父约翰·道尔顿时代。那时，他的高祖父还是一名士兵，后来，在女先知农卡乌丝时代，他成了一名地方治安官。

"别叫我老家伙，我有名字！"邦科抗议道。虽然他老了，而且在他的民族，年老是一种荣誉，但他一直讨厌被称为老家伙。因为在二十多岁的时候，他的头发就开始变白，人们嘲笑他，叫他老人。现在，他已经六十多岁了——也许是七十岁，他不知道自己的真实年龄——已是满头白发了。

"好吧，希米亚之子邦科。我们不是在干仗，对吗？"道尔顿试图安抚老人。

"我不会和孩子吵架。你的父亲跟我同龄，一直很照顾我，他是一个好人。"

"你不是来跟我聊我父亲的，对吧？"

"我是来赊账的，我需要一罐牛肉，还要一些烟丝。"

道尔顿摇了摇头，从柜台下面拿出一个黑色的大本子，翻了几页，找到了邦科的名字。

"你看，"他说，"你的账单已经很长了，你赊的东西太多了，这些账都还没还呢。你承诺过，说你很快就能拿到养老金。"

道尔顿的妻子，被村民们简称为太太，认为此时有必要声援一下自己的丈夫。她坚定地走上前说："约翰，他不能再赊账了。"

邦科可不喜欢这种干涉，他提高了嗓门，"这不关女人的事！"

幸运的是，太太不懂科萨语，她是自由州的阿非利卡人。道尔顿多年前在菲克斯堡参加樱桃节时认识了她。虽然现在很难相信，但她那时确实是光彩照人的樱桃女王。因为吃了太多的糖果，现在她的门牙已经坏了，所以她几乎从来不笑，以维持仅存的体面。她到现在都无法理解，丈夫为什么要与这些乡下人保持着如此亲密的关系。

邦科换了一种新的战术，开始表现得可怜兮兮。

"自农卡乌丝时代以来，事情就一直不对劲。"他哀叹道，"直到现在，现在慢慢好点了，虽然对我来说还是老样子，但其他人的生活都在慢慢变好。可……我……还在等我的养老金。

"我已经等了七年了。我妻子来这里的时候还是个孩子……她比我小得多，而现在，她都有养老金了。我已经非常非常老了，但政府还是不给我发养老金。"

然后，他开始喋喋不休地讲述他为这个国家劳作时遇到的麻烦。五十年前，他开始在东伦敦的一家纺织厂工作，然后在一家奶牛场工作，后来在一家毛毯厂工作，再后来……他甚至还在开普敦的码头工作过八年多。

直到有一天，他的妹妹把他推下一条干沟，质问他："你什么时候才会为我们的父亲哀悼？"他从此落下了终身残

疾 —— 尽管现在已经看不出任何迹象了。从那以后，他再也不能工作了。

如今，南非的老人们基本都有养老金可以领，但为什么政府不给他发养老金呢？现在，即便已是满脸皱纹，他仍然得不到一点养老金，这公平吗？

"也许这确实不公平，"道尔顿说，"但既然你没有养老金，你要怎么还我钱呢？难道你要拿你妻子的钱去买烟丝和牛肉罐头之类的奢侈品吗？"

"你没听说吗？我女儿现在是校长了。我会付你钱的。"

邦科回到家时已是傍晚时分。诺帕媞蔻特正忙着在普里默斯煤油炉子上煮晚饭 —— 一种专门搭配酸奶吃的玉米粥。当白人微笑时 —— 换句话说，当诺帕媞蔻特在蓝色火烈鸟餐厅领到报酬或收到她的养老金时，她就在普里默斯煤油炉上做饭，而不是在屋外用那个三脚锅做饭。

"我不知道白人对你笑过，"邦科说着，把那罐咸牛肉放在桌子上，"不然我也不会向那个傲慢的道尔顿乞讨，让自己蒙羞。"

当诺帕媞蔻特还没来得及责备他又去赊账时，索丽斯娃·希米亚走了进来。她看起来就像"女士"—— 学生们称未婚女教师为"女士"—— 身着海军蓝两件套，搭配白色褶边衬衫。她继承了她父亲的骨骼结构，个子高挑，身材匀称。如果想在约翰内斯堡成为一名模特，她这种体型肯定是好身材，但在这个村里，男人们更喜欢丰满多肉的女人，所以索丽斯娃·希米亚的这种身材不是一种优势。事实上，男人们就是用这种语言来描述女人身体的，就好像在谈论一块肉一样。她有一张迷人的、略带忧郁的脸。她在巴特沃斯把头发染成了棕色，并且编了假发辫子。但人们一直很好奇，她是如何穿着高跟鞋，还能在海滨克罗哈的岩石和峡谷中行走的。

她只是来看看她父母是否安好，她把偶尔看望他们视为一种义务。一年前，她从家里搬走，住进了校园里一套两居室的教师宿舍。她的父母，尤其是她的母亲，因此很不开心。起初，他们坚持不让未婚的女儿单独住在自己的宿舍里，因为这是闻所未闻的做法。她编造了一些谎言，大意是，作为一名高级教师，她必须住在学校，否则就会失去工作，他们才不得不因此让步。她的父母一直把她当孩子看，这让她很沮丧。

邦科和诺帕媞蔻特满眼都是自己的宝贝女儿索丽斯娃·希米亚，他们祝贺她获得升职。

"你会成为学校有史以来最好的校长，"她父亲自豪地说，"至少你会比那个被村民赶出去的未受割礼的男孩强。"

这样的谈话让索丽斯娃·希米亚感到很不自在，但她没有理会，而是告诉他们，虽然她很荣幸地成为母校的校长，但她更愿意为政府工作。

"但是你现在是政府的校长，不是吗？"邦科说道。

"作为一名老师，你的工资不是政府发的吗？"诺帕媞蔻特回应道。

"我想成为一名公务员。我想在比勒陀利亚^①的教育部工作，或者在比绍^②工作。"

---

① 比勒陀利亚，南非的行政首都。——编注
② 比绍，南非东开普省的首府。——编注

"比绍！你知道比绍在哪里吗？比勒陀利亚！比勒陀利亚！我们家没有人去过那里。"邦科喊道，他气得快说不出话来了。

"你想杀了你父亲吗？"诺帕媞蔻特问。

"我知道比绍在哪里，爸爸。"女儿用冷漠、讽刺的语气回答道，"那是我们省的省会，我去过很多次。比勒陀利亚是我国的首都。我没去过比勒陀利亚，但我去过更远的地方，爸爸，我们家的人都没去过。我去过美国，漂洋过海。"

"你看，邦科，你当初就不该让这个孩子拿奖学金去美国学习。"诺帕媞蔻特有气无力地说道。

"所以现在是我的错了，诺帕媞蔻特？"

"如果你这么喜欢小镇和城市，我的孩子，我们从来没有阻止过你去森塔尼，甚至巴特沃斯。"诺帕媞蔻特试图与女儿达成一个折中方案。

"我不在乎是小镇，还是城市，妈妈。总之，森塔尼是个大村庄，巴特沃斯是个小镇。你不明白吗？和我一起上学的人都成了政府部门的主任，收入很高。我接受了那么多的教育，却窝在这个村里当老师，工资少得可怜。我要走，我必须离开这个令人窒息的村庄。我已经提交了求职申请，一找到工作，我就走。"索丽斯娃·希米亚斩钉截铁地说。

这一夜，邦科辗转反侧，难以入睡。他眼皮沉重，但就是睡不着。唉，为什么孩子总会长大？当还是小男孩或小女孩的时候，他们多么顺从父母呀。那时，他们的脑子还没有被这个世界奇奇怪怪的想法占据，他们是多么可爱呀！他羡慕诺帕媞蔻特在如此糟心的时候还能睡着，而且还打着鼾。

在这样的夜晚，他的瘢痕又痒起来了，他挠了一下，但有点够不着，因为瘢痕在背上，平常帮他挠痒的人睡着了。他不明白，为什么要让他来背负历史的瘢痕。也许这就是促使他还原过去怀疑派宗教信仰的原因吧。

是的，邦科身上的瘢痕遗传自他的曾祖父特温-特温。当年，他被大河之子——先知姆兰杰尼认定为巫师，并遭受了鞭打。自此以后，特温-特温这一支的后代中，每一代第一个男孩出生时都带有这种瘢痕。即使是那些中世代的人，他们每一代的第一个男性也带着这种瘢痕。

你可以给特温-特温起任何名字，你可以叫他任何名字，但他不是巫师，邦科对此坚信不疑。特温-特温是个顽皮的人，甚至在他死后，他仍是一个没规矩的祖先。经常有些妇女在山坡上捡柴，或在小溪里洗衣服，特温-特温总会赤身裸体地出现在那些妇女面前，他生前也经常这样。他喜欢女人，而且对女人很慷慨。但先知姆兰杰尼完全搞错了，特温-特温不是巫师。

* * *

这位祖先的名字叫西克夏，是族长，也是萨希利国王王宫里的贵族。他是双胞胎特温和特温-特温的父亲。特温-特温是双胞胎中头一个出生的，所以按照习俗，他就是弟弟。双胞胎中的老大是继弟弟之后踢开子宫大门的人，也是在弟弟之后呼吸空气的人。

特温和特温－特温就像是同一个人，就连他们的声音也一模一样。负责照顾双胞胎的两个妈妈分不清这两个孩子谁是谁，因为他们彼此亲近，唇齿相依。所以，哥俩喜欢借此捉弄女孩。

族长自尊、自重，并教育他的孩子们敬畏、尊重卡马塔，敬重那些埋在土里的人——祖先。卡马塔又被称为姆韦林坎吉，是所有男人和女人的伟大的神。

双胞胎和酋长的儿子一同受了割礼，因此成了社区中有身份的人。他们也变成了富人，因为西克夏不想让儿子们等到他死后才能继承他的田地、牛和装满粮食的粮仓，所以他趁着自己还健在时就把大部分财富分给了两个儿子。

特温－特温，也就是先出生却比第二个小的那个，他喜欢女人，也是第一个结婚的。在特温还没有体会到有妻子的夜晚是多么温暖以前，特温－特温又结婚了，一次又一次。然而，兄弟俩仍然是亲密的好朋友。

接着，有关姆兰杰尼的消息传到了特温－特温家，以及西克夏的家，同时也是特温的家。它传到了这片土地上每一户人家的耳朵里。

姆兰杰尼才十八岁，被称为大河之子，但他不会在脑子里幻想美丽少女，或者醉心舞蹈、打架斗殴。相反，他对弥漫世界的邪恶充满忧虑，他觉得这种邪恶甚至潜伏在他父亲卡拉的家中。因此，他拒绝吃他母亲做的饭，说那是有毒的，他决定禁食，因为食物会使他虚弱。因为女人会让他衰弱无力，所以他保持独身。

为了保持洁净，他拒绝他人的陪伴，长时间浸泡在凯斯卡玛河上的一个水潭里。在那里，他以蚂蚁卵和水草为食。

"卡拉的儿子很有天赋。"西克夏对他的双胞胎说，"他还是个孩子，但他已经开始谈论大事了。"

"我听说他的父亲跟他谈过他的行为，"特温 - 特温说，"他却不听。"

"卡拉说得对，"族长说，"一个连割礼学校都没上过的男孩，他对巫术和疾病能了解多少呢？"

年龄一到，姆兰杰尼就去了割礼学校。特温和特温 - 特温负责教新人们如何成为真正的男人，西克夏是为他们行割礼的医生。看到姆兰杰尼瘦弱不堪的样子，他们觉得，他肯定熬不过割礼带来的剧痛。但他熬过去了，而且成为科萨人的新先知。

科萨人相信他，因为他明显可以与灵界沟通，祖先赋予了他拯救人类的任务。

姆兰杰尼的教导使人们确定，他就是继恩克塞勒之后的下一位伟大先知。恩克塞勒在三十年前就揭示了世界的真理。姆兰杰尼和恩克塞勒都反对毒害这个国家的乌布迪，也就是邪恶符咒，反对巫术。

恩克塞勒曾经宣讲说，姆达利德弗是黑人之神，提克索是白人之神，提克索的儿子就是被白人杀害的太一，而姆兰杰尼崇拜太阳。

恩克塞勒曾经说过，死者将复活，女巫将被扔进地狱深处，伟大的一天即将到来。但英国人将他逮捕并关到罗本岛后，他的职业生涯就戛然而止了。在向英国人屈服前，他许诺会再回来的。唉，可惜他在试图逃离罗本岛时淹死了。

"难道姆兰杰尼就是恩克塞勒的转世？"特温疑惑，"毕竟，科萨族人还在等待恩克塞勒的归来。"

姆兰杰尼向太阳祈祷。此时，太阳炙烤着土地，大地被饥荒笼罩，牛奄奄一息，那些尚在喘气的牛，身上的肋骨清晰可见。当大河之子因禁食而日渐虚弱时，这片土地上的男男女女也因饥饿而日渐虚弱。他告诉他们，一切都是因为乌布迪。

"不要乌布迪。"他宣讲道，"只要你们中间还有巫术，就会有疾病，人和动物就会死亡。抛弃乌布迪！你们不需要靠乌布迪来祈求好运或保护自己！丢掉它，都到我这里来清洁自己。"

"这个虚弱的男孩就是恩克塞勒本人。如他当初承诺的那样，恩克塞勒回来了。"特温说。

"不，他不是恩克塞勒。"特温－特温回答说，"姆兰杰尼本来就是一位先知。"

这种争论发展成了双胞胎之间的严重分歧，以至于他们拿起棍棒互殴起来。女人们尖叫着，呼唤族长。当西克夏到达时，他反而很高兴，因为他的双胞胎儿子以前从来没有在任何事情上产生过分歧，更不用说打架了。现在，他们第一次不再用同一只眼睛看事物了。这是一场关于先知的口角。

"我曾经一直很担心你们两个。"他说着，拿掉他们手里的棍子，"你们现在成了真正的人了。"

人们来到姆兰杰尼父亲的院子，等待这个神奇的孩子来帮他们洁净自己。他们来自夸科萨各地，有的甚至来自被英国人征服的边境之外。他们摆脱了毒根和邪恶符咒，得到了洁净。但是，还有一些人仍被乌布迪缠身，却谎称他们已经摆脱了它。

姆兰杰尼在他父亲的房子外竖起了两根对抗巫术的杆子，并要求那些被怀疑使用巫术的人从两根杆子中间穿过。清清白白的人顺利通过，但当那些身上有乌布迪的人穿过，甚至只是靠近杆子时，可怕的事情就发生了。

从黎明开始，房子外面聚集了数百人。西克夏和他的妻子们，以及几个年轻妻子生的孩子们，特温－特温和他的妻子们、孩子们，还有特温，也来到了这里。人们来到这里，是因为有消息传到马洛蒂山脉的山麓，说姆兰杰尼治好了病人。在他的治疗下，瘸子能站起来走路，哑巴能开口说话，盲人能重见光明，看见东西。

他有强大的力量，他能在太阳上点燃自己的烟袋，当他跳舞时，从他身上流下的汗水能带来降雨。

大河之子出现在他的小屋门口，他说了一句话，人们立刻看见晨星从天上下来，落在他的额头上，他又说了一句话，瞬间地动山摇。他钻进小屋，人们开始唱歌，雷鸣般的歌声在远处的群山间回荡。他们一直唱到太阳从山后缓缓升起，直到挂在天空正中央。

姆兰杰尼又出现了，他把长矛举向天空，碰到了太阳，太阳落下来，照在他的头上，穿过他的身体，直到他的身体像太阳一样明亮。人们匍匐在地，呼喊着："姆兰杰尼！姆兰杰尼是我们真正的上帝！大河之子是死亡的征服者！"

他们开始一个接一个地穿过那两根杆子。清白的人毫发无损，而不洁者接近杆子时，会立刻变得虚弱、恐慌，然后，倒地翻滚，动弹不得。人们喊道："巫术出去！巫术滚出去！"直到受害者摇摇晃晃地穿过杆子，来到姆兰杰尼面前。姆兰杰尼给了他们一些小树枝，以保护他们免受更多的邪恶，保持纯洁。

特温－特温的大妻子站起来，慢慢走向杆子，好像有点恍惚。当穿过两根杆子时，她僵住了，麻木了。姆兰杰尼开始疯狂地绕着杆子跳舞，人群高呼："她被定住了！她被定住了！她是个女巫！"

特温－特温的妻子在地上痛苦地打滚，他冲向妻子，大声喊道："不！不！我妻子不是女巫！一定是弄错了！"

一群狂热分子抓住了他，把他拖到了卡拉宅院下面的干沟那里。他们在那里用鞭子抽他，把他打得几乎不省人事。然后，他们回到大河之子那里，期待他的赞扬。

"特温－特温是个巫师。这就是为什么他要为他的妻子辩护，因为他的妻子被杆子认定为女巫。"姆兰杰尼虚弱无力地说，"但是你们没有权利打他。我以前说过，任何人都不应该因为自己是巫师而受到伤害。巫术不是男人和女人的天性，他们不是天生就会巫术。巫术是一种痛苦，我可以治愈它。"

特温－特温身上的鞭痕裂开了，变成了伤口，几个月后，伤口愈合，变成了一道道瘢痕。瘢痕偶尔发痒的时候，总会使他想起自己曾经受过的鞭笞。那时，他还不知道，他的后代注定要背负这些瘢痕。

在之后很长一段时间里，特温－特温对这一切不公感到愤怒。他不是巫师，也确信他的妻子不是女巫。然而，他自己的父亲和双胞胎哥哥却指责他愚蠢，因为他为一个女人辩护，而这个女人已经被伟大的先知本人宣布为女巫。现在，西克夏和

特温都很排斥特温 – 特温的大妻子。

特温 – 特温知道，这是他第二次和孪生哥哥吵架，两次都因先知而起。

尽管如此，特温 – 特温仍然支持姆兰杰尼。当英国人声称他们不认可姆兰杰尼的猎巫和治巫活动，要追捕这位先知时，特温 – 特温和其他科萨人一样愤怒。

特温 – 特温压抑住内心的痛苦，和特温、他们的父亲以及一群骑马的人，一起去见那个自称是"科萨人的伟大白人酋长"的哈里·史密斯爵士。他屈辱地看着那个白人酋长对长老们发号施令，甚至要求长老们亲吻他的手杖和靴子，他们照做了，特温 – 特温也照做了。

伟大的白人酋长肆意纵横在科萨人的土地上，以英格兰维多利亚女王的名义为所欲为。他甚至废黜了科萨族分支卡恩奇卡王国的国王桑迪尔，这使得所有的酋长，甚至桑迪尔曾经的对手，都团结在被废黜的国王周围。

伟大的白人酋长不遗余力地追捕姆兰杰尼，因为他怀疑这位先知正在密谋险恶的事情，以对抗伟大的女王和大英帝国。白人酋长命令地方治安官把先知传唤到他们的办公室，在那里惩戒他。但先知拒绝遵从传唤，伟大的白人酋长感觉自己受到了侮辱。他手下一个最积极的治安官派了一个名叫约翰·道尔顿的士兵，带着一支警察分队到卡拉的家去逮捕大河之子，但是姆兰杰尼却不见踪影。维多利亚女王的人不知道，他藏在了神圣的凯斯卡玛河河水下面。

伟大的白人酋长认为，在这个糟糕的事件中，一定隐藏着阴谋和起义。他召集了所有科萨国王和长老，并要求他们进行惯常的吻靴仪式。他发誓要在英属卡法拉利亚和科萨兰全境重建法律和秩序，但是一些最重要的国王和长老没有参加这个仪式，这是对帝国的又一次侮辱。

特温－特温从远处观望吻靴仪式，他向村里的人报告说，那个自称为科萨人之父的白人怒吼、咆哮，威胁要把整个科萨民族地区夷为平地。

人们已经受够了这位伟大的白人酋长。在西克夏的带领下，男人们骑着马来到凯斯卡玛河，向先知请教。姆兰杰尼下令将所有黄褐色和黄色的牛都宰杀掉，因为它们令人憎恶。他让出征的士兵喝下了战争药物，这样一来从英国人的枪炮里射出的就不是子弹而是热水了。姆兰杰尼之战开始了。

这是一场恐怖而冗长的战争，持续了整整三年。在此期间，卡特河谷的科伊人放弃了他们与英国结盟的一贯做法，转而站在科萨人一边，与他们一起战斗。特温和特温－特温都参加了战斗。西克夏也参加了，他仍然强壮，可以拿起盾和矛，与敌人搏斗。伟大的白人酋长很沮丧，他在很多场合说过，他要消灭所有科萨人。

"现在，灭绝科萨人是我们唯一的目标和原则。我爱这些人，把他们视为我的孩子。但现在，我要你们消灭这些残暴的野兽！"他对他的战地指挥官们说。他们向战场进发，其中一些人的帽子上还印着"灭绝"字样。

在马库玛将军的指挥下，特温和特温－特温在阿玛托尔山里作战。总的来说，这是一场游击战，他们出其不意地伏击了英国士兵。巨大的山脉给帝国军队带来了很多困难，也给了科萨军队许多消灭敌军的机会。

就在这样的一次伏击中，特温和特温－特温，以及一小群游击战士一起，偶然发现了一个隐藏在峡谷中的英军营地。一小群英国士兵正在割下一名死去的科萨士兵的耳朵。

"他们为什么要这样做？他们是巫师吗？"特温－特温问道，"或者这是他们除掉伊昆古的方法？"

伊昆古是士兵服用战争药物后体内产生的复仇力量。士兵阵亡后，他身体里的伊昆古可以发挥作用，继续攻击杀戮者，使敌人身体肿胀，直至死亡。科萨人认为，英国士兵身体里也有英国人的伊昆古。因此，他们在杀死英国士兵后会把他们的尸体肢解，使其尸体里的伊昆古失去效力。在阿玛托尔山上看到阵亡战友的肚子被撕裂，英国人认为这是最残忍的野蛮行为。

"不是因为伊昆古。"特温解释道，他似乎从炉边闲聊中了解了一些英国人的生活方式，"这只是白人的巫术。他们把我们士兵的耳朵带回自己的国家，当作所谓的纪念品。"

这对双胞胎发现，在这群英国士兵中，领头的是他们以前见过的人——约翰·道尔顿。在吻靴仪式上，他是陪同伟大白人酋长的士兵之一。当时有人介绍说，他是随行士兵中的重要人物。他会说科萨语，所以他是那群人的翻译。这个约翰·道尔顿曾被指派率领一支警察分队，追捕大河之子。

然后，这些偷偷观察的士兵看到了令他们不寒而栗的一幕，那些英国士兵把死者的头砍下来，扔进了一锅沸水里。

"他们也是食人族。"特温－特温带着怒气低声说道。

只见那群英国士兵围坐在一起，抽着烟袋，边讲笑话边哈哈大笑。偶尔有个士兵搅动一下沸腾的锅，腐肉的恶臭飘到了双胞胎兄弟的小分队身边。游击队员们忍无可忍，从藏身之处跳了出来。他们发出令人毛骨悚然的尖叫声，袭击了维多利亚女王的人。一名英国士兵被杀，两名被俘，其余的逃走了。

"是我们的父亲！"特温尖叫道，"他们要吃掉我们的父亲！"

这确实是西克夏的无头躯体。

"我们不会吃你的父亲，"战俘约翰·道尔顿用标准的科萨语说道，"我们是文明人，我们不吃人。"

"骗子！"特温－特温尖叫道，"你们不会吃人，那为什么要煮人的尸体呢？"

"为了把肉从头骨上取下来。"道尔顿耐心地解释道，他似乎很自信，一点也不害怕，"这些人头，有些将会成为纪念品，有些将被用于科学研究。"

纪念品？科学研究？胡扯，这只不过是白人的巫术罢了。

当他们正在讨论如何以一种残忍且令人痛苦的方法杀死俘虏，为被斩首的族长报仇的时候，英国士兵从附近的一个营地带着增援部队回来了。只有特温和特温－特温逃脱了，其余的人都被杀了。

父亲在英国人沸腾的大锅中死去，这让这对双胞胎的灵魂备受折磨。因为没有头，他们无法按照他们族人的仪式为父亲举行像样的葬礼。没有了头，他在另一个世界里怎么跟他的祖先们交流呢？一个没有头的祖先怎么能帮忙把双胞胎兄弟的请求传递给卡马塔呢？

与此同时，眼看着战争胜利无望，伟大的白人酋长变得越来越绝望。虽然英军火力更强，但科萨士兵的游击战术给他们造成了重创。马库玛将军和科伊族酋长汉斯·布兰德给帝国军队制造了不小的麻烦。英军兵变频频发生，因为担心自己会被野蛮的科萨人像杀牲口一样屠杀，英军士兵拒绝去阿玛托尔山。伟大的白人酋长灰溜溜地被召回了他的国家，接替他的乔治·卡斯卡特爵士怀着极大的热情前往东部边境参加战争。

人们对姆兰杰尼的预言感到失望，没有一个预言成为现实，帝国的子弹没有变成水。相反，每天都有科萨人被杀害。

但当科萨人打算放弃时，科伊人让他们继续战斗。尽管他们的弹药快用完了，但至少他们还有步枪。马库玛将军和布兰德酋长摧毁了殖民地里的两百多间农舍，从殖民地居民手里夺回了五千头牛。

科伊族妇女用自己的身体贿赂英国士兵，以便给自己的战士们偷运火药。特温和他的朋友们在这些女人背后讽刺她们，说她们和英国士兵睡觉。他们似乎忘了，正是因为这些妇女牺牲了自己的身体，他们才有了火药，才使科萨民族免遭彻底的失败。

特温爱上了其中一个科伊女人，她叫屈戍，科萨游击队员们称她为库克兹娃。特温曾见她带领一群科伊族妇女偷运火药，她们把火药藏在兽皮裙下。他还听说，她是一位很有影响力的科伊族酋长的女儿。

特温再次遇到库克兹娃时是在一个十字路口，她站在一堆石头前，没有注意到他。她在那堆石头上放了一块石头，并小心地在石头上放了一些绿色的药草。与此同时，她一直轻声念叩着："啊，众父之父，齐格瓦！您是我们的父亲。求您让云朵爆裂，让河流奔涌，求您让我们和我们的羊群都能活下去。我饥渴交迫，身体虚弱，齐格瓦！求您赐给我们五谷丰登，好叫您的儿女们吃饱。众父之父，齐格瓦！让我们为您歌唱。请为我们赐福吧，众父之父！您是我们的上帝，齐格瓦！"

然后她默默走开了。但她似乎想起了什么，又回到那堆石头旁。

"哦，齐格瓦，"她恳求道，"请赐予我们力量，让我们赢得这场战争！把那些亵渎我们神圣土地的人赶到大海里去！"

特温惊讶不已。

"你在跟谁说话？"他轻声问道，"我没看见任何人。"

她吓了一跳，但当她看到站在面前的是一个面带微笑的科萨士兵时，她镇定了下来。

"齐格瓦是那个在天堂讲述自己故事的人。他创造了科伊族和整个世界，甚至包括河里的石头、泉水，以及生活在泉水里的蛇。这就是为什么我们从来不杀生活在泉水中的蛇。如果我们这样做，泉水就会干涸。"

特温被她的智慧迷住了，但他没有让她察觉到她的话超出了他的理解能力。在他面前，她也感到很自在。很快，他们就像老朋友一样有说不完的话。在接下来的日子里，每当她把偷运的火药带到游击队藏身的洞穴时，他都要和她说说话。他恋爱了，一点都不理会战友们嘲笑她是妓女的事。

从这个快乐之女那里，他了解了更多有关齐格瓦的故事。他们一起唱海西·艾比伯之歌，海西·艾比伯是科伊人最早的先知。这首歌唱的就是海西·艾比伯带领他的人民穿越大河的故事。大河水流湍急，他们过不去。百姓对海西·艾比伯说："我们的仇敌来了，他们一定会杀了我们。"

海西·艾比伯祈祷："哦，齐格瓦！众父之父！请打开大河，好让我过去，然后再把河合上。"

他话音一落，大河就分开了，他的百姓都过去了。但当敌人从开口进入，走到河中间的时候，大河就合上了，他们都被河水淹死了。

每当他们唱这首歌的时候，特温都希望同样的事情能发生在英国人身上。

有时，库克兹娃会带她的情郎去有石头堆的十字路口。在不同的十字路口，有不同的石堆。这对恋人每次拜访时都要在石堆上加一块石头。他们还会在石头上放一些绿色的芳香药草，如合香叶。她解释说："在海西·艾比伯的坟墓上放一块石头，意味着你与你自己的灵魂之源合一。"

"一个人怎么能有这么多坟墓？"特温问道。

"因为他是一位先知和救世主，"她说，"他是齐格瓦的儿子。他不分部落，他为所有科伊人而生，为所有科伊人而死。"

特温很难过，海西·艾比伯为科伊人而死，但从来没有人像他那样为科萨人而死。

晚上，她教他关于星星的知识，她指给他看，在齐格瓦讲述自己故事的天空上，那些明亮的星星就是七姐妹星。

"她们是造物主齐格瓦的七个女儿。七姐妹星是众星之母，所有的人类都是她们的后代。"她解释道。

毫无疑问，特温想娶这位众星之女为妻。特温－特温劝他别这么做，提醒他，有很多科萨少女可供他选择，那些少女从来没有为英国士兵敞开过大腿。"这个女人身上有什么值得你这样？"他喊道。

但是，特温铁了心要娶库克兹娃。

"至少要等到战争结束后再说。"特温－特温恳求道，他希望时间能淡化哥哥对这个女孩的迷恋。

但特温不等了，他娶了她。她为他跳了新雨之舞，还有新月之舞。他们一起期待着开启新的、充满希望与收获的生活。

与此同时，战争仍在如火如荼地进行着。乔治·卡斯卡特爵士发誓要不惜一切代价赢得这场战争，如果不能在战场上打败科萨人，那就饿死他们，让他们屈服。他命令士兵们放弃在阿玛托尔山里追捕游击队的做法，取而代之的是，烧掉科萨人的庄稼，见到科萨人的牛就杀。当军队发现手无寸铁的妇女在田里干活时，他们也会杀了她们。

饥饿最终击败了马库玛将军的军队，科萨人向英国人投降了。他们转而反对大河之子姆兰杰尼，因为他的药物失败了。但是其他民族的人仍然相信他，来自巴索托、阿巴坦布、姆蓬多和旁多米西等遥远民族的使者拜访了他，向他索要战争药物和抓捕女巫的秘密方法。

战争结束六个月后，这位伟大的先知死于肺结核。

虽然这对双胞胎的财富完好无损——他们把大部分牲畜藏在了阿玛托尔山里——但他们对先知的幻想破灭了。父亲被杀，而且被英国人放在锅里炖煮，这让他们悲痛欲绝。

然而，姆兰杰尼之战带给特温一个美丽的黄皮肤妻子，也给特温－特温留下了历史的瘢痕。

2

她开始唱另一首赞美诗，嗓音疲惫的老太太们接着唱，有些老人的声音已经嘶哑了。她们已经唱了大半夜了，但她的声音依然清新脱俗，这种天籁般的嗓音本该存在于民间传说中的理想世界，在那绿绿的山峰、高高的悬崖和深深的沟壑间回响，而不应出现在约翰内斯堡修布罗街区一栋二十层的大楼楼顶，浪费在一个躺在破旧帐篷里的死人身上。

她现在正在唱《上帝更靠近你》。她与楼下街道上的混乱、谋杀和骚乱的距离证明，她更接近上帝。

与一群声音颤抖、身体干瘪的老太太在一起，这个年轻美丽的女人如同一个格格不入的幻影。她头上规规矩矩地戴着白布头巾，披着披肩，裙子到膝盖以下。从穿着判断，她可能是谁的新娘，或者谁家的儿媳妇。

卡玛古一直盯着她看，简直挪不开眼睛。她的美丽与守灵格格不入，她的美丽与死亡无关，它只应该为生命呐喊，为她妻子身份下隐藏的秘密欢乐呐喊。

他想知道她是谁。也许她是死者的亲属？她肯定不是那个死去的男人留下的寡妇，如果是的话，她这个时候应该坐在某个黑暗房间的垫子上，哭得眼睛通红，被一群胖女人照顾着。

她很可能是死者的邻居，或是死者的朋友。

卡玛古走出帐篷，走进人群。那群人一边抽着一种闻起来明显像印度大麻的东西，一边开死者的玩笑。从他们所说的话来看，死者一定是个很不错的人。但所有的死人都是好人，尤其是在人们为他们守灵的晚上，或者在他们的葬礼那天。生者只会记得逝者好的一面。

卡玛古想知道死者是谁。很明显，他肯定不是这片贫民窟里的重要人物：黑帮或皮条客。否则，守夜的人群中会不断有人朝天鸣枪，颂扬死者，或者有妓女在这里卖弄风骚，炫耀着那个经纪人再也剥削不了的商品，以此向他告别。

没有锣鸣声，没有跳舞的女孩，没有号角齐鸣，没有自由之歌，没有时尚游行，只有爷爷奶奶，衣衫褴褛的孤儿，以及那些以帐篷为家的流浪者，在这里为他哀悼。他一定是一个淳朴正直的公民。守灵的帐篷是那些流浪者永远的家，他们每天晚上都为不同的人守灵，年轻的儿媳妇唱着挽歌，卡玛古也在这里。

卡玛古在这里守灵，并不是因为他与这里的任何人有任何关系，他只是刚好无意间走到了这里。

他原本在一楼的吉格斯俱乐部消磨时间，夜总会里单调乏味，他决定出去走走。他是吉格斯的常客，因为他就住在这栋楼的四楼，所以犯不着为了一杯酒而舍近求远，穿过修布罗危险重重的大街。

吉格斯的大多数主顾都是心怀不满的流亡者，以及各种各样被这个新社会排斥的、有学问的人，他也是其中之一。在自己的国家被称为流亡者，这种讽刺一直令他难以置信。

流亡者们在吉格斯俱乐部抱怨、哀叹，或者无比遗憾地追忆他们曾经为这个国家所做的牺牲，感叹他们曾经在坦桑尼亚、瑞典、美国或南斯拉夫遭受的苦难，氛围越来越火热。

其他人则严厉地指责他不爱国，说他在祖国最需要他的时候为了美帝国主义弃它而去。

也许他不应该告诉他们，他已经把手提箱收拾好，明天就要开始第二次流亡。他不得不告诉他们，因为即使在最后一刻，他还在试图卖掉他那辆丰田卡罗拉旧车子。如果没人买，他就只能把车停在汽车修理厂，修理厂会替他把车卖掉，从中赚他一大笔。

他今晚不应该待在吉格斯俱乐部。

乐队也不在最佳状态，嘎吱嘎吱的萨克斯声刺痛了他的耳膜，走调的钢琴发出的每一声叮当声都能要了爵士音乐家阿卜杜拉·易卜拉欣的命。

这就是他决定出去走走的原因。他不敢上街，因为街上整晚都挤满了不安的人群，修布罗的夜从来都不安静。他非常害怕这个小镇，虽然从美国流亡回来已经四年了，但他仍然接受不了每天早上街道上都躺着好多死尸的事实。

当他站在吉格斯俱乐部门外，正思谋着下一步该去哪儿时，一群老人走进了大楼，轻柔地哼唱着赞美诗。由于这栋楼里的电梯总是死机，他们开始爬楼梯。他决定跟着他们。不知道他们要去哪里，但他不在乎，他只想离吉格斯俱乐部越远越好。

爬了好长一段才到楼顶，楼顶有一顶破旧的帐篷，一群人在那里守灵。他上气不接下气，而老人们则立刻开始唱歌，仿佛攀登珠穆朗玛峰一样的高楼对他们来说毫无压力。他加入了守灵的队伍，为死者哀悼。

歌声停止了。一个人大声控诉这座城市的邪恶，说是它夺走了这位兄弟的青春。

"这个兄弟很有天赋，"男人喊道，"他可以用双手创造奇迹，他手指灵活，可以塑造魔幻的世界，但这座城市吞噬了他，吐出他枯槁的尸首。这座没有良心的城市认为，只有创造出扭曲生活本来面目的丑陋东西，他才能生存下去。他拒绝了，因为他热爱美丽的事物，结果他消逝了，最后变成了一堆白骨……"

那个男人继续说着，老人们以"阿门"和"哈利路亚"应和他。

但在卡玛古的脑海中，只有那个新娘的形象挥之不去。一想到她，他就喘不过气来。在这样一个庄严的场合，他本能的欲望突然来袭，这让他感到非常羞愧。但很快，他就意识到，这不可以是欲望，否则他身体的某个部位就会失控。不，他不能把她跟欲望联系起来。她更像是一个灵魂，母亲般的灵魂，可以安慰他，治愈他的痛苦。他突然惊觉，他以前从来没有像现在这样去看待一个女人。毕竟，她是一个陌生人，他没有和她说过一句话。

他对肉体无法抑制的欲望是众所周知的，这是他必须承受的耻辱。他渴望肉体，任何肉体，他控制不住自己，他甚至和自己的女仆做过一些羞于告诉任何人的事情。他的女仆是一个老土的乡下女人，她来到黄金之城，帮那些幻想破灭的单身汉打扫卫生，赚几个子儿糊口。然而，他一次又一次地对卑微的仆人做这些事。

对于卡玛古这类人来说，似乎是跟奴役有关的东西让他们的裤裆着了火。一定是同样的冲动，驱使着奴隶主晚上从他的豪宅出来，到奴隶住宅区或田野里与奴隶女孩疯狂激情。而这个奴隶主通常是一个头脑冷静、爱家的男人，有一个脸色红润的妻子和蹦蹦跳跳的孩子。当然，这只是他单方面的狂热，对女奴来说，她是被迫同意的。这就是强奸。

但在卡玛古的案例中，这不是强奸。当他感到羞愧时，他安慰自己，是仆人怂恿了他，因为她认为这是一个机会，可以从主人那里赚更多钱。

那个新娘开始唱另一首赞美诗，卡玛古冲回帐篷。抽大麻的人拍着手，开始跳一种看起来像托伊舞的舞蹈，这个地方变得热闹起来。托伊舞是自由革命时代年轻人常跳的舞蹈。如今，人们对它的喜爱更多是出于宗教狂热，而不是因为政治热情。卡玛古加入了跳舞的队伍，但他的舞步非常笨拙。

他从没学过自由之舞。当人们发明这个舞蹈的时候，他已经流亡在外了。当托伊舞在政治集会上成为流行时尚时，他正在攻读博士学位，并在纽约一家国际发展机构的通信部门工作。他现在很后悔，后悔自己在传播和经济发展领域学到如此多的知识，却没有学会自由之舞。

他记得，一九九四年，他离开工作岗位，回到了阔别三十年的南非，参加投票。四十多岁的他成了自己国家的陌生人。

他被当时的欢乐冲昏了头脑，决定不再回纽约，他要留下来为国家的发展做出贡献。

第一次面试时，他听到面试官说："他是谁？在我们跳自由之舞、为自由而战时，他不在这里。"

卡玛古这时才意识到舞蹈的重要性。他试图向他们解释他在发展传播学领域的技能，他如何为国际机构工作，作为国际专家，他如何在巴黎为联合国教科文组织做咨询工作，如何在罗马为粮食及农业组织做咨询工作，以及国际电信联盟如何经常就国际广播问题征求他的意见。面试官对此印象深刻，他们赞扬了他的成就。他在异国他乡的成就，让祖国曾经被压迫的人民感到骄傲。而现在，自由之舞？唉！他踌躇了。

又一次面试。他们想为政府部门招聘一个通信主任，处理土地和农业事务。这正是他所擅长的，他相信自己能得到这份工作。他们耐心地听他讲自己渊博的学识和丰富的工作经验，他们微笑着给他递上咖啡和什锦饼干，并和他握手。然后，他们唱起了哀歌。"太可惜了。"一个和善的声音低声说道，"很遗憾，以他的学识，来应聘这个职位，大材小用了。"

他因为学得太多而受到惩罚。

"大材小用？我能胜任这份工作，不是吗？"他问道，"我觉得我可以接受你们的薪资范围。我怎么可能资历过高呢？"

"知识太多是件危险的事。"他好像听到其中一个人嘟囔道。

一切都会好起来的，他安慰自己说。他成了报纸招聘广告的忠实读者，凡是他能胜任的工作，他都去应聘。广播公司没有回应他，卫生部只是告知已收到他的求职申请，然后杳无音信。政府新闻处打电话对他进行了面试，然后就忘记了他的存在。他逐渐失去了对这个新民主社会的热情。

第二十次面试，政府里的大人物们对他说："你已经离开这个国家很多年了。你凭什么认为你能胜任这份工作？你了解南非，以及南非面临的问题吗？"

"我们的管理者、总统、部长，还有立法者，有的被监禁了三十年，有的被流放了三十年，他们了解南非，以及南非面临的问题吗？"卡玛古问道，毫不掩饰他对提问者的鄙视。

他没有得到那份工作。

"你可以在私营部门为国家服务，"某个聪明的人偷偷建议他，"为什么不试试私营部门和半国有企业呢？"

他试了试，但发现企业界不需要合格的黑人，他们更喜欢那些没有经验的黑人。那些黑人非常乐意被安置在平权行动的玻璃办公室里工作，当黑人赋权运动的成果展示品。没有人关心他们是否认真对待自己的工作。如果他们没有认真工作，那就正中了旧秩序维护者的下怀了。这既巩固了旧秩序维护者的地位，也使指导者得以以顾问的身份指导这些黑人，从而捞到更多好处。卡玛古这类雇员的问题在于，他们高效地完成了自己的工作，剥夺了顾问的生计。

玻璃办公室里那些被展示的漂漂亮亮的男男女女不喜欢卡玛古这样的人，因为卡玛古这样高效的人会影响他们的高收入，他们的豪华德国轿车、住房津贴和开支账户都有可能面临威胁。

他的关节不如以前了，他跟不上其他舞者。于是，他决定在旁边站一会儿，确保能将那个美丽的身影一览无余。他想知道，那些老家伙是如何做到在有节奏的运动中如此轻松的。他们中的有些人早上要去上班，做女佣、洗衣妇和街头小贩，他们得整天站着，勉强维持贫穷的生活。幸好他不用上班，不只是明天不用上班，他在这个国家从来就没有正式上过班。

四年过去了，卡玛古还是没有受雇于他学习过的领域。他在约翰内斯堡中央商务区的一所贸易学校兼职教书。他一直在那里教书，直到昨天才决定辞职。

有一次，一位面试官问他："你受过那么多教育，为什么不自己开一家咨询公司呢？"

他发现，即使作为一名顾问，为了获得合同，也需要跳自由之舞，或者至少要认识一些身兼要职的舞者。在吉格斯，从事蓬勃发展的咨询行业的酒鬼们总是抱怨说，政府更信任那些漂洋过海、从国外来的顾问。无论如何，得有钱才能开办一家切实可行的咨询公司。

对他来说，最好的选择是继续流亡。

一个女人正在大声疾呼，说上帝的怒火会将修布罗烧成灰烬。守灵的人们以"阿门"和"哈利路亚"作为回应。

一个人宣告道，上帝总是赐予我们惊喜，他为这次守灵带来了一位年轻美丽的异乡人，她唱歌像天使一样。毋庸置疑，这美妙的歌声已经帮死者扫清了道路，使他能够顺利地进入有许多豪宅的极乐之地。人们又一次以"阿门"和"哈利路亚"应和他。

"的确，她是上帝派来的，用她美丽的歌声陪伴她的老乡。"一位老妇人喊道，"她是我们村里的一个好孩子，她还给我们带来了几瓶海水。她知道我们内陆人喜欢喝海水，因为它能治疗各种疾病。"

"阿门！"

"哈利路亚！"

卡玛古走出去，呼吸点儿新鲜空气，抽根烟。

现在是黎明了。

"现在的一切……解放的果实……只有那些流亡归来或者从罗本岛监狱释放回来的人才能享受。"他无意中听到那群大麻吸食者中有个人抱怨道，"而我们不是，我们是冲在前线，直面子弹的人，我们以石头为武器，我们跳自由之舞。"

"是的，当他们在国外玩得开心的时候，我们却在这里奄奄一息。我们是精英阶层的炮灰。"另一个人补充道。

牢骚和抱怨是这个新民主社会的消遣方式，卡玛古这样想，他没有意识到，他在守灵的大部分时间里也在做同样的事情。

"你没有建立人脉。"卡玛古想起一个曾经一起流亡的同伴告诉他的话，那个人现在是政府的大人物，"你没有请人说情。"

他傲然问道："既然我符合资格，还有丰富的工作经验，为什么还要建立人脉，请人说情呢？"

是骄傲害死了卡玛古。

那个大人物笑了。"别犯傻了，"他说，"明天到我办公室来，我们会为你说情，我们部门有一个重要的职位。"

"我不会允许任何人为了一份工作替我说情。难道我们不都是南非人吗？难道国家不允许我们凭能力为它服务吗？"

致命的骄傲。

卡玛古发现，建立人脉和请人说情是南非人生活的重要组成部分。他在这方面完全不行。一直以来，他都错误地认为，好的事情发生在你身上，是因为你值得，而不是因为你有最具影响力的人为你说情。

他不知道，招聘广告只是一种形式，只是为了满足法律的要求。当一份工作被广而告之时，它已经被预先指定给某个人了。那人不一定是最合适的候选人，但一定是说过情的人，或者有权势的人已经帮他说过情了。如果求职者能够让决策者清晰记得他是"自由之舞最佳舞者"的话，这将有所帮助。

卡玛古发现，他的问题之一是，他不是鸡尾酒圈子的一员。

"加入革命贵族。"另一位关心他工作问题的政府要员建议道，"我相信如果你足够努力，你就能获得资格。当然，你首先得成为革命贵族马屁虫俱乐部的一员。不过，总有一天，当你付清了你的会费时，你自己就会成为一名真正的革命贵族。"

直到那时，卡玛古才完全理解了这个新民主社会中生活的全部含义。他没有资格担任任何重要职位，因为他不是革命贵族中的一员。这是一个由统治阶层的精英、精英的家人和亲密朋友组成的专属俱乐部。他们中的有些人曾经确实是自由斗争的领导者，而另一些人则利用他们的地位和财富，以迂回的方式进入了组织的核心。

他一直在申请的工作最终都给了别人，那些人唯一的资格就是，他们是革命贵族的子女。

如果卡玛古从一开始就努力钻营，他可以轻而易举地从这个体系中受益。他认识很多流亡的人，其中许多人是革命贵族的重要成员，他甚至和他们中的一些人一起上过学。他曾参与在世界各国首都举行的反种族隔离示威活动，他可以很容易地跟他们搭上关系，甚至购买一张会员卡。但他选择保持独立，并公开反对所谓的扶持。然而现在他失业了，他为自己的轻率行为感到后悔。

但骄傲仍然杀了他。

"你为什么不和部长谈谈呢？"另一位政府要员问道，他指的是一位位高权重的内阁部长，"我可以为你安排一次会面。如果我没记错的话，你俩在美国有过一段感情。"

的确，很多年前，他和这位可敬的部长有过几次性爱经历。那时，任何人都不知道自由终将到来，也不知道她会成为内阁成员。那时，她是一个普通诗人，写的诗很糟糕，但她是一个有抱负的诗歌表演者。

多么令人窒息的冒险经历啊！她是这个国家最有权势的女人，有权势的男人在她面前都会哆嗦，而卡玛古曾经让她尖叫求饶，这让他非常得意。而他当时尖叫着喊妈妈。

致命的骄傲。

他想，也许事情会好起来的，一两年后，幸运之门就会打开。

"你们要走了吗？你们要走了吗？要到天堂去吗？"一个吟诵赞美诗的声音打断了他的思绪。只见一个男人一边用沙哑的声音唱着，一边配合着赞美诗轻快的节奏，拍着《圣经》。这首赞美诗询问聚集在这里的人们死后能否进入天堂。老人们在他周围围成一圈跳舞，神色肃穆。然后，那人开始布道。

"我们这位兄弟死前很痛苦，"他喊道，"是精神的痛苦，因为他被剥夺了自由创造的权利，那是被压抑的心灵的痛苦。疼痛最终侵袭了他的身体，蹂躏了他的内心。死亡的美妙之处在于，它将我们从痛苦中抽离出来，使我们的身体免受痛苦的折磨。"

卡玛古希望事情会有好转，但他任教学校的罢工粉碎了他的美好愿望。学生们绑架了校长，要求把他们职业学校的从属关系从劳动部转到教育部。学生们要求与一位内阁部长谈谈，部长就毕恭毕敬地去与他们商谈。

"我们是一个开明的，充满关爱精神的政府。"这位内阁部长说，"学生们的诉求是合理的，我们正在与他们协商，让他们释放校长。"

经过多日的谈判，学生们释放了校长。这位部长，一个永远站在人民一边的人，出现在国家的电视屏幕上，与获得胜利的学生们一起跳自由之舞。

这件事使卡玛古下定决心离开。那位部长正在和犯过刑案的人欢庆胜利。在欢腾的人群中，根本没有人去考虑，校长失去人身自由整整一个星期，他的权利何在；更没有人考虑，校长被绑架七天，这对他的孩子意味着什么。这件事传达的信息很明确：要想得到政府的支持，你必须干违法的事，绑架一个人……烧一栋楼……封锁道路……痛打南非！

昨天，卡玛古从学校辞职，他已经把箱子收拾好了。明天，他就要飞走。

在帐篷里，他们正在为守灵做最后的祷告。

"我要飞！我要展翅高飞！"卡玛古冲着冷漠的黎明喊道，"让我直入云霄，就像这个死者的创作一样！"

正从帐篷里涌出的哀悼者们听到了他的呐喊。守灵结束了，是时候准备葬礼了。他们笑着说，当人们开始自言自语时，就会变得很疯狂。

他们顺着陡隘的楼梯往下走。卡玛古突然发现自己就站在新娘旁边，他踩空了一步，差点摔倒。

"小心。"美丽的女孩说道。

"你的赞美诗唱得很动听。"流亡者说。

"谢谢你。"

"你叫什么名字？"

"诺玛拉夏。"

"你不是修布罗的。你看起来不像是修布罗的人。"

"这里没人是修布罗的，大家都是从外地来的。我是从克罗哈来的。"

"克罗哈在哪儿？"

"克罗哈，海滨克罗哈。你没听说过农卡乌丝的故事吗？"

他当然听过农卡乌丝的故事，他模糊地记得历史课上老师讲过，一个叫作农卡乌丝的年轻女孩欺骗了科萨族，让他们集体自杀。但他从没有把农卡乌丝与任何真实的地方联系起来过。

热心的女孩告诉他,她来城里看望她的"老乡",却发现他已经死了。她今天早上就要回农卡乌丝之地了。她对自己不能参加葬礼感到很难过,因为她要乘坐的开往东开普省的巴士一大早就要出发。不过,她很高兴,因为她参加了老乡的守灵仪式,并为他唱了一首深情的告别歌。

一个老妇人一把把她拽走,告诫她不要和陌生人说话。

曾经,在卡玛古能让梦想变为现实的时候,他把自己视为一个贩卖梦想的人。而现在,他已经失去了这个能力。他自己也需要一个梦想小贩,带着满满一袋梦想,让他去想象。

3

怀疑派哀叹中世代遭受的苦难，而泽姆庆祝这些苦难的结束。虽然他和怀疑派首领希米亚之子邦科都是无头祖先的后代，但他们从来没有在任何问题上达成过一致意见。

泽姆是笃信派的中坚力量，他将他的存在和信仰都归功于他的曾祖父特温，以及特温的黄皮肤妻子库克兹娃。这就是为什么他给他的第一个儿子取名为特温，给她黄皮肤的女儿取名为库克兹娃。

泽姆本人是一个黄皮肤的矮胖男人，他更多地继承了他曾祖母那个族——科伊族人的特征，有着高高的颧骨。他的孩子们也是如此，他们身上的科伊族特征经由母亲诺英格兰德得到了强化。诺英格兰德来自格库努赫韦贝部落，这是农卡乌丝时代以前，科萨人和科伊人通婚形成的一个部落。

诺英格兰德一年前去世了，泽姆一直在哀悼她的去世。即使到今天，当他坐在他六边形房子前那棵巨大的无花果树下时，他还在想，如果祖先没有在她小时候给她取名为诺英格兰德，她的生活会是什么样子。她去世得太早了，她比她丈夫小十八岁，去世时才四十四岁。

无花果树知道他所有的秘密，这是他的忏悔室。在这棵树下，他找到了慰藉。因为这棵树与祖先们，也就是特温一脉所有的后代们，紧密相连。一百多年前，祖先们种下了这棵树，如今，这棵树的树干和他的小屋一样粗了，树的枝条曲曲折折，四散开来，像一把撑开的巨伞，遮住了整个院子。树枝很低，有些树枝甚至垂到了珊瑚树和院子周围的芦荟上。这些珊瑚树在中世代被称为卡菲树。

每个克罗哈人都知道，如果你想找泽姆，你一定可以在他的无花果树下找到他。每天的大部分时间里，他都在树下听着鸟儿的歌声，打着瞌睡。无论在哪个季节，无论是什么天气，他都在树下尽情享受着这种乐趣。秋天，当树叶掉落时，他在树下；冬天，枝干光秃时，他还在树下。当与树交流的愿望非常强烈时，即使海风凛冽，他也依然待在树下。

有四种不同的祖先，海洋祖先、森林祖先、草原祖先、家宅祖先，它们都是这棵树的常客。

今天，春日的天气特别好，树上开始冒出羞答答的绿叶，红腿红嘴的绿鸽子到处飞。很快，它们就可以吃到夏天之前成熟的无花果了。很多鸟儿在树上筑巢，整棵树已经摇摇欲坠。此刻，织巢鸟正在忙着编织更多的巢穴。如果不是这棵树在上百年的时间里长得足够强壮，积蓄了足够的力量，它很可能被这些鸟巢压倒。

数百只鸟，也许成千上万只，栖息在这棵树上。这么多肉，唾手可得，可泽姆没有杀过一只鸟当晚餐。人们都觉得这个笃信派很愚蠢。

泽姆正在想念诺英格兰德，思考信仰的乐趣。一个鸟巢突然掉在他头上，他被吵醒了。有时，愚蠢的织巢鸟会选择一根很细的树枝来筑巢。巢越大就越重，直到把树枝压断，掉下来。每当有这种情况发生时，泽姆就会很苦恼，因为这意味着鸟儿许多天的劳动都白费了。

他拿起鸟巢，细细察看它精湛的工艺，这个巢几乎已经完工了，可现在这只可怜的鸟儿将不得不从头开始。

他把鸟巢放在地上，正要打盹时，库克兹娃来了。她气呼呼地叫醒他，朝他喊道："父亲，你看到你做的那些可耻的事情了吗？现在村里的人在我上班时对我大喊大叫！你想让我丢掉工作吗？"

"我为什么要让你丢掉工作？道尔顿给了你那份工作，因为他知道你是我女儿。"泽姆说，"你的礼貌是从哪儿学来的……跟你父亲这样说话？我做了什么？"

库克兹娃怒气冲冲地进了屋子，留下她的父亲在那儿思考是什么让她如此生气。这事一定很严重，否则她不会打扰她父亲沉思，她知道笃信派信徒是多么珍惜他的冥想时刻。毕竟，她是和那些绿色的鸽子以及亮黄色的织巢鸟一起长大的。

她一定是生气了。她高兴的时候，会通过吹口哨和父亲交谈。笃信派信徒们互相用鸟的语言交谈。

"她只有十九岁，但她和她妈妈以前一样，活泼好动。"他一边嘟哝道，一边用手帕擦了擦他锃亮的头和脸。他慢慢站起来，拖着沉重的步子进屋了。

原来，当库克兹娃在弗林德莱拉贸易商店忙着擦洗木地板时，一群女孩来买珠子、炉甘石乳液等年轻女性用来打扮自己的东西。看到她时，女孩们咯咯大笑，对她指指点点。她瞪着她们，看她们敢不敢当着她的面说她们在议论她什么。虽然她们中的大多数人都比她大，从二十出头到二十五岁左右，但她并不害怕她们。

一个女孩走上前来，冲她喊道："你妈妈是个肮脏的女人！她竟然对那个可怜的姑娘做那样的事，她一定是坏透了！"

"你的朋友罪有应得。"库克兹娃一边回答道，一边把裙子塞进短裤，做好了打架的准备，"这样，她下次就不会再勾引别人的丈夫了！"

太太看见了这一幕，把她们往外赶。女孩们咯咯笑着跑出了商店。

"还有你，库克兹娃，"太太说，"如果你在我店里打架，我会让道尔顿先生解雇你。"

大家都知道，太太从来没有真正喜欢过这个傲慢的女孩。

根据库克兹娃的说法，这个"可怜的女孩"已经学会不再勾引别人的丈夫了。她的"伟大事迹"始于三年前。当时，诺英格兰德从太太那里买了一台旧的欣歌牌缝纫机，并学会了缝制校服。她收到了海滨克罗哈中学的订单，要制作一批校服。为此，她雇用了这个女孩作为助手，帮她整理衣服、缝扣子。

泽姆的院子有三个六边形小屋，诺英格兰德和女孩在其中一个小屋工作，她俩成了亲密好友，但那女孩的目光却落在了泽姆的身上。这种兴趣是相互的，因为它激发了泽姆的自我意识。他，一个不起眼的老人，却成了一个二十二岁绝美少女的爱慕对象。泽姆口渴难耐，时不时偷喝禁忌之井中的水，尤其是在诺英格兰德去巴特沃斯购买缝纫材料的那些日子里，他更是肆无忌惮。

但女孩变得太贪得无厌了，她不满足于偶尔的幽会，她想要独享泽姆。于是，她去找一位著名的伊基拉，也就是占卜师，寻求魔法，希望利用这种魔法使泽姆离开诺英格兰德，只爱她一个人。

"把那个女人的贴身衣物拿来，"占卜师说，"我会对它施法，让那个男人只爱你一个人。"

这个女孩偷了诺英格兰德的衬裙，并把它带给了伊基拉。那个伊基拉一看到那件衬裙就知道是谁的了。他没有施法，而是把它拿给了诺英格兰德。

"是的，这是我的衬裙，"诺英格兰德吃惊地说，"我一直在找这件衬裙。"

她感觉自己被背叛了，她向那个女孩敞开心扉，而她却试图偷走她的丈夫，这让她很生气。但占卜师对她说："我可以替你对付这个女孩。给我一件她的内衣，我来施法。"

诺英格兰德设法偷了一条女孩的内裤，并把它交给了伊基拉。他用咒语对女孩的内裤施法了。

从那天起，这个女孩再也不能和任何人幽会了，情人们都离她而去，因为每当她试图去了解一个男人，跟那个男人有肌肤之亲时，她的月经就来了，经血像溪水一样从身体里喷涌而出。

即使是现在，在诺英格兰德死后很久，对这个倒霉女孩的惩罚仍在继续。她拜见过许多占卜者、草药医生和其他各种各样的医生。他们曾试图帮她，但都失败了。那个著名的伊基拉告诉她："只有最初造成这种后果的那个人才能扭转这个局面。"

因此，她的朋友们很生气。社区中许多女性第一次听到这个丑闻时都很愤怒，有些人指责这两个女人不该为一个男人而试图伤害对方，她们说，通奸，也就是婚外恋，是世界的潮流。

"我们有什么办法呢？"她们说，"人类自诞生以来就有通奸。我们无法改变当今男人和女人的行为方式。"

现在，所有人都忘记了这件事，而那个女孩却没忘。她的朋友们知道她所承受的痛苦，她们想要将自己的愤怒发泄在库克兹娃身上。

泽姆试图劝他女儿，"听着，我的孩子，你不能为两年多前发生的事情一直责怪我。"

她爱她的父亲，通常，他们是很要好的朋友，但村里女孩们的奚落让她越来越难以忍受。

"我们不应该说死者的坏话，但你母亲在这件事上也不是清白无辜的。"泽姆继续说道，"你想想看，那个伊基拉怎么知道那是她的衬裙？"

是什么促使伊基拉背叛付费客户？库克兹娃现在开始怀疑了。

"因为那些女孩，太太威胁说要解雇我。"父亲的宝贝女儿抽泣着说。

"不，她不会的。"泽姆坚定地说，"我会和道尔顿谈谈这件事。"

他知道，他在约翰·道尔顿这里总是畅通无阻。出于某个原因，这个商人对泽姆和他的家人格外宽容，也是道尔顿让他的儿子特温走上致富之路的。那些去过约翰内斯堡的人都说，特温拥有数不尽的财富，但泽姆和库克兹娃都没有亲眼见过。

特温喜欢做木雕，他制作了缠着头巾的瓶状人像，并拿给道尔顿看，希望这位富人能买下这些木雕。道尔顿看出来了，这个男孩有一种可以开发的天赋。虽然他自己不是雕刻师，但他向特温解释如何雕刻手臂、手、腿和脚，以及如何雕刻精致的耳朵、眼睛、鼻子和嘴，使雕像的脸部更加逼真。

一个星期后，特温送来了一些男人和女人的雕像，雕刻得和道尔顿给他看的雕像一模一样。道尔顿买了许多特温雕刻的人像，并把它们陈列在玻璃柜台上。直到今天，商店里还有数百尊雕像，来农卡乌丝奇迹发生地游玩的游客们会购买这些雕像。

泽姆为儿子的才华感到骄傲，他觉得，这使他们笃信派更有资本对抗怀疑派了。他向每一个愿意倾听的人重述特温的经历。

"这个孩子，"他说，"在森塔尼的一个加油站卖汽油。后来，他病得很厉害，神志都不清了。他的祖先特温出现在他的梦中，让他用木头雕刻人，这样他就会好起来。他雕刻了漂亮的雕像，然后就康复了。你在道尔顿的店里可以看到他雕刻的雕像。"

但是特温让父亲的期望落空了。他拒绝认同父亲对抗怀疑派而保留笃信派仪式的做法，他成了一名叛徒。他决定像所有普通人一样思考，跟随别人的潮流，和村里所有年轻人期望的一样，去约翰内斯堡和自由邦的金矿工作。

泽姆妥协了，放他走了。从那以后，他再也没见过特温，只是听说他的儿子已经离开矿山，现在生活在城里，住在一座摩天大楼里。在那里，特温通过木雕积累了惊人的财富。

有传言说，正是因为索丽斯娃·希米亚，所以他再也没有回过海滨克罗哈。人们没有忘记，这两个人在许多年前，也就是还在上小学的时候就相爱了。但随着时间的推移，随着受教育程度的提高，索丽斯娃·希米亚的成长速度超过了特温。

他在六年级时就离开了学校，但他从未放弃索丽斯娃·希米亚。多年来，他一直渴望得到她，这就是他去约翰内斯堡的原因，据说是为了远离她，修补他破碎的心。然而，直到今天，村民们仍然希望这两个人最终能结婚，让两个家庭握手言和。

"尽管一个人只有在睡着或者死后才是好人，但道尔顿是个好人。"泽姆说着，呼出一团烟，并朝地上吐了一口唾沫，"他不会因为一些闲话，就把你开除。你只是在做你的工作，是那些女孩过来挑衅你的。听着，明天我要去领我的养老金了。你要什么，我就给你买什么。"

"你休想收买我，父亲。我现在能自食其力了。"库克兹娃自豪地说道。

的确，第二天是领养老金的日子。老人们，以及那些靠他们的养老金生活的人都穿着鲜艳的衣服，络绎不绝地来到弗林德莱拉贸易商店。

邦科和诺帕媞蔻特是第一批到达的。

邦科穿着他平常穿的棕色工装裤、橡胶靴，戴着无边便帽，脖子上挂着一串松散的被称为伊斯单迦的珠子。这串珠子不合时宜，因为人们只有在穿漂亮的科萨族服装时才会佩戴这种珠子，而现在这串珠子使他看起来像个懒汉。他肩上挂着一个用岩兔皮做的袋子，里面装着他的长烟袋和烟丝。今天，诺帕媞蔻特的养老金支票也装进了这个袋子里。

诺帕媞蔻特追求时尚，看起来很漂亮，她穿着红赭色的卡卡短裙，脖子上挂满了各式各样的珠子饰品，有方形的蒂基蒂珠，还有五颜六色的小片和贝壳。她的脸上抹着炉甘石乳液，显得很白，头上戴着一条比肩膀还宽的大头巾，装饰着珠子，与她的串珠耳环相配。

对追求时尚的人来说，衣服是一种艺术形式，一种表达方式，能透露穿戴者的一些信息。但是对像索丽斯娃·希米亚这样受过高等教育的人来说，科萨族服饰是让人难堪的东西。她讨厌看到自己母亲打扮得如此美丽，觉得是时候让她的父母放弃落后的生活方式和异教信仰了，她要让他们成为像她一样开悟的人。为此，她给父母买了欧洲最新款的连衣裙和西装。结果，这些衣服却被放在床底下的箱子里，爬满飞蛾。

当泽姆到达商店时，人们都转过头看他。他披着白色的猞猁毛毯，长长的毯子系在腰上，直垂脚踝，脖子上戴着狄丽兹珠子和伊斯单迦等各种珠子，头上戴着由五颜六色的珠子制成的发带，正威风凛凛地抽着长烟袋。

老人们，以及他们的随从们都在吞云吐雾，商店里很快充满了刺鼻的烟雾。尤其是抽烟的女人们，她们看起来很优雅，抽的烟袋也比男人的烟袋长得多。

"让他们停止抽烟，约翰。我们快无法呼吸了。"太太用英语抱怨道。

"那些想抽烟的人必须到外面去！"道尔顿用他非常地道

的科萨语喊道。

"他们不能把痰吐在地板上。"太太抱怨道,"这些人随地吐痰。"

"不要在店里吐痰,这不是好习惯。如果你们想抽烟和吐痰,就到外面去!"

"到外面去,我们不就白排队了吗?这绝对不行。"一个顽固的白发老人说道。

"你拿到钱后就可以出去抽烟了,我们不会为任何在店里抽烟的人发养老金。"

发放养老金的日子,弗林德莱拉贸易商店总是很忙。老人们和他们的食客——儿媳、孙子孙女和各种亲戚——已经准备好了支票,等待道尔顿和太太帮他们兑现。售货员们在柜台后面忙得不可开交,因为今天奶奶们要为她们最喜欢的孙子们买糖果、饼干和腌牛肉。

库克兹娃从柜台后面拖出一个装满黑色小笔记本的大浴缸,放在地板上。每个领养老金的人都找出自己的小本子,然后递给柜台后面的道尔顿。

虽然这些领养老金的人不识字,但他们对自己的本子了如指掌。他们应该如此,因为本子里记录着他们的欠账。整整一个月,他们都在商店赊购杂货,道尔顿和太太勤勤恳恳地把他们的债务记在黑色的小本子上。

现在,道尔顿把债务加起来,从支票金额中扣除,然后把余额发给领取养老金的人。对于那些在这个月花钱大手大脚的人来说,他们领不到钱,他们所有的养老金都要被用来抵扣债务。下个月,债务的恶性循环将继续。邦科和诺帕媞蔻特正要走近浴缸时，泽姆开始大声唱道："啊——呀——耶！就连浴缸里没有他本子的人也来了……"

人们笑了起来，他们知道泽姆指的是邦科，每个人都知道邦科没有养老金。

希米亚之子邦科用自己的歌曲回应道："啊——呀——耶！那些女儿不是中学校长，只能给白人扫地的人，不要再说废话了……"

人们又笑起来了。库克兹娃正在帮一位老妇人找她的小本子，她瞪了邦科一眼，泽姆也瞪了邦科一眼。

"你们俩别再无谓地争吵了，就是吵，也不要在我的店里吵。"道尔顿警告说，他凭经验判断，这样的争吵可能会导致肢体冲突。

"你别看着我，"邦科抗议道，"是那个笃信派信徒挑起的。他不知道吗？他的祖先强迫科萨人杀死他们的牛，这就是我们遭受痛苦的原因，这就是我甚至没有养老金的原因。"

"告诉怀疑派信徒，即使像农卡乌丝、农科西和诺班达这样的先知指示他的祖先们宰杀牲畜，他们也拒绝照做。这就是他的生活如此艰难的原因，这就是他没有养老金的原因。"

笃信派和怀疑派的战争！

之后，泽姆和他的女儿都对发生在商店里的争吵感到有些不安。他们走在农卡乌丝山谷里，库克兹娃骑着她父亲的那匹棕白相间的马——格夏，泽姆牵着缰绳走在旁边，一同往农卡乌丝深潭的方向慢慢走去。

今天的云很低，被云笼罩着的山顶像戴着丧服帽一样。

"都是你的错，"库克兹娃大声说道，"你让我很难堪，父亲。你挑起话题，引起人们对我的注意。"

他们走过棕榈树，树的周围长满了鸢尾花。这是一个凉爽的下午，纳马夸兰鸽子在轻声地咕咕叫着。在农卡乌丝深潭里，鳗鱼、弹跳鱼和水獭，如同向游客炫技一般，做着各种滑稽动作。

"这个深潭周围以前有芦荟。在农卡乌丝时代，这里都是芦荟。"泽姆吹着口哨说。

"别转移话题，父亲。你听见我说的话了。"

"即使在我们长大后，这里也还有芦荟，还有芦苇，以前这里到处都是芦苇，就在四十年前，在我还年轻的时候，这里还有芦苇。在农卡乌丝时代，整个山脊上都挤满了前来见证奇迹的人。"

他情绪激昂地谈论着这个山谷。当开始学会走路时，他就行走在这个山谷里。他在这个山谷里放牛，在这里受了割礼，他祖父的地就在这里，他的一生都以这个山谷为中心，他是农卡乌丝山谷的一部分。

库克兹娃很清楚，泽姆不愿跟她讨论他与邦科的争执，也许她应该告诉他自己对城市的向往。现在她也开始用口哨跟父亲说话了，他俩的声音听起来就像森林里的鸟。

"你想去巴特沃斯还是森塔尼？你随时都可以去，从来没有人阻止过你。"

"我说的是约翰内斯堡，父亲。我初中毕业，却在这里给人家扫地。你听到邦科老头说的话了，如果我去城里当个职员，可能挣的钱比道尔顿给我的小钱多得多，说不定我会成为城里的大人物。"

这让泽姆很吃惊，肯定又是怀疑派捣的鬼，他的女儿在村里从来没有对自己的命运表示过不满。他告诉她，她不能离开，因为她是唯一继承信仰传统的人。

"你哥哥走了，再也没回来过，他被城市的财富欺骗了。这种事情会让祖先们不高兴的。我以姆兰杰尼的名义发誓，祖先们会用粗棍子揍他的。"

"以姆兰杰尼的名义，父亲？即使他的预言是假的？"

"是谁教你这些的？姆兰杰尼是一位真正的先知。他说的都是对的，但一切都被那些离不开女人的年轻男人搞砸了。姆兰杰尼从一开始就是这么说的，他的药和女人互不相容，这就是他一生都远离女人的原因。"

然后他告诉女儿女先知农卡乌丝的故事。

"就像预言鸟一样，她飞到了南方。"他说，"预言鸟飞到戈布，预言将要发生的事情。农卡乌丝过去常和预言鸟一起去，她们两位一体。"

泽姆向他的女儿保证，如果她足够努力，她最终会成为像农卡乌丝一样的女先知。

晚上，库克兹娃梦见农卡乌丝和一只乌鸦——预言鸟一起飞行。她睡觉时一定要把腿伸直，因为如果她做的梦是噩梦的话，这样她就能够逃出梦境。每个人都应该能够逃离自己梦境中的女巫，甚至逃离梦境本身。

但今晚没必要逃跑，她要和预言鸟一起在先知之地翱翔。

* * *

这是先知之地。然后，传福音的人来了。姆拉卡扎最初属于福音派，但后来他陪伴在先知身旁。

双胞胎非常了解福音派传教士，在姆拉卡扎还被称为威廉·歌利亚的时候兄弟俩就认识他。姆拉卡扎之所以有这个奇怪的名字，是因为他是一个信奉福音的人。他住在白人居住的格雷厄姆镇，跟一个叫纳撒尼尔·梅里曼的白人一起宣讲福音，特温和特温－特温曾经听过姆拉卡扎的宣教，而那个白人是格雷厄姆镇圣公会的副主教。

起初，姆拉卡扎在卫理公会教堂受洗，并在教堂里迎娶了他的妻子萨拉，萨拉来自姆丰古部落。但很快他就抛弃了卫理公会的朋友，转而加入了圣公会。他说，卫理公会教徒需要在公开场合吐露心声，但他更喜欢圣公会教徒私下忏悔的做法。此外，圣公会教徒穿的长袍更漂亮。

特温和特温－特温认为，卫理公会教徒和圣公会教徒之间没有任何区别。伟大先知恩克塞勒曾教导说，卫理公会教徒和圣公会教徒都是白人，他们因为谋杀了提克索的儿子太一而被扔进海里，又被海浪冲到了夸科萨的海岸上。现在，他们却让那些勉强收留他们的主人夜不能寐。

当姆拉卡扎还叫威廉·歌利亚的时候，他给大家带来了很多快乐。人们看着他扛着梅里曼的行李，跟在这位圣人身后，长途跋涉。传福音的人游走在乡村和城镇，宣讲一位名叫基督的人。在十八个月的时间里，他们从格雷厄姆镇一路走到格拉夫－里内，然后走到奥兰治河河畔的科尔斯堡。当歌利亚偶尔因为负担过重而落在后面时，梅里曼就提醒他不要犯懒惰的罪。一到河边，歌利亚就开始给那个圣人洗衣服。在等待衣服晾干的过程中，他看见谁就给谁讲道。

无论传福音的两个男人走到哪里，他们都会带去笑料。每次他们来到双胞胎所在的村子时，村里一定会充满欢乐。人们知道，这两个人一来，他们肯定会笑到肋骨痛。

威廉·歌利亚吹嘘他是第一个接受圣公会圣餐的科萨人。他可以背诵信经和主祷文，还可以按照顺序背诵十诫。他也说荷兰人的语言，就好像他也是荷兰人一样。

有时他会突然开始讲道，"我敦促你们，我的同胞们……你们要离开恶道，因为这是魔鬼的道。丢掉你们的野蛮行径，你们的迷信……成为文明的基督教信徒……转到这条路上来，耶稣基督已经为我们铺好了道路。扔掉你的红赭色毯子！穿裤子！扔掉你的红色卡卡短裙！穿连衣裙！因为我们的主基督为我们死在了十字架上，他要救我们脱离无尽的苦难。"

这样的话肯定会引得他的听众们哈哈大笑。让听众们觉得好笑的是，通往白人天堂的路竟然是裤子和连衣裙。不管怎么说，歌利亚那身不合身的黑色西装让他看起来很滑稽，那西装曾经是梅里曼穿过的。

传福音的人只有在谈论复活的时候，村民们才会觉得他们的话有点道理。梅里曼告诉人们，有一天所有的人类都会起死回生，村民们都很高兴。他们说，他们的祖父和所有亲人都离开了人世，去了祖先的世界，他们想看看逝去的亲人们。

但是，他们仍然觉得歌利亚说的话很可笑。他哪里来的勇气，为他一无所知的白人上帝做代言人？

"这个人来自一个显赫的家庭，他的父亲是国王萨希里的顾问。他跟这些被扔进海里的人在一起干什么？"特温－特温问道。

"我们有自己的先知，我们的先知现在和祖先在一起。"特温喊道，"我们有先知恩斯卡娜，是她预言了白人的到来。然后我们有先知恩克塞勒，恩克塞勒告诉我们，我们有自己的神姆达利德弗，姆达利德弗反对白人的神提克索。现在我们又有了先知姆兰杰尼。我们不需要这些白人，不需要他们的假先知和假神。"

那是在姆兰杰尼死于肺结核之前。

但是特温不应该提姆兰杰尼的名字，这激怒了特温－特温。他要求特温把姆兰杰尼的名字从先知的名单中去掉，因为他不是一位真正的先知。

"看看战争给我们带来了什么！此刻，我们在这里说话，可我们的父亲在哪里？"特温－特温质问道。

但是特温坚持认为，姆兰杰尼和恩斯卡娜以及恩克塞勒一样，也是真正的先知。

兄弟俩的争吵升级为血腥的棍棒决斗，人们把他们的亲戚叫来劝架。村里的长老们不得不坐下来，劝西克夏的孩子们和好。双胞胎握手言和，并以无头父亲的名义发誓再也不打架了。

他们又变得亲密无间了。

但另一场灾祸来了。一种疾病神不知鬼不觉地传染开来，四处侵袭牛群。不仅是牛栏中的牛和草原上的牛,甚至是远山上的牛群,都未能幸免。人们从前没有听说过这种疾病,但那些去过白人聚居区的人带来消息说,这是肺病。

疯狂的肺病,像恶霸一样横行霸道,在这片土地上行凶作恶。看到自己心爱的牲口日渐虚弱,人们一点也高兴不起来。

白人了解肺病,因为这个病就来自他们的国家。有报告说,这种病在大洋彼岸白人的国家里杀死了许多牛。两年前,也就是一八五三年,搭载荷兰商船的弗里斯兰公牛把肺病带到了科萨民族的土地上,所以,即便是最好的科萨医生也不知道如何治疗肺病。

疾病像野火一样在科萨人和姆丰古人的土地上蔓延。牛的主人们试图把他们的牛群赶到山区或偏僻的地方,以躲避肺病。然而,他们还是失去了许多牛。

很快,疾病袭击了双胞胎的村子。看着自己心爱的公牛在疾病的折磨下慢慢死去,特温-特温哭了。他的公牛先是便秘,接着是腹泻,然后大口喘气,舌头吊在嘴边。当公牛咽气的时候,特温-特温松了口气,因为牛的痛苦终于结束了。他决定带着剩下的牛群逃走。不需特意劝说特温,因为他也遭受了损失。他同意特温-特温的提议,带着家人,把牛赶到新的牧场,重建家园。

好像肺病造成的损失还不够似的,田里的玉米也受到了某种疾病的侵袭。玉米从上到下逐渐枯萎,然后是根部。在玉米棒子还没有成熟之前,整棵玉米就枯死了。今年肯定不会是个丰收年。

在夸科萨,这样的灾难以前从未发生过。它是邪恶的灵魂、乌布迪和巫术作用的结果。这对双胞胎希望，他们在新的定居地能摆脱这一切。

双胞胎用了很多天才完成大迁移。这是一段缓慢而痛苦的旅程，因为有妇女和儿童，以及猪和鸡，行进速度很缓慢。白天，他们扎营放牛，妻子和女儿们做饭，疲惫的人睡觉休息。夜幕降临时，他们又继续前进。他们有七姐妹星的陪伴和保护，七姐妹是科伊族的后代，是那个在天堂讲述自己故事的创世神齐格瓦的女儿。

库克兹娃带路，因为她懂星星的语言。她骑的是特温的那匹棕白相间的马——格夏，不需要她的指引，这匹马似乎知道该往哪里走。

特温以他的妻子为荣，因为她能做许多特温－特温的妻子们做不到的事情。尽管人们常常嘲笑她曾经为英国士兵敞开过大腿，但现在，她科伊族的星星正指引着人们去往新的牧场。特温夫妇偶尔会在十字路口的石头堆上放上一块石头和一些芳香的药草，向齐格瓦寻求指引和保护。每次看到他们这样做，特温－特温就会说一些风凉话。他应该心存感激才对。

每天晚上，当看到大山上熊熊燃起的大火倾泻而下时，兄弟俩都吓得瑟瑟发抖，但他们立刻意识到，这是在阻断疾病传播的路径。

"根据星星的指引，我们必须一直往前走，直到走到大海边。"库克兹娃告诉他们说。

几个星期后，双胞胎兄弟到达了克罗哈。特温和库克兹娃在恩西泽勒村建立了他们的家。他们的家离大海很近，晚上睡觉时甚至能听到海浪的声音。这里有很多地方可以放牧。

特温－特温和他的妻子们在几英里①外的夸菲尼小村安顿下来。那里有大片牧场，可以放他的牛群。

新家的生活很美好，但人们并没有完全摆脱疾病。有时，这种卑鄙的肺病会在人们不经意间袭击一头珍贵的牛，把它的肉和血吸干。每每这时，有经验的双胞胎兄弟便会把病牛和其余的牛分开，直到病牛死去，然后把牛的尸体埋在离村子很远的地方。

这对双胞胎很快又见到了姆拉卡扎，因为克罗哈碰巧就是姆拉卡扎的老家。姆拉卡扎在格萨哈河河畔搭了一间小木屋。在那里，他召集克罗哈的人民，包括夸菲尼村和恩西泽勒村的村民开会，讨论在他的院子里发生的奇迹。

库克兹娃立刻认出了他，她悄悄对特温说："嘿，那不是威廉·歌利亚吗？"

"是的，"特温惊奇地喊道，"是那个传福音的人，威廉·歌利亚！"

"你敢再叫我那个名字！"姆拉卡扎愤怒地说，"我不是威廉·歌利亚，我是姆拉卡扎。"

特温不明白哪里出了问题，因为这个人过去常说自己叫威廉·歌利亚，如果别人叫他姆拉卡扎，他会很生气。

站在他们旁边的一名男子说："他对别人叫他这个名字很敏感。"

他向特温和库克兹娃解释说，当梅里曼不再游走布道，固

---

① 1英里约等于1.6千米。——编注

定在格雷厄姆镇的教堂从事宗教活动时，姆拉卡扎作为福音传教士的日子就结束了。起初，圣人让他在一所学校里教科萨语，并在自己的花园里为他建了一间小屋，但姆拉卡扎在圣人家里并不快乐。在布道的旅途中，他觉得自己就是一个传播福音的人，可定居在教堂后，梅里曼和他的妻子待他就像对待仆人一样，他觉得梅里曼的妻子不喜欢他。她说他是那种爱幻想的人。这使他确信，他对福音的热爱并没有受到梅里曼夫妻的重视。于是，他离开了，搬到了格萨哈河河畔他姐姐家旁边。他放弃了白人的上帝，转而信仰他祖先的神。

"同胞们，我把你们叫到这里来，是因为这里发生了一件令人惊讶的事！"姆拉卡扎对聚集在他小屋外的一小群男人和女人说，"三天前，我的外甥女农卡乌丝和我的妻妹诺班达去高粱地里赶鸟。"

"那真是太棒了，"特温－特温讽刺道，"他家的孩子去田野里赶鸟，他把全族的人都叫来，告诉我们这件事。"

但姆拉卡扎没有理会特温－特温略显生硬的冷笑话，而是继续他的演讲。他让两个年轻女孩站在人们面前，说："这个较大一点儿的是农卡乌丝，十五岁，她的父母在姆兰杰尼之战中被英国士兵杀害了。现在，我把她当成自己的女儿养。这个八岁的是诺班达，我妻子的妹妹。刚刚这两个孩子在田野里的时候，发生了一件令人惊讶的事。"

"那人已经说过了。"特温说，"继续讲故事，告诉我们发生了什么事。"

"他知道我们撇下田地和牲畜来这里，田地和牲畜无人照管吗？"特温－特温问道，其他人也同意他的观点。

"肉都还没准备好，就不要急着要肉汁。"姆拉卡扎说道，要他们耐心点，"农卡乌丝听到身后棕榈树丛中有个声音在叫她的名字。"

"这不是你吗，特温－特温，想要勾引棕榈树丛后面的可怜女孩？大家都知道，你是一个喜欢年轻女孩的下流鬼！"另一个男人也跟着起哄，想故意搞笑。但是没有人笑，人们很好奇，想知道棕榈树丛中到底是什么声音。

姆拉卡扎继续说道："起初她觉得自己没听清楚，继续和诺班达一起玩耍，赶鸟，但说话的声音在持续。于是，她慢慢向棕榈树丛走去，而诺班达仍然在原地发呆。就在那时，棕榈树丛中升起了一团雾，雾中出现了两张陌生面孔，向她打招呼。"

"他们说什么了？"人们想知道，"他们说他们是谁？"

"让那姑娘自己告诉我们吧。"特温－特温要求道。

"来吧，我的孩子，把陌生人的消息告诉我们。"姆拉卡扎说道。

农卡乌丝害羞地走上前去，她蓬头垢面，看上去像个流浪儿。与所有伟大的先知相比，她似乎大多数时候都糊里糊涂，不知所措。

"陌生人是谁，我的孩子？"特温问道。

"我不知道，父亲。"农卡乌丝回答道，"他们说他们是'永生之人'纳法卡德的使者，是'心胸宽广的人'西弗巴－西班齐的后代。"

人们疑惑不解，因为他们没有听说过"永生之人"，也没有听说过"心胸宽广的人"。显然，这一定是科萨族神的新名字……可能是被人们称为卡马塔或姆韦林坎吉的神的新名字……也有可能是被先知恩克塞勒称为姆达利德弗的神的新名字。

农卡乌丝继续说："这些陌生人让我必须告诉整个民族，我们必须把所有现存的牛宰杀掉。它们是被污染的手养大的，因为我们中有人搞巫术。停止耕种，但必须要挖新的大粮仓，建造新的房屋，垒砌坚固的大牛栏，剪出新的牛奶袋，用布卡树根编织新的门。陌生人说，整个社区逝去的人都会复活，时机一到，他们一定会起死回生，牛栏里会装满新的牲畜。人们必须放弃他们的巫术，因为不久就会有占卜师来检查。"

姆拉卡扎说，一开始，他把陌生人的消息当成了一个笑话，但他们又出现在农卡乌丝面前，命令她把消息告诉她的舅舅。因此，他告诉了酋长们，并获得了许可，召集了这次集会。

他叮嘱在场的人不要轻视陌生人的话。

"肺病的迅速蔓延证明了这些陌生人是对的。"他说，"现存的牛都有病，都不干净了，因为它们被施了魔法，一定要清除掉。你们作恶多端，所以凡属你们的都是坏的，摧毁一切，死而复生的新人们要带来新的牛、新的马、新的山羊、新的绵羊、新的狗、新的家禽，以及百姓想要的一切动物。但是新人们的新动物不能与你们被污染的动物混在一起。所以，你们要消灭它们，摧毁一切，你们要把你们地里的庄稼和粮仓里的玉米都毁掉。农卡乌丝告诉我们，当新人们到来时，我们这里将会是一个充满欢乐的新世界，人们再也不用过多灾多难的生活了。"

* * *

卡玛古开着他的丰田卡罗拉，行进在碎石路上，映入眼帘的是克罗哈自然天成的美景。他惊叹，一定是某位慷慨大方的艺术家用浓郁饱满的色彩画出了海滨小村克罗哈。湛蓝的天空、远山、海洋和汇入大海的小河，绿色的草地、山谷、深草和棕榈树，这里的一切如同一幅以蓝色和绿色为主色调的油画。

看到这里有些人仍然穿戴着科萨族服饰，他很高兴，只是穿戴这种服饰的人并不多。他在路上遇到的大多数男男女女的穿着与城里人没有什么不同。

世界上很多国家的人自豪地穿戴他们的民族服饰，而科萨人却看不起自己的民族服饰，他觉得这是一件可悲的事情。传教士曾教导他们，鄙弃异教徒的卡卡短裙是一种文明的标志。异教徒就是那些蒙昧无知，仍然用红色赭石颜料涂抹身体装饰自己的人。

即使在今天，文明人仍会屈尊参观异教徒的服装，并在特殊的文化场合把它们当作奇装异服穿。在日常生活中，文明人会穿用西非传统刺绣手法制作德国和爪哇岛印花的衣服，但他们仍然夸耀自己穿的是非洲服装。对他们来说，非洲时尚源自西非，而不是科萨人或南非其他民族的服装。

卡玛古停下车，进了弗林德莱拉贸易商店，只见在店内等着办事的人排成了长龙。他不确定是去柜台询问还是去排队，他觉得每个人都充满疑惑地看着他。对他们来说，他肯定是那种自认为高村民一等的人，肯定会插队。于是，他决定开始排队。

队伍很长，柜台后面的女售货员不紧不慢，她一边招待客人，一边和他们寒暄，闲聊一些家长里短。卡玛古开始观察一个十几岁的男孩，以此打发时间。那个男孩头戴一顶黑黄相间的矿工头盔，帽子上有好多角，帽子的颜色是凯泽酋长足球俱乐部的标志性颜色。男孩那顶有趣的帽子吸引了一群孩子围在他身边，他成为孩子们瞩目的焦点。他告诉孩子们，他头上长角是因为他的祖母在白天给他讲民间故事，而这样的故事本应该只在晚上讲。

"她每给我讲一个故事，我就长一个角。"他告诉那些不舍离开的听众。

终于轮到卡玛古了，他要找商店的老板，却被告知老板和他的妻子都不在这里，他们在商店后面的房子里。售货员让库克兹娃带客人去老板所在的房子。

他们一走出商店，库克兹娃就冲他笑了笑，顽皮地说："我还没有结婚呢。"

卡玛古一脸错愕，仔细地看了她一眼。这个女孩又矮又胖，穿着一件轻薄的蓝黄相间的碎花连衣裙，虽然不是特别漂亮，但很有吸引力。她的脸几乎有一半都被一顶黑色羊毛帽遮住了，帽子上装饰着绿、黄两色的皮尔·卡丹的 P 符号。

"如果你需要我，我还单身呢。"她补充道。

"你什么意思？"

"如果你愿意，你可以拿彩礼来提亲。"

"你叫什么名字？"

"库克兹娃·泽姆。"

说着话，他们就走到了房门口。她没再说话，笑着跑回了商店。卡玛古敲了敲门，但还没完全镇定下来，太太让他进去。

卡玛古坐在沙发上，盯着一幅装裱起来的照片。照片中，一个裸体的非洲妇女抱着一个裸体婴儿。这是一张很常见的招贴画，在他开车经过的每个小镇上，都能看到街头小贩在叫卖这样的画。

约翰·道尔顿走进房间。

"我妻子认为这是艺术，"他轻描淡写地说道，努力掩饰自己的尴尬，"但我可以向你保证，我是一个有艺术鉴赏力的人。"

他俩都笑了，握了握手。

"我能为您做些什么？"道尔顿问道。

"我在找一个女人，她的名字叫诺玛拉夏。当我进入这个村庄时，我问的第一个人告诉我，有一个叫这个名字的女孩曾在你的店里工作过。"

"诺玛拉夏吗？"道尔顿说道，努力地思考着，"我不记得有这么个女孩在我这里工作过。当然，这个名字在很多地方都很常见。从农卡乌丝时代开始……它具有历史意义。她做了什么？你为什么要找她？"

卡玛古编了一个故事，说这个诺玛拉夏在约翰内斯堡为他工作，她无意中带走了他的护照。他不敢告诉这个白人，他也不知道自己为什么要去找诺玛拉夏。他本来要去美国，在开车去机场的路上，他突然换了一个方向。他看了看地图，决定开十个小时的车到克罗哈，脑子里挥之不去的是诺玛拉夏这个名字。

"她姓什么？"道尔顿问道，"我认识这一片所有家庭的人。"

遗憾的是，卡玛古不知道她姓什么。道尔顿说他很抱歉帮不上忙。他惊叹道："城里人真让人惊讶，这个女人为你工作，你却不知道她姓什么！"

但道尔顿对眼前这个陌生人感到很好奇，想对他有更多的了解。他们谈论约翰内斯堡，谈论政治形势，谈论美国。作为科萨人，卡玛古却在美国生活了这么多年，这让道尔顿很感兴趣。因为他本人从未离开过南非，大部分时间都是在东开普省度过的。道尔顿的科萨语说得比卡玛古任何时候说的都要好，这让卡玛古有点难以接受。

聊了两个小时，喝了许多杯茶后，道尔顿把卡玛古送到他的车旁。

"有什么地方可以让我过夜吗？"卡玛古问道。

"这里有个蓝色火烈鸟酒店，是个不错的地方。"

"我估计要在那里住几天……直到找到诺玛拉夏。"

当他开车离开时，他看到库克兹娃正在打扫商店的门廊，她黄色的大腿在夕阳的映照下闪闪发光。

"多前卫的女孩啊！"他对自己说，他是出了名的性欲很强的人，但她还是个孩子，如果他愿意结婚生子的话，他的女儿大概就是库克兹娃这个年纪。

4

一群还没有到青春期的女孩正在跳舞，无拘无束，有种说不出的美丽。她们扭动着自己的小腰肢，毫无顾忌地抬起双腿，歌声随风飘扬。正是这股风，把响亮的海浪声吹散在山谷里。旁边的观众伴着节奏打拍子，让他们觉得有趣的是，总有几个女孩的动作不合拍。

卡玛古无限渴望地回想起他想象中的青少年时期的幸福生活。他模糊记得他的家乡在遥远的内陆山区，他还记得那些果树，还有那些早已逝去的亲人的坟墓。透过几十年的薄雾，他依稀看到了祖父花园里所有茂盛的植物，不同种类的沉香，还有那些漂亮的房子，四边形的铁皮屋顶、牛圈、养鸡场，还有工具棚。后来，政府来人了，他们让生活在那里的人们迁移到平原，只分给他们一小块地，没有任何补偿。

当他和父母来到约翰内斯堡的东奥兰多镇定居时，他还只是一个蹒跚学步的孩子。那里的生活截然不同，尤其是没有女人的歌声。他在那里长大，直到二十世纪六十年代。那时，政治动荡，他不得不在十几岁时就开始流亡。在克罗哈发生的许多事情让他回想起遗忘已久的画面，他很享受这种愉悦的回忆。

一大早，鸟儿、猴子和海浪的嘈杂声把他吵醒了。对有些人来说，来自周围森林和印度洋的这种喧闹可能是音乐，但他更愿意不受任何干扰，在蓝色火烈鸟酒店简朴的木床上好好睡一觉。因为一个不断重复的梦，他这一夜睡得很不安稳。

在梦里，他是一条河，诺玛拉夏是河里的水，晶莹剔透，在他身上流淌着，光滑而平稳，直到汇入大海。他追着她跑，喊着让她流回来，逆流而上，爬上他饥渴的身体，爬上那雄伟的山峰。他抓不住她，便努力抓住梦本身，这样他就可以永远在梦里了。梦从他的指缝里溜走了，他追它，但它跑得比他还快。他醒了，浑身是汗，上气不接下气。迷迷糊糊中，他又睡着了，又做着同一个梦，一遍又一遍，重复了一整夜。

尽管他在梦中跑得筋疲力尽，但他还是跳下床，迅速冲了个澡，走出小木屋，开始在这个陌生的村庄度过未知的一天。

他决定在村里散散步，每经过一个院子，里面的妇女和儿童都会盯着他看。显然，他在这里是个陌生人。他认真打量他遇到的每一个年轻女子，看看会不会看到一个远远看去长得和诺玛拉夏有点像的人。

欢乐的庆祝把他吸引到这个聚会上。

"你是要站在这里看孩子们跳舞，还是和其他人一起吃肉、喝啤酒？"

老人那张满是皱纹的脸看上去很友好，他穿着深色西装和白衬衫，显得很英俊，脖子上戴着一条皱巴巴的领带，上面打了个大结。卡玛古伸出手，热情地和老人握手。

"我是来自约翰内斯堡的游客，叫卡玛古，切萨内之子。"

"黑人游客!"那个上了年纪的人惊叫道,"我们这里只看到过白人游客,他们大部分都是蠢货,他们来克罗哈,只是因为曾经有一个愚蠢的女孩撒谎说她在这里看到了奇迹。"

"啊,农卡乌丝。我读小学时就知道她的故事,我们甚至还唱过关于她的歌。"

"是你们这些有学问的人把她变成了一个必须崇拜的女神。然而,她杀了所有科萨人。不管怎样,我为什么要用这个社区的问题去烦扰一个陌生人呢?我是邦科,希米亚之子。"

他说,这是他的院子,是他办的宴会。因为他的女儿被任命为中学校长,所以他决定举办一次宴会,感谢那些逝去的先人。欢迎来自约翰内斯堡的陌生人与他们一起享用已经准备好的一点东西。他叫来一个欢蹦乱跳的男孩,让男孩领着这位贵客去享受宴会。

男孩带着卡玛古走向一棵珊瑚树。树下,一些村民正在吃一个大盘子里的肉,喝着装在一个锡罐里的啤酒,锡罐从一个人的手里传到另一个人手里。

邦科对着男孩大喊道:"嘿,蠢东西!你为什么要把客人带到乡巴佬那里去?难道你没看见他是个老师吗?把他带到老师们吃饭的那个房子里去!"

"乡巴佬"们笑了,其中一位长者冲邦科吼道,既然他的女儿现在是海滨克罗哈中学的校长,他就不能这么趾高气扬了。他必须记住,命运犹如雾霭,随时可能消散。

卡玛古加入了海滨克罗哈精英们所在的餐桌。他发现主人为精英们准备的有山牛肉、羊肉、鸡肉、玉米粥、大米、土豆、西红柿、洋葱肉汁、甜菜根和蔬菜沙拉,还有几瓶啤酒、白兰地和葡萄酒。后来他得知，为不遗余力地庆祝女儿的晋升，邦科宰了一头牛、两只羊和好几只鸡，还让妇女们帮忙酿造了好几桶高粱啤酒。索丽斯娃·希米亚反对父亲为她举办奢华的宴会。但族长不想错过这个机会，他要借此告诉笃信派，怀疑派才是海滨克罗哈的主导力量。

村里从来没有人特意邀请谁去参加宴会，当人们听说谁家有宴会时，他们会不请自来，痛饮一番。其他人，尤其是邻居和亲密的朋友，会提前帮忙准备，并提供他们能负担得起的食物。村里的宴会欢迎所有人参加。事实上，不参加别人的宴会会被认为是种不敬的行为。

笃信派的人一个都没有来。笃信派和怀疑派之间的纷争已经到了这种程度，他们不参加对方的宴会。不过，他们必定会参加对方的葬礼，因为正如长辈们所说，谁都会有死的那一天。

有人会冷嘲热讽地说，他们参加对方的葬礼，是为了确信死者是真的死了，这样就少了一个惹他们生气的人。

但邦科和诺帕媞蔻特并不担心这种抵触，因为参加他们家宴会的人，比笃信派长老泽姆家的宴会上召集到的人要多。毕竟，在克罗哈，特温－特温的后代比特温的后代要多。因为特温－特温有五个妻子，而特温只有一个妻子，特温－特温家的孩子比特温家多得多。另一个原因是，特温－特温是第一个怀疑派。当农卡乌丝下令让科萨人消灭所有的牛群时，他拒绝宰杀自己的牛群，他说女先知是个骗子，是被白人收买来消灭黑人的。农卡乌丝的预言失败后，饥荒袭来，但因为他的牛损失不多，所以他的孩子死的并不多。如今，这个村里到处都是特温－特温的后代。仅在蓝色火烈鸟旅馆，所有的打杂女工、园丁、侍者和酒保都来自特温－特温一脉，这个酒店连续三代大厨都来自特温－特温家族，这些大厨都是由津巴布韦人培养出来的。尽管他们都是无头祖先的后代，但每个人都在煞费苦心地强调，特温和特温－特温的血统是不同的。

坐在餐桌旁的克罗哈精英们，一边吃着肉、喝着啤酒，一边讨论这些问题，都觉得十分可笑。一位老师问道："还有谁能比他们更小气？"桌子上的其他人又笑起来。卡玛古注意到，索丽斯娃·希米亚没有笑，她只是微微露齿，看起来很尴尬。

众人注意到了坐在他们中间的陌生人。在他自我介绍之后，索丽斯娃·希米亚问道："你为什么会到这个鬼地方来？"

"鬼地方？我认为这是世界上最美丽的地方。"卡玛古答道。

"如果你只是一个游客，你会这样认为，但如果你被迫永远住在这里，你会三思的。"

"也许你是对的，我以前从来没有在农村生活过。"

"你来这里一定是有什么重要的事情。"

卡玛古又重复了一遍那个虚构的故事，一个来自克罗哈的年轻女人叫诺玛拉夏，她在约翰内斯堡为他工作。他把她解雇了，因为他要去美国生活。在去机场的路上，他才发现，诺玛拉夏无意中拿走了他的护照。

"我正在找她，我希望你们有谁认识她。"他告诉他们。

一位老师解释说，诺玛拉夏是一个很常见的名字。一八五四年，俄国人在克里米亚战争中杀死了乔治·卡斯卡特爵士。从那时起，这个地方的人们开始给他们的宝贝女儿起这个名字，意思是"俄国人的母亲"。这位老师进一步解释道，卡斯卡特是备受憎恨的殖民地总督，他在姆兰杰尼之战中击败了科萨人。这场战争最初是由哈里·史密斯爵士挑起并发动的，这个自负的白痴自诩为"科萨人的伟大白人酋长"。殖民者把科萨人叫作"坎萨斯"，甚至叫他们"卡萨斯"！

从他泰然自若、娓娓道来的样子看，他一定是海滨克罗哈中学的历史老师，他讲述这些就好像他在教室里讲课一样。

他补充道："自那以后，科萨人一直非常崇拜俄国人。"

遗憾的是，似乎没有人认识卡玛古要找的那位诺玛拉夏。如果他知道她的姓，他们或许能帮上忙。他要找的是在约翰内斯堡当过女仆的，名叫诺玛拉夏的女孩。而他们认识的女孩没有同时满足这两个条件的。

卡玛古想要改变他的说法，但已经太迟了。他暗暗告诉自己，下次再提诺玛拉夏时一定要记住，诺玛拉夏不是他的女仆，她只是来约翰内斯堡参加一场葬礼。这将有助于缩小搜索范围。可以肯定的是，最近从海滨克罗哈到约翰内斯堡参加过葬礼的诺玛拉夏肯定不多。可是他的护照又怎么会落到她的手里呢？

卡玛古一直盯着索丽斯娃·希米亚，好像以前没有见过这么漂亮的人。她比时尚杂志上那些被称为超级模特的瘦骨嶙峋的女人要美。然而，这是一种冷漠的美，不是那种美，像诺玛拉夏的那种美，会让你全身发热、激情澎湃。如果她脸上有点笑意就好了。她的同事们都在开怀大笑，显然，很大部分源于酒的作用。而她依然镇定，始终保持着严肃的态度。当她跟你说话时，她犀利的目光像是要穿透你的身体，但她的眼神里潜藏着一种无法释怀的悲伤。

诺帕媞蔻特进来看看客人们是否需要什么，有人把她介绍给来自约翰内斯堡的客人。一看到她，卡玛古就明白了，索丽斯娃·希米亚的美貌遗传自她的母亲。在外面遇到邦科的时候，尽管他的脸已经衰老，但还是看得出来，邦科曾经也是一个帅气的男人。这个院子的女主人，美丽、优雅、丰满，热情地招呼着客人，不像她女儿那样高挑又严肃。

"你们一家人都很美丽，"当诺帕媞蔻特离开房间时，卡玛古对索丽斯娃说，"你的父亲，你的母亲，还有你。"

她没有感谢他的称赞。也许她没有时间去接受赞美或者欣赏美，卡玛古心里想着，但是，为什么她会不厌其烦地把自己的头发编成这样时髦的样式，让自己看起来更漂亮呢？她身上的套装式样精致，朴素而优雅。

让索丽斯娃·希米亚更感兴趣的是，这个远道而来的陌生人即将前往美国。她告诉他，在那个美妙的国家，他将会生活得很幸福。她曾经在那里生活过，在那里学习并掌握了把英语作为第二语言来教的教学技能。那是一个童话般的国家，有很多像多莉·帕顿[1]和埃迪·墨菲[2]这样的名人，是一个科技发达的大国。即使卡玛古来自约翰内斯堡，他也会被美国吸引。像纽约这样的城市是约翰内斯堡的十倍大。她记得，那时她去了

---

[1] 多莉·帕顿（1946—　），美国女歌手、词曲作者、演员，曾入选"摇滚名人堂"，获格莱美终身成就奖，创造了多项吉尼斯世界纪录。——编注
[2] 埃迪·墨菲（1961—　），美国非裔演员、歌手、编剧、制作人，曾获奥斯卡金像奖提名、格莱美奖等。——编注

华盛顿特区，看到了白宫、国会大厦和某个历史人物的纪念碑，她还记得她在纽约乘地铁旅行的情景，然后她继续解释道，地铁是在地下运行的火车。这与约翰内斯堡东伦敦的火车非常不同，火车是在地面上行驶的，傻瓜都能看到。

她夸张地补充道，在卡玛古离开之前，他必须提醒她一下，她要给他一些如何在美国生存的建议。

美国，令人惊叹的美国！

她的同事们开始坐立不安了。显然，他们以前也遭受过同样的慷慨陈词。卡玛古为她感到尴尬。

"你在美国待了多久？"他问道。

"六个月！我在俄亥俄州雅典县的一所大学读书。"

"雅典，像在希腊！"一名妇女补充道。之前有人介绍过她，她叫瓦蒂斯娃。她一直坐在索丽斯娃·希米亚的旁边，显然是索丽斯娃的超级粉丝，她点头赞许校长说的每一句话。卡玛古不忍心告诉她，雅典是一个大学城，甚至比附近的巴特沃斯镇还要小。

"你一定很喜欢美国。"卡玛古说道。

"它是世界上最好的国家，希望有一天我能回到那里，你能去那里真是幸运，我很羡慕你。你是去上课还是参加会议？"

"不，我要去工作，我在南非找不到工作。"

她对他的鲁莽感到吃惊，他在南非找不到工作，凭什么认为自己可以飞到像美国这样的大国去找工作。

"你为什么认为自己能在美国找到工作？"

"嗯，我以前在那里工作过，我在我工作过的机构有良好的工作记录。"

她的眼睛里流露出一丝愤怒。

"你以前在美国待过？"

"我在那里生活了三十年，实际上是在那里长大的，我十几岁的时候就去了美国。"

现在，她真的生气了。她的同事们都乐见此情景，但都谨慎克制，不让他们的幸灾乐祸溢于言表，以免成为她泄愤的目标。卡玛古感觉不自在，他不知道怎样才能向她表明，他无意在她的同事面前使她难堪。事实上，他们都是她的下属。

"你为什么不告诉我？"

"你没有问我，小姐！"

"我不叫小姐！我叫索丽斯娃。"

"希米亚。"瓦蒂斯娃补充道。

索丽斯娃决定不再理卡玛古，转而关注其他客人。客人们正在大声讨论村里的新发展，卡玛古偶尔能听到只言片语。据说，有一家酒店业务遍布整个非洲南部的大公司想要在格萨哈河河口建造一座赌场，并在大潟湖引入水上运动。这样，世界各地的游客都可以来这里赌博、划船、冲浪，海滨克罗哈村将会得到发展，但似乎村里有些人反对这些项目。

或许是因为不理解这个讨论，或许是可怜卡玛古被排除在这个讨论之外，瓦蒂斯娃往卡玛古跟前挪了挪，问他在美国学过什么。

"传播与经济发展方向的博士学位。"他回答道，不知道她能不能听懂。

"我要是你就好了，或许你在去美国的时候把我放进你的手提箱里，我想看看索丽斯娃·希米亚说的所有精彩的东西。"

卡玛古在她耳边低语道："凡事不要全信。你不要被她对那个地方的吹捧误导了。美国没有什么好东西，有的只是种族偏见和对其他国家的流氓行径。"

但她没再听他讲话，而是咯咯笑起来。她发现他的低声耳语让她感觉很痒，如同调情，引人遐想，说不定他的耳语会引发更大的事情。

她跟他讲自己的事。她曾经在皇后镇当护士，但不幸的是，她失足了。

"失足？"

"我怀孕了。那时，他们不允许未婚护士生孩子。然后，我就去了德班的马霍梅迪服装店，在那里做服装模特，我被选入了他们的商品目录册。"

现在，她在蓝色火烈鸟酒店做接待员。卡玛古还记得第一次在酒店见到她时，她穿着一套极其夸张的衣服，那是十年前风靡一时的款式，这让卡玛古惊讶不已。他疑惑，为什么索丽斯娃·希米亚不给她一些建议。否则，朋友是用来干什么的呢？或许是因为有了这个曾经的商品模特的映衬，索丽斯娃·希米亚才格外出众？

卡玛古看出来了，虽然索丽斯娃·希米亚表面上忽视他，实际上却在偷偷留意着他与瓦蒂斯娃的对话。当她注意到他们之间的关系可能变得过于亲密时，她决心干预一下，毕竟，一个可以飞去美国工作的男人太重要了，不容忽视。不管怎么说，他更像是和她属于同一个阶层，而不是跟瓦蒂斯娃。他是一个与她志趣相投的人，因为他们都曾经在那个自由而勇敢的国度里生活过。

她把他拉进了关于开发商的争论中。

"对于克罗哈来说，这是一个千载难逢的机会，就像美国的一些度假胜地一样，像埃迪·墨菲和多莉·帕顿这样的大明星都会来这里度假。"

"那可太好了。"卡玛古毫无热情地回应道。

"你知道的，很多名人去开普敦玩，开普敦现在成了名人的天堂。如果这些保守的村民不再阻碍进步，克罗哈也会成为这样的地方。你觉得呢？"

"我对这件事情了解不多，但我相信你是对的。"

"我当然是对的。你已经看到这个地方有多落后了，我们不能仅仅因为一些多愁善感的老傻瓜想要保护鸟类、树木和过时的生活方式，就阻止文明的发展。"

他了解到，领头反对进步的人是一个叫泽姆的，虔诚的笃信派。可悲的是，白人商人约翰·道尔顿也开始支持这个泽姆。白人不是文明和进步的使者吗？毫无疑问，这个开发项目将为这个村庄带来工作机会、街灯和其他形式的现代化。可为什么道尔顿会站在无知的村民一边，反对这样一个重要的开发项目呢？

瓦蒂斯娃对此有话要说。道尔顿只是外表上是个白人，在他的内心深处，他仍然是一个生活在黑暗之中的传统科萨人。

她补充说："这就是为什么每个周末他都要开着他的四驱厢式小货车带白人游客参观农卡乌丝深潭。为什么文明人要尊重一个杀死科萨民族的愚蠢女孩？"

一提到农卡乌丝的名字，索丽斯娃·希米亚的表情就僵住了。在这张餐桌上，有一种非常强烈的抵制农卡乌丝的情绪。

"那些人为什么不能让我们曾经的耻辱安息呢？"她恳切地问道。

另一位老师对道尔顿的动机有不同的看法。

"他和其他所有自私的白人一样。"他说，"尤其是那些在我们的海岸线上建造海边别墅的人，他们都很自私。你认为他们关心这个社区吗？不，他们来这里是出于私心，他们与这个社区没有任何关系。他们只在夏天来这里玩，享受大海，然后回东伦敦或其他城市，他们来自那些城市。"

"但这不公平，"另一个人说，"道尔顿属于这个社区，他定居在这里，他的列祖也曾在这里生活，他和我哥哥在同一所启蒙学校接受了割礼，他规划了村里的供水工程，他与那些海边别墅的主人们毫无共同之处。"

卡玛古对海边别墅的主人很好奇。农村的土地是非卖品，只能由酋长和他的土地分配委员会分配给居民们。这些屋主是如何得到这里的土地，并建造别墅的呢？

有人告诉他，这是有些村民的痛处。来自特兰斯凯·班图斯坦的白人和一些富有的黑人用一瓶白兰地贿赂西克夏酋长，酋长就把土地给了他们。

"一开始是一瓶白兰地，"历史老师纠正了他的同事，"但现在，筹码增加了。对沿海黄金地段的争夺加剧，白人现在用手机和卫星天线贿赂酋长。你没听说吗？酋长甚至给他的一个女儿取名为'诺赛尔丰'①。他的妻子又怀孕了，如果生的是个

---

① 原文为NoCellphone，字面意思为"没有手机"。——译注

男孩，他们会给他取名'赛特莱特'。女孩显然不能叫'诺赛特莱特'①。"

在距海岸线一公里以内建造房屋是违法行为，但别墅的主人们并没有遵守这个法律规定，大多数别墅就建在海边。

这里的风景已经变了。不过，怀疑派的人说，这是一件好事，因为别墅的主人为当地人提供了工作，他们雇佣当地男人为他们洗车，雇佣妇女做女佣。不过，这些人都没能当上园丁，因为大多数别墅主人的花园都是东伦敦的景观艺术家设计的，是野生花园，这些花园不需要维护。

历史老师说，进步是因人而异的。记得有一天，卫生部部长来到村里，在一个有关计划生育的公开会议上强调说，必须把孩子的数目控制在三个以内。

一位老人问部长："现在，我的孩子，你告诉我，你家里有几个孩子？"

"八个，"部长说，"但那是在过去，那时情况不一样。"

"我不是这个意思。你说你们家有八个孩子，那你是这八个孩子中的第几个呢？"

"我是第七个。"

"现在告诉我，如果你的父母采纳了你今天给我们的建议，你会在哪里？"

老人让部长明白了，他算老几。那一刻，参加会议的人们永生难忘。

在座的人都笑了，除了索丽斯娃·希米亚，她咆哮道：

---

① 原文为NoSatellite，字面意思为"没有卫星"。——译注

"部长很愚蠢。我们现在讨论的不是限制孩子数量的问题，而是适当地控制生孩子的时间间隔。"

"无论如何，"一个一直保持沉默的瘦小男人说，"卫生部部长的故事没有发生在这个村里，这是个老笑话，我在哪儿读到过。"

历史老师生气了。

"厨师也读书，是吗？"他问道。

"我不是厨师。"

"你从什么时候开始不做厨师了？据我们所知，你在蓝色火烈鸟酒店为白人做饭。"

"我是大厨，不是厨师。"

"这有什么区别？你给别人做饭，所以你是一个厨师。"

"你再叫我厨师，我就给你点颜色瞧瞧！"

历史老师上蹿下跳，一边围着桌子跳舞，一边大喊："厨师！厨师！厨师！"

没人注意到大厨什么时候拿到了一根棍子，他闪电般地击中了历史老师的头。血像水一样从破裂的血管里涌出来，历史老师摔倒了。很快，地板上有了一条长长的红色小溪。人群骚动起来，人们抓住大厨，努力阻止他对这位不省人事的历史老师造成进一步的伤害。索丽斯娃·希米亚更在乎的是，来自约翰内斯堡的访客会怎么看他们，他们在她父亲的房子里表现得像野蛮人。她拉着卡玛古的手，把他带到了外面。

"很抱歉让你看到了我们最糟糕的一面。"她说。

"没关系。"卡玛古回答道，试图淡化这件事，"我得到了一个很好的教训：永远不要称大厨为厨师。"

他笑了，她则一脸严肃。

"不管怎样，我得走了。但是请问，我能再见到你吗？"

"当然可以。"

"明天好吗？"

"我下午有空。"

在粉红色圆形小屋前面的一块空地上，女人们在跳舞，抖动着上半身。邦科正在跟珊瑚树下的人开玩笑，看见卡玛古正要离开，就把他叫了回来。

"嘿，老师，你准备像个屁一样在风中消失，甚至不说一声再见吗？"邦科喊道。

"邦科父亲，我很抱歉，我没看见你。"卡玛古说道。

"那些孩子这么早就把你赶走了吗？离宴会结束还很早。"

"我玩得很开心，谢谢，他们把我款待得特别好。"

"用打架款待吗？一个女人哭着说老师们在打架。我告诉她别打扰我们，让我们清净地享受啤酒。有学问的人喝醉了总是打架，到底是怎么回事？"

"我不知道。是一个关于开发商的讨论引起的。"

"开发商还会在这个村里引起更多的争斗！"

他对发展充满热情，对笃信派充满愤怒，因为笃信派一心反对一切旨在改善克罗哈人民生活的事情。

"他们要我们停留在原始状态！"老人说，"一辈子都保持红色！留在红色的黑暗中！"

怀疑派与时俱进，他们代表文明，这就是为什么他们支持开发商建设赌场和水上乐园。为了证明这一点，邦科已经不再用珠子装饰自己了，他把女儿多年前给他买的衣服从床下的箱子里扒拉出来。从现在起，他时刻穿着西装。他也一直在劝说他的妻子，让她把涂在身上的赭红色洗掉，也不要再用这个颜色染她的卡卡短裙。当村民们谈论未开化的红色时，他们指的是红色的赭石颜料。但即便如此，卡卡短裙本身也代表着落后。诺帕媞蔻特应该抛弃她引以为傲的科萨服饰，但她是个固执的女人。虽然她和她的丈夫一样是一个坚定的怀疑派，但她对科萨的传统时尚很感兴趣，而邦科却是西装革履。当他在弗林德莱拉贸易商店的大窗户上看到自己好看的样子时，他甚至感动得哭了。不管怎么说，这套衣服是他女儿特意买给他的。看到他穿上这套衣服，女儿非常高兴。

卡玛古疑惑，为什么笃信派们如此坚决地反对商业开发，因为似乎村里的每个人都可以从中获益。

"这简直是疯了，"邦科大喊着，"他们已经彻底疯掉了。还有那个约翰·道尔顿，他的父亲跟我是同龄人，可约翰·道尔顿误导了整个民族。现在，他们想执行一项禁止捕杀鸟类的禁令。你听说过这样的事吗？男孩们在草原和森林里捕捉小鸟，把它们放在蚁丘上烤着吃，这是我们的生活方式，我们都是这样长大的。如今，当男孩们杀鸟的时候，道尔顿和他的笃信派密友们会把他们送进监狱吗？我要告诉你一件事：这都是农卡乌丝的错！"

是夜，卡玛古又变成了一条河，诺玛拉夏从他身上流过。然而，她仍然难以捉摸。梦也是如此，它难以捕获，但它会不断回来，直到鸟儿、海浪、猴子和风告诉他，该起床了。但他充耳不闻，一直睡到了中午。

中午饱餐一顿后，他又来到了邦科的院子，迎头遇见了诺帕媞蔻特。她跟他打招呼，声音压得很低很轻，他低声回答说，他是来看索丽斯娃·希米亚的。

"索丽斯娃不住在这里，"她低声说道，"她在学校里有自己的房子。"

"谢谢你，妈妈。但我们为什么要轻声说话呢？"

她告诉他，邦科他们正在开会。在仪式开始之前，怀疑派的长老们正在梳理一些问题。

珊瑚树下，形形色色的人们正坐在地上喝着啤酒，有些人穿着传统的伊斯科萨服饰，而另一些人则穿着各式各样的西式服装，有的穿着蓝色牛仔工装裤或胶靴，邦科穿着皱巴巴的西装，还打着领带。

邦科看到了卡玛古，以为他是来看自己的，便招手示意他过去跟长老们坐一起。卡玛古小心翼翼地走近他们，并为打扰老人们的商谈向他们道歉。

"让那个年轻人坐下来。"一位严肃的长老说，"等我们完成对邦科的训斥后，他才能跟邦科讲话。"

卡玛古别无选择，只能坐下来。他没法告诉他们，他来这里不是为了看邦科，而是为了看他的女儿。如果在得到明确要求他坐下的指示后还回嘴的话，他会被认为是粗鲁无礼的人。虽然他在外国生活了这么多年，但他对本国人民的文化仍记忆犹新。

希米亚之子邦科正在接受同辈们的训诫。

"如果希米亚之子为美好的事物哭泣，我们不会抱怨，"

那个严肃的长老说，"但他绝不能背叛我们，拒绝与我们一起为信仰的愚蠢而悲伤，这种愚蠢的信仰折磨着我们的国家。直到今天，它仍然让我们感到痛苦。邦科是瘢痕的承载者，瘢痕将永远与他同在。他离世后，没有儿子来传承瘢痕，但那是另一回事。祖先们会做出决定的。也许这些瘢痕会传递给另一个怀疑派家庭，但这不是我现在要说的。我是说，希米亚之子一定很伤心，这个无头祖宗的后代必须哀悼。"

长老们讲的话内容不同，但是说的都是一样的道理，他们的话都说到了邦科的心坎上，这让邦科很惭愧。他以一声长长的尖锐的哀号作为回应，如同月圆之夜山狗的嚎叫一样凄厉。卡玛古突然感觉有点悲伤。

长老们开始以缓慢的节奏跳舞，这是一种令人痛苦的舞蹈。他们抬起手脚，跺着地面，一脸痛苦的表情，他们哭泣，喃喃自语，就像在说着不为人知的方言一样。但他们说方言的方式，跟基督徒不一样。他们进入了一种恍惚状态，这种状态把他们带回到过去，也就是过去祖先们生活过的世界，而不是祖先们今天生活的、与我们平行的另一个世界——冥界。他们回去的那个世界，是仍然属于祖先们的世界。在那个时候，祖先们还有血有肉，就像现在活着的人一样。

科伊族人曾把没有牛的流浪者称为桑人，阿巴特瓦人就曾被科伊族人轻蔑地称为桑人。像阿巴特瓦人一样，长老们似乎想通过舞蹈过渡到死亡状态。在此状态下，他们去拜访祖先的世界。等恍惚状态结束后，他们又重新回到人世。老年人不会死于冥界，而是死于过去的世界。

卡玛古不仅深感悲伤，而且感到恐惧。他趁着长老处于迷幻状态时偷偷溜走。当他蹑手蹑脚地走过粉红色的圆形茅屋时，差点摔倒在诺帕媞蔻特身上，她正在洗一个巨大的三脚铸铁锅。

"你没必要像夜里的小偷一样偷偷溜走。"她笑着说。

"我害怕。我从来没有见过这些。"

"没有什么好怕的。他们只是在他们的生活中诱导悲伤，以此感恩幸福。"

"我以前从未听说过科萨人有这种习俗。"

"这不是科萨人的习俗，即便是农卡乌丝时代的怀疑派们也没有这种习俗，这是如今的怀疑派们创造出来的习俗。他们认为，中世代的磨难结束，悲伤的时代过去了，他们现在有必要创造一些东西，以感恩新时代的幸福生活。这是哀叹儿童先知时代的愚蠢信仰，哀悼愚蠢信仰带给中世代人痛苦的最佳方法。"

卡玛古不想再偷偷溜走了，他想留下来观看整个仪式。诺帕媞蔻特继续说道："怀疑的复兴意味着怀疑派的人必须重新学习如何宣示自己的怀疑。索丽斯娃的父亲被派到内地去向阿巴特瓦人学习他们的舞蹈和迷幻术，这些舞蹈和迷幻状态可以帮助他们进入祖先的世界。"

在珊瑚树下，老人们以令人惊叹的方式展现了痛苦景象。他们通过举行纪念仪式来唤起悲伤。恍惚中，他们匆匆穿越到了中世代，徘徊在祖先们遭遇饥饿的年月里。

* * *

饥饿侵占了科萨人的每一寸土地，甚至相邻的姆丰古部落也未能幸免。姆丰古部落曾以不正当手段获得土地。然而，夸科萨地区的人却没有挨饿。英国人占领了这片土地，并生活在这里。人们把他们称为耳朵反射太阳光的人，讽刺他们像鬼魂一样。

在父亲被英国人残忍杀害以前，双胞胎兄弟和他们的父亲一样勤劳。父亲已经教会了他们如何耕种土地、照料动物。季节一到，他们就耕种土地，到了该锄草的时候，妇女们就去地里锄草。玉米看起来长势不错，但在玉米成熟之前，病害就无情地侵袭了这片土地，庄稼又一次日渐枯萎。

肺病继续肆虐，它甚至来到了这些新牧场，人们似乎无路可逃。肺病随意挑选它要带走的牛。

在特温的院子里，肺病毫不留情地攻击了他珍贵的马——格夏。以前没有人听说过马会患上肺病，可是现在，他眼睁睁地看着那匹美丽的棕白相间的马变成了一堆白骨。

特温没有睡觉，他坚持在马厩里守夜。库克兹娃给他端来了酸奶和粥，但他吃不下。只要格夏不吃东西，他就觉得食物难以下咽。库克兹娃尝试更换不同的食物，她先是给他拿来了一种叫作英格迪的发酵高粱稀粥，后来，她又给他拿来了一种叫作阿玛赫乌的发酵玉米稀粥。她知道，这些都是她丈夫最喜欢的饮料。在平常，辛苦劳作一天之后，这种粥可以帮他提神。但是现在，特温没有碰这些粥，他只是坐在那里，眼睁睁地看着格夏经历他非常熟悉的阶段：便秘、腹泻，然后消瘦。这匹可怜的马一连几天都在喘着粗气，舌头垂在嘴边，然后就死了。

特温继续守夜，逐渐衰弱。库克兹娃担心，他会跟随格夏去另一个世界。她恳求他，劝说他，甚至吓唬他，但都无济于事。格夏的尸体只剩下一张兽皮包裹着一堆骨头，特温继续为它守夜。即使苍蝇和虫子开始叮咬格夏的尸体，他也一动不动地坐着，就那样看着它们在格夏的尸体上大快朵颐。

库克兹娃从来没有真正喜欢过特温－特温，因为特温－特温从来没有真正喜欢过她。但在向那个在天堂讲述自己故事的人祈祷之后，她放下自尊，去夸菲尼村向特温－特温求助。特温－特温披上毛皮斗篷，然后骑马到恩西泽勒村，去看他的哥哥怎么了。

"它死了！我的兄弟呀！那匹马已经死了！"特温－特温大喊道。看到哥哥如此虚弱，他很恼火。有谁听说过一个成年的科萨人会因为一只动物的死亡而如此动容？是的，当特温－特温心爱的牛死去时，他自己也感到很痛苦。几滴眼泪顺着特温的面颊流了下来。这？荒谬！很明显，他的哥哥是个懦弱的人。

两周以来，特温第一次开口说话。他说了些关于海西·艾比伯的话。

"海西·艾比伯是一位先知，齐格瓦的儿子，为科伊人而死。"库克兹娃向特温－特温解释道。

"他跟我们有什么关系？这个海西·艾比伯不是我们科萨族人，我哥哥不会为他发狂的。就是因为你这个女人，他才产生了这些奇怪的想法。现在我的哥哥向往着与科萨人无关的外国先知，是你的乌布迪——你的巫术——把他变成这样的吗？"

"如果是我把他弄成这样，我会把你喊到这里来吗？"

特温的眼睛似乎又恢复了生机，他微笑着看着他的弟弟。

他说："就像海西·艾比伯拯救了科伊人一样，我们需要一位先知来拯救科萨人。"

"我们有自己的先知，科萨人的先知，不是科伊人或阿巴特瓦人的先知。我们有恩斯卡娜和恩克塞勒，你还想要什么？"特温－特温问道。他对这种愚蠢的谈话越来越不耐烦了。

"也许农卡乌丝的话有些道理。"特温说，"也许她就是可以拯救我们的新先知。"

"她只是个愚蠢的女孩。"特温－特温争辩道。

"让我们给她一个机会，我母亲的孩子，她的预言可能有些道理。她说，陌生人告诉她，我们今天所有的动物和农作物都受到了污染。事实上，我们每天都能看到动物死去，庄稼枯萎。现在，我失去了格夏。是格夏带着我们来到新牧场，现在，它因为无处不在的污染而失去了生命。即使在新的牧场，我们也难逃污染。如果我们听从农卡乌丝的话，杀死我们所有的动物，也许我们就能躲过污染。"

"难道你没看出来，她说的都是姆拉卡扎要说的话吗？她是姆拉卡扎的传声筒。就是那个姆拉卡扎，他在散播谎言，告诉我们必须追随白人的上帝。正是白人杀了自己上帝的儿子！"

但是特温不再听弟弟说话，而是哼着农卡乌丝预言之后人们唱的歌。歌中唱道，人们杀死所有被污染的动物后，新人会死而复生，带来新的动物。

"现在，我要你非常仔细地听着，特温，"特温-特温尽可能耐心地说道，"我看到了，你走上了一条危险的路。我们有自己的神，他也没有儿子，不像白人的上帝，也不像你妻子那个族的神。"

特温辩解道："与白人不同，科伊族人并没有杀死他们神的儿子。"

"这不要紧。我要说的是，你要忠于我们的神及其真正的先知。不要管其他人的神，包括那些神的儿子、女儿，或任何其他家庭成员。"

在接下来的日子里，特温似乎终于找到了平静和安宁，他欣然接受了那些流传开来的故事：姆拉卡扎实际上拜访了死者之地——祖先生活的冥界，并被辛萨国王的影子爱抚过。一八三五年，辛萨国王被总督本杰明·德乌尔班爵士残忍杀害。二十年过去了，科萨人至今仍然对他充满爱戴。他们没有忘记，德乌尔班曾邀请国王参加一个会议，向他保证他会很安全，结果却杀了他。他们割下了国王的耳朵作为纪念品，并把他的头运往了英国。如果姆拉卡扎能被敬爱的国王的影子爱抚，那么农卡乌丝的预言就一定有些道理。

从另一个世界来的新人们会带来新牛，这一好消息吸引了特温。不仅如此，农卡乌丝还说过，如果人们杀死他们所有的牲畜，烧掉他们所有的粮仓，魂灵就会死而复生，把所有的白人都赶到海里。谁都想看到，在该死的白人征服者被海浪抛到科萨人土地上之前，这个世界原本的样子。这些白人征服者甚至杀了他们自己上帝的儿子。

这个好消息也激发了辛萨国王的儿子萨希利国王的想象。他没有忘记他是怎样跟随父亲进入德乌尔班的营地的。当时，他的父亲被扣，而他则幸运地逃脱了。英国人要求他们拿出二万五千头牛和五百匹马，作为赎金赎回他父亲。后来听说，他的父亲在试图逃跑时被枪杀，他因此对英国人恨之入骨。许多科萨人都听到过，他每天都会痛苦地质问："我的父亲在哪里？他死在英国人手里，死在自己的国家里，他没来得及反抗就死了。"

这些预言给了萨希利的民族一个绝佳的机会，去报复维多利亚女王的走狗。

虽然萨希利是格卡莱卡部落的首领，但他被公认为是科萨诸部落的王，甚至那些生活在英国人统治区域的科萨人也效忠于他。当他对预言表现出极大的兴趣时，许多科萨人开始效仿他。

有个消息传到了特温的院子，说萨希利国王将要从他在后西塔的王宫骑马去海边。他要走一天多的路程，因为他想亲眼看看每个人都在谈论的奇迹。这个消息让特温家里的人兴奋不已。

特温和库克兹娃一大早就到了姆拉卡扎的家。库克兹娃背着他们刚出生不久的黄皮肤儿子海西。海西是科伊族救世主的名字。海西是西克夏的孙子，可特温夫妇没有遵循传统给他取科萨族人的名字，而是用他母亲库克兹娃的民族科伊族的名字给他命名。这使特温－特温确信，他的孪生哥哥特温现在是妻子卡卡短裙缝里的一条寄生虫。但是在许多场合，当谈到他与库克兹娃的关系时，特温明确表示，他是一个有主见的人。

虽然已是寒冷的隆冬季节，人们仍从四面八方赶来。有些人已经在格萨哈河边扎营多日，只为听农卡乌丝宣讲预言。她几乎每天都能看到那些陌生人，有时，因不堪这种狂热精神的重压，她甚至会病倒。每每这时，姆拉卡扎都会接手，发表他的看法。但是人们，甚至是酋长们，最喜欢的是年轻的诺班达。她甜蜜地谈论着，如果执行了陌生人的指令，大家会过上多么美好的新生活。

中午时分，在妇女们的欢呼中，萨希利国王和他的随从们到了。特温和库克兹娃以前都没见过他。只见他穿着豹皮斗篷，令人瞩目，长胡子在冬日的阳光下闪闪发光。

人们载歌载舞，空气、河流和大海都洋溢着节日的气氛，大家心中充满了爱，每个人都毫无保留地爱他人，并被他人深爱着，一切都如此美好。

跟农卡乌丝说话的人也跟萨希利国王说话了。他亲耳听到了陌生人的指示。在远处的海浪中，他看见了自己刚刚死去的儿子，活得很好，和辛萨国王一起生活在另一个世界。他看到了他最喜欢的马，也是最近才死的，正在跟他父亲的马一起欢快地嬉戏。在被德乌尔班的猎头者残忍杀害以前，他父亲还骑着自己的那匹马。

人们为国王准备了盛宴，农卡乌丝亲自给国王敬献了一壶新鲜的啤酒，并给他看了一穗新鲜的玉米。隆冬时节哪里来的新鲜玉米？农卡乌丝告诉他，这是来自另一个世界的新人们带来的。

"我从来没喝过这么好的啤酒。"国王一边擦胡子上的泡沫，一边说道，"这确实是来自祖先世界的啤酒。美好的生活等待着我的人民。但是，如果不杀掉所有现存的牲畜，这些陌生人的美好诺言能实现吗？"

"美好生活是不可能实现的。"姆拉卡扎回答道，"关于那件事的指示很明确，现在的动物都被污染了，农作物也是如此。陌生人明确表示，如果我们不按吩咐去做，杀掉我们所有的牲畜，毁掉我们地里的庄稼和谷仓里的粮食，清理我们的土地，新人是不会来的。新人，也就是我们的祖先，将不会起死复生。"

"指示很清楚，"国王说，"但我的牲畜太多了，我要求给我三个月的时间，好把它们全部消灭掉。"

在接下来的几个星期里，国王开始杀牛，他杀的第一头牛是他最好的公牛。这头牛非常健美，在这片土地上闻名遐迩。诗人曾为它吟诗，音乐家曾为它谱曲。当它倒下的时候，人们明白，开弓没有回头箭了，他们必须把牛都杀了。

与此同时，国王向夸科萨全境发出正式命令，要求所有的科萨人都必须服从姆拉卡扎的命令。

每天都有固定的一群人去姆拉卡扎的家，特温和库克兹娃是其中之一。

"我的哥哥，"特温－特温警告他说，"你竟干这种傻事，不管你的牛和田地。"

"反正牛都快要死了，庄稼也日渐枯萎，照料它们又有什么用呢？"特温回应，"我要毁掉一切。"

特温－特温无奈地摇摇头，去照看他的牲畜了。

在姆拉卡扎的院子里，特温和库克兹娃，与其他人一起感受到了大地的震动，听到公牛在地下咆哮。这些都是纯种的公牛，等着替代那些将要被杀死的牛。

人们把所有重要的拜访者介绍给年轻的女先知农卡乌丝和诺班达，并让他们看到姑娘们与魂灵对话。拜访者们自己从来没有听过魂灵讲话，因为只有被选中的人才能听到魂灵的声音。特温觉得，他有时也能听到魂灵们说话，尽管他说不清楚他们在说什么。

农卡乌丝困惑的表情，使得她越发像是一个先知。和其他先知——神灵们的伟大信使——相比，她蓬头垢面，不修边幅，她甚至不喜欢和她同龄的女孩子一样，用赭石颜料装饰自己的身体，她只关心魂灵，每天领着众人来到格萨哈河，让他们看那些来自另一个世界的奇迹。

一个由夸科萨各地酋长组成的特别代表团到了，他们请特温陪同他们前往格萨哈河河口观看奇迹。在姆拉卡扎的院子里，特温的地位越来越显赫了。农卡乌丝和诺班达已经在河口，并正在与新人们交流。

酋长们一走近河边，立刻被一种奇妙的恐惧笼罩。随着一声爆炸声，巨大的岩石从河边的悬崖上坠落。很快，整个山谷都笼罩在薄雾中，空气中充满了牛的咆哮声、马的嘶鸣声，以及绵羊和山羊的咩咩声。

农卡乌丝命令道："你们往大海的方向看。"

酋长们瞪大了眼睛，只见大海里出现了好几百头牛，一大群人出现在地平线上，随即又消失不见了，如此反复了很多次。酋长们恳请农卡乌丝，请她让新人们往海岸边靠一靠，他们好跟他们说说话。

"你们只有把牛都杀了，新人们才会来。"她告诉酋长们，"你们现在还不能和他们说话，只有我能和他们说话。"

特温回到恩西泽勒村，向人们讲述他看到的奇迹。他甚至去夸菲尼村，试图说服他的弟弟相信预言。

"简直是胡说八道，"特温 – 特温说，"你们看到了你们想看到的。当然，海洋里有各种生物，海里有鲸鱼、海豚、海牛、海狮和海马，甚至还有叫'美人鱼'的海人。你们看到的就是这些。"

"跟我去看看吧，我母亲的孩子。到时，你一定会亲眼看到我所说的奇迹。"

"我没时间浪费，特温，我得照看我的牛和耕地。你看到了，我的家园更大了，我又有了新的妻子和孩子。你的那些魂灵无法为我的家人提供食物。"

特温为他的弟弟感到遗憾。回到家，他宰了两头最好的牛。

几天后，特温决定再去一次夸菲尼，去劝说他固执的弟弟特温 – 特温。他惊讶地看到，在弟弟的院子外面，拴着四匹马，有的还套着马鞍。难道跟他一母所生的弟弟设筵席不应该通知哥哥吗？这是一场有钱人的盛宴，看他们的好马就知道了。

在一棵珊瑚树下，五个人正在认真地讨论着什么。看到哥哥到来，特温 – 特温惊讶地瞪大了眼睛，但还是说道："欢迎你，我母亲的孩子，尽管我不知道你会来。"

"从什么时候开始，我来我弟弟家，还需要获得谁的准许了？"特温问道。

那些人看着他，一脸怀疑，他也轻蔑地盯着他们。在这些人中，他只认得西吉迪。他知道，西吉迪是格卡莱卡部落的高级酋长，他们生活在英国人占领的土地上，受英国人的统治。和往常一样，他穿戴着精致的科萨服饰，华丽夺目。特温疑惑，那一位与众不同的老人是谁，他的头发白得像阿玛托尔山上的雪一样，他穿着欧式的裤子和长靴，肩上披着科萨族的兽皮斗篷。有两个年轻人，穿着欧式衣服。特温－特温穿着他的科萨棕皮裙，披着斑马皮斗篷，戴着不同式样的珠子，看起来光彩照人。特温则随便披着一张驴毛毯，这种毯子因其灰色而得名。他觉得自己衣衫褴褛，在这群人面前无地自容。

"特温，你盯着这位老人看，就好像他是你的同龄人一样。他是我们的祖父辈，叫恩西托，是萨希利国王的叔叔。"特温－特温说道。

然后他指着那两个穿着欧式服装的人说："这是奈德，马库玛将军的儿子，没错，就是领导姆兰杰尼之战的马库玛将军。这位稍胖一点的是姆朱扎，我们伟大先知恩克塞勒的儿子。我的父亲和兄弟们，请原谅我的哥哥，自从他开始相信假先知以来，他已经不是原来的那个人了。"

想到自己刚才粗鲁地盯着那个年长的人，特温感到很羞愧。与此同时，他也好奇弟弟是怎么认识这些重要人物的。

"我的父亲和兄弟们，我不是有意无礼的。"他胆怯地说道。

恩西托没理会特温对他的道歉，继续说道："就像我刚才说的，我们的神，伟大的卡马塔，知道如何惩罚那些自认为可以欺负他的人。"

他们正在谈论乔治·卡斯卡特爵士，姆兰杰尼之战的胜利者。

接着发言的是奈德，他在当地医院当杂工，根据工作需要，他有时当搬运工，有时当护理员。他说，尽管卡斯卡特在克里米亚战争中被俄国士兵杀死已经整整两年了，但医院里的白人医生和院长还在为他哀悼，这让大家都觉得很好笑。

每个人都记得，当初卡斯卡特的死讯是如何像野火一样迅速传开的。那时，整个夸科萨地区的人都在自发举行欢庆活动。人们第一次知道了俄国人。尽管英国人坚称，和英国人一样，俄国人也是白人，但科萨人明白，这一切都是谎言。俄国是一个黑人国家，俄国人就是那些在与英国殖民者的多次战争中牺牲的科萨士兵的灵魂。事实上，是那些在姆兰杰尼之战中被英国人杀害的科萨士兵的灵魂杀死了卡斯卡特。

"极有可能那些俄国人是由我的父亲指挥的。"特温若有所思地说。尽管其他人似乎下定决心要无视他的存在，他还是鼓足勇气加入了讨论。

"没有脑袋的西克夏怎么能指挥俄国士兵？"恩西托问道。

他们一致认为，也许这就是为什么英国人要砍掉他的头。这样一来，作为祖先，他就起不了作用了。

"那是在两年前，在俄国人杀了卡斯卡特之后，我们开始信仰俄国人。"特温－特温说，"一连好几个月，我们派人去山上眺望，看看有没有俄国船只到来，但都没看到。"

西吉迪酋长笑着补充道："我记得姆朱扎，恩克塞勒之子，他告诉每个人，伟大的先知并没有淹死在逃离罗本岛监狱的途中，而是带领一支黑人军队在海上作战，他们会来粉碎英国人！"

"我不是唯一这样说的人。"姆朱扎辩解道，"我们许多人都相信，姆兰杰尼已经起死回生，做了俄国军队的军医。我相信我的父亲也起死回生，做了俄国人的领袖。直到亲自去了格萨哈河河畔，我才发现，这个农卡乌丝就是个骗子。"

"俄国人可能还会来，"特温说，"也许不是杀害卡斯卡特的那个俄国人，也许是我们的祖先。在我们杀了牛之后，他们会起死回生，会从海里冒出来。农卡乌丝这样说的。"

"农卡乌丝是一个空想家。这正是我们聚集在这里的原因，看看我们能做些什么，让人们不要相信她的虚假预言。"恩西托回应道。

"看来，我们听说的是真的，你哥哥果然是个坚定的笃信派！"奈德说。

"他很快就会改变的。"特温－特温向他的朋友保证道。

"不要替我说话，我母亲的孩子，我自己有嘴。我曾亲眼见过格萨哈河河口的奇迹。我的父亲恩西托，甚至你自己的侄子萨希利国王也看到了奇迹。那个时候，我和他在一起。这就是为什么他发布了正式的命令，要求科萨民族服从伟大先知的指示。"

特温－特温怒不可遏。

"谁邀请你来的，嗯？"他问道，"这是怀疑派的集会。我们之所以在这里商议，是因为我们认为萨希利国王被误导了，你还来这里胡言乱语！"

"等等，我的孩子们，"恩西托说，"亲兄弟不应该为这些事情争斗。如果我们好好商量，我们一定会找到解决办法的。"

尽管特温独自对抗五个怀疑派的人，他还是觉得自己很强大。只要想到女先知农卡乌丝和诺班达，他就信心百倍。他并不害怕这些怀疑派，他要和他们辩论，让他们改变信仰。他有责任让这些人看到光明。这些人，有些是这个民族的长老，有些是在白人医院工作的有学问的人，有些是伟大先知的子孙，但他们都是迷失的灵魂。他不愿保持沉默，也不会被吓倒而保持沉默。科萨民族的未来岌岌可危。

"你无法阻止人们相信他们的自我救赎！"特温喊道，"在海的那一边，一定有一个刚刚起死回生的黑人种族正在赶来，把我们从白人手中拯救出来。即使是那个'命名十条河的人'的军队也无法抵挡这个种族！你看到卡斯卡特的下场了！"

"命名十条河的人"就是乔治·格雷爵士，他在卡斯卡特死后接任开普殖民地总督。他怀着极大的热情来到这里，肩负着教化当地人的使命。那些科萨人变成了科霍卡——基督教皈依者，他们相信格雷。类似奈德这样与白人关系不错的人，回来后都会讲述格雷的伟大故事。他们说，他曾担任过澳大利亚和新西兰的总督。在那里，他的教化使团为这些国家的原住民做了许多很棒的事情。当然，他必须拿一些他们的土地，作为教化的回报。文明不便宜。他写了大量关于这些国家的原住民和本土植物的文章，他甚至给那里的十条河和山脉起了名字。而实际上，那些原住民的祖先在远古时代就已经给那些河流和山脉命名过了，但这并不重要。当奈德给他们讲述格雷命名河流的故事时，一位长老讥讽地将格雷命名为"命名十条河的人"。这成了格雷的新名字。

"不要跟我提那个'命名十条河的人'。"特温－特温说，"像所有其他人一样，他是个小偷，他偷了海那边国家的土地，又偷了科萨人的土地，然后把科萨人的地给了姆丰古部落。他偷了我们很多土地，安置他们的人！"

奈德和姆朱扎都为格雷辩护，他们说，格雷与前总督不同，格雷是科萨人的朋友，他痴迷阅读《圣经》，认为《圣经》这本大书讲述的是，真神之子的血能带来真正的救赎。格雷认为，所有的人都是平等的，几乎是平等的，前提是他们要选择文明的着装方式和体面的生活习惯。格雷关心科萨人的健康和教育，这就是为什么他在本地创办学校和医院。他非常喜欢科萨民族，对科萨民族的民间故事、动物和植物都很感兴趣。格雷应该被称为"世界上所有除欧洲人之外的人的大恩人"，而不应被嘲讽为"命名十条河的人"。他是一个了不起的人，他来统治科萨大地的唯一目的是改变野蛮原住民的习俗，让他们了解英国文明。在这个过程中，他获取的这片土地，相对于文明——这一美妙的礼物来说，实在是微不足道的代价。

"胡说。"特温－特温怒斥道，他对他的怀疑派伙伴失去了耐心，"你的格雷来到这里的唯一原因是，他们国家里的白人太多了，所以，他们来这里偷我们的土地。"

看到怀疑派之间有分歧，特温非常开心。

"我的弟弟，这些人相信白人的统治和白人的上帝，你还当他们是朋友？"他讥讽地问道。

　　这让特温－特温非常不安。他不相信假先知，最开始是不相信姆兰杰尼，现在不相信农卡乌丝，以及其他假先知，因为他们都宣扬同样的杀牛的消息。这迫使他与那些为了白人的上帝而抛弃自己的神的人结成奇怪的联盟。像奈德和姆朱扎这样的人，他们都是科萨英雄的后代，但现在他们成了白人的追随者。然而，和恩西托一样，特温－特温不相信农卡乌丝，并不是不相信科萨人的礼仪、仪式和习俗，也不是不相信恩斯卡娜和恩克塞勒等先知代言的神。姆达利德弗、卡马塔、姆韦林坎吉，这些自古以来都是他的列祖们敬拜的神，而祖先们是这些神的信使。

　　离开弟弟的院子时，特温很沮丧。他意识到，他的弟弟已经与那些给殖民地主人做仆人的危险人物勾结在一起了，他已经走得太远了，无法挽救了。

　　在接下来的几个星期里，特温得知，姆朱扎有时和约翰·道尔顿在一起。道尔顿是参加过姆兰杰尼之战的殖民地军官，经常被"命名十条河的人"手下的地方治安官派去惩罚那些不服从殖民统治的科萨酋长。一提到道尔顿的名字，特温就会想起他父亲的头被扔进沸锅里的情形。特温－特温怎么可以与姆朱扎为伍呢？他可是杀死西克夏的英国人的走狗呀！这意味着他与弟弟之间的兄弟情走到头了吗？

　　很多家庭都是这样的，笃信派弟兄与怀疑派弟兄争战，怀疑派配偶转而反对笃信派配偶，怀疑派父亲把笃信派儿子赶出他们的家园，怀疑派儿子们密谋杀害笃信派父亲，怀疑派父亲试图杀死笃信派儿子，信仰不同的兄弟姐妹们相见，分外眼红。许多科萨人杀了他们的牛，为复活做准备。还有许多人在笃信派亲属的威胁下，不情愿地杀了他们的牛。

科萨人称笃信派为坦巴，意思是温柔、善良、聪明、头脑灵活、慷慨大方的人。怀疑派的人被称为戈戈蒂亚，意思是苛刻、固执、自私、贪婪的人。怀疑派把他们自己的牲畜藏起来，以抢夺整个科萨民族复兴的甜美果实。

每当特温情绪不高时，他就和库克兹娃一起去奇迹降临的地方。他们在那里吃东西、跳舞、喝高粱啤酒，直到半夜。清晨，他们看见有牛群出现在草丛中和海里，有些人甚至看到了他们离世很久的老朋友和亲戚。有一天早晨，特温亲眼看见复活的英雄们出现在海上，有些人步行，有些人骑着马，他们列队行进，威风凛凛，悄无声息，然后又沉入了浪涛。

第二天，特温和库克兹娃更有力气了，他们杀了更多的牛。与此同时，他们开始扩建他们的牛栏，期待着新牛的到来，并翻新他们的房子，这样，那些新人，也就是复活的亲戚们，就可以住在新的茅屋里了。

夸科萨的笃信派们每天都要杀死数百头牛，而且不允许吃前一天宰杀的牛肉。每天都有新的牛被宰杀，前一天的肉就被扔掉了。很快，腐肉的恶臭弥漫整个村庄。因为吃了太多的肉，笃信派开始拉肚子，恶臭再一次弥漫整个村庄。

特温和他的妻子继续把他们地下粮仓里的玉米挖出来，扔到河里。

有些笃信派以极低的价格把他们的玉米和牛卖给不相信预言的姆丰古部落的人，或者卖到威廉姆斯国王镇和东伦敦的市场。

这些事情让特温－特温烦躁不安。在酋长院子里的集会上，笃信派和怀疑派争吵不断。他大喊道："笃信派的人啊，我跟你们说，把那个愚蠢的女先知带过来，我要跟她睡觉，我要狠狠地教训她一顿，让她别再撒弥天大谎！她说的全是谎话，做的尽是白日梦，看到的全是幻象，因为她急需男人！"

对于特温和他的笃信派同伴们来说，要想避免被这些渎神之语玷污耳朵，已经太迟了。

* * *

卡玛古跟索丽斯娃·希米亚说起了怀疑派的纪念仪式，他说，这种优雅地表达痛苦的方式让他很着迷。她很惊讶，一个在美国生活了三十年，受过高等教育的人竟然对这些垃圾如此着迷。

"真的很尴尬，"她说，"我不知道他们为什么不想忘记我们让人羞耻的过去。"

"我觉得历史很美。"

"不要以高人一等的姿态看待我们。"

"我是说真的，即使你不是一个浪漫主义诗人，你也应该知道，悲伤在我们的生活中是必不可少的。"

索丽斯娃·希米亚明确表示，她宁愿聊点别的事情。她告诉他，她希望离开海滨克罗哈，远离原始丛林和那些想要保留过时文化的乡巴佬。她的朋友们都在政府任要职，她也想成为公务员。她递交了许多申请，但收到的都是婉拒的信。也许她应该向他学习，飞到美国去。

撇开索丽斯娃对美国的痴迷不说，卡玛古觉得她很有魅力。她眼中的悲伤让他有一种强烈的冲动，想去紧紧地抱住她，保护她不受这个残酷世界的伤害。但他知道，如果他敢屈从于这种诱惑，她会毫不犹豫地让他明白他是谁。

他喝了一杯橙汁，答应明天再去看她，然后向她告别。他想在天黑之前再去海边看看。

卡玛古在农卡乌丝山谷里走着，一阵旋风突然袭来，差点把他刮倒在地。然后，旋风又转回来，停在他的正前方，原来是库克兹娃，她骑在没有佩戴马鞍的格夏背上，咯咯地笑着。

"你好，陌生人。"她边说着话边下马，让格夏自己吃草，她则从背在身后的刀鞘里抽出一把大砍刀，开始挥舞起来。卡玛古害怕地往后退，她却乐在其中，笑了起来。

"你害怕吗？别担心，我不会砍掉你的头，至少现在还不会。"

她开始砍灌丛木。

"你是谁？"他问道。

"库克兹娃·泽姆。"

"哦，你就是那个在商店工作的女孩。那个女孩跟我说——"

"跟你说什么？"

"少来！你知道我们在你工作的店里见过面。你竟然向我求过爱，淘气的女孩！"

"我以前从未见过你。"

"好吧，我相信你的话。但我知道我们见过。"

她继续砍灌木丛。

也许这个女孩认识诺玛拉夏，卡玛古觉得，兴许问问她也无妨。

"我在找一个人。"

"找诺玛拉夏吗？我听别人说过。"

"但你说你从未见过我。"

"你真的爱这个诺玛拉夏，对吧？竟然从约翰内斯堡远道而来找她！你真的认识她吗？她跟你说过她的事吗？你尝过她的女人味，然后决定追随她到天涯海角，对吗？"

"不要这么怪里怪气的。"

"你在某个酒吧遇见她，醉眼蒙眬中，你觉得她是女神，对吧？"

"我不是在酒吧遇见她的。"

"哦，我忘了，她当时为你工作，把你的护照带走了。"

"是谁告诉你这些的？"

"你以为我是婴儿吗？你认为这个村子里每个人都是婴儿吗？"

"当然不是！"

"诺玛拉夏从来没有为你工作过，她不为任何人工作。"

"那你认识她吗？请告诉我在哪里可以找到她。"

"不，我不认识她，从没听说过她。"

"求你了！我要找到诺玛拉夏！这很重要！"

"如果她是已婚妇女呢？如果她有男朋友呢？"

他记得她当时确实穿得像个新婚的女人。从约翰内斯堡一路开车过来的时候，他确实没有想到这一点。如果她已经结婚了，那他现在就是在打听别人妻子的情况，他担心村民会怎么看他。

"她结婚了吗？"他问道，却害怕得到答案。

"如果她得了不治之症怎么办？"

"别跟我开玩笑，姑娘！"

"如果她是一个恶毒的食人魔的儿媳妇，谁敢看她第二眼，食人魔就会毫不犹豫地把他阉了怎么办？"

"我相信你认识她。拜托 —— 我求求你 ——"

"不，我不认识她，我也不想认识她，所以，别再来烦我了！"

她更加用力地砍伐灌木。

"你知道你这是什么行为吗？"他轻蔑地问。

"砍掉一种讨厌的植物。除了这个，还能是什么？"

"你这是破坏行为！这些美丽的植物开着紫色花朵，这么漂亮，你为什么要毁掉它们呢？"

"漂亮的紫花吗？我认为它们是蓝色的。"

"因为你认为它们是蓝色，所以它们就该死？"

"漂亮的植物，是吗？对你来说，它也许是漂亮的，但对本土植物来说，它并不友好。这是光滑冬青果，来自凯斯卡玛河对岸，它会杀死其他植物。你非常喜欢的这些花最终会变成浆果。在不久的将来，每个浆果都会长成植物，然后杀死我们本地的传统植物。这种植物对动物也是有毒的，虽然它的浆果没有毒。鸟吃浆果，不会受到任何伤害，但会通过粪便帮助传播这些可怕的植物。"

突然，她发出一声尖锐的口哨声，格夏向她飞奔而来。她骑上马，挥舞着她的大砍刀离开了。

卡玛古在她身后喊道："谢谢你的训诫！"

然后低声说："该死的泼妇。"

是夜，他又变成了一条河，诺玛拉夏变成了凉爽清澈的河水。突然，在农卡乌丝山谷里，挥舞着砍刀的女孩闯了进来，毁了他的梦，她把光滑冬青果的果汁挤到河里，把河水变成了紫色的黏液。他醒了，一身冷汗。

自此，他就再也睡不着了。

5

自从被老人们斥责后，希米亚之子邦科就变了，他开始悲叹中世代的苦难。他仍然渴望美好的事物，但他不相信人不会悲伤。我们不能说他相信悲伤，因为对于一个怀疑派来说，他应该对一切事物持怀疑态度。

事情本该如此。

在这次公开会议上，邦科准备来一场战斗。如果西克夏酋长很软弱，不能在关于商业开发这个问题上踏出勇敢的一步，采取明智的立场，邦科将要让笃信派明白，海滨克罗哈村支持商业开发的大有人在。酋长是那种容易被争论左右的人，会议结束后，他一般不知道该选择支持哪一方。

那些喜欢冷嘲热讽的人经常说："你怎么能指望他在这方面有什么头脑呢？毕竟他是以一位无头祖先的名字命名的。"

但对许多人来说，确实很难选择站在哪一边。即使是学识渊博的卡玛古也拿不定主意。他在这个村子里住了两个星期，每天都和希米亚在一起，有时放学后跟她在一起待一两个小时，有时候在周末跟她在一起待半天。因此，可以顺理成章地理解为，在这个会议上，卡玛古更认同怀疑派的观点。

索丽斯娃·希米亚傲然地站在他旁边，像一个模特一样，从容、优雅。卡玛古心想，此时此刻，要是吉格斯俱乐部里的那些伙伴能看见这一幕该多好啊！

他试图观察这个村里人们的信仰与怀疑模式，试图弄明白它们的意义，却还是没搞明白。他跟邦科详谈过，可惜，他还没有机会与泽姆交谈。卡玛古的结论是，这两人选择立场的方式，意味着他们无法在任何事情上达成一致意见。他俩都是西克夏酋长的顾问和参谋，但即使是在酋长的咨询会上，他俩也总是不和。

"怀疑派代表进步。"邦科坚称，他的追随者们低语表示赞同。他猛力挥拳，一脸庄严和愤怒。卡玛古注意到，因为长老们的责备，邦科那张皱纹密布的脸上曾经亲切友好的表情消失了。他继续说道："我们要除掉灌木，它标志着我们还处于未开化的阶段。我们希望开发商来建设赌城，为这个社区带来资金。这将给我们的生活带来现代化，让我们摆脱红色。"

索丽斯娃·希米亚为她父亲的立场感到骄傲。他穿着西装、灰白色衬衫，打着一条皱巴巴的领带，但脖子上挂着一个岩兔皮袋子。要是他让诺帕媞蔻特把他的衣服熨一下就好了，但即使是一套皱巴巴的西装，也比没有西装强，好歹比串珠和传统的科萨服装要好得多。

泽姆站了起来，穿着他的传统服饰，面带微笑，看上去颇有王者风范。

"希米亚之子谈到了进步，但是，他却想要毁掉自我们祖先时代就存在的灌木。这算是什么进步？"他问道，态度和讲话方式都很从容。

"灌木能为你做什么？"邦科喊道，他对那些愚蠢的笃信派失去了耐心，"新的开发项目将吸引游客，新的开发项目将为我们所有人创造就业机会，新的开发项目将吸引世界各地的人来这里，美国游客会到这里来游玩！"

卡玛古觉得，他最后提到的一点，肯定是他女儿的想法。

"是的。那些人！"泽姆嘲笑道，"那些所谓的游客！他们来这里偷我们的蜥蜴和鸟。"

"那么，谁想要蜥蜴呢？"邦科轻蔑地问道，"你吃蜥蜴吗，泽姆？你为什么要提到蜥蜴和鸟？像你这样的大人会像放牧的孩子那样吃鸟吗？像草原上的牧童那样？"

"他们来偷我们的芦荟、苏铁、棕榈树和野生香蕉树。"泽姆坚持说道。

邦科很恼火，他从来没有听说过村里的哪位长老有这么愚蠢的想法。进步和文明会因为这样的愚蠢想法而停滞不前吗？是的，有人因在克罗哈走私苏铁和爬行动物被抓。这简直愚蠢至极。占有不属于任何人的野生动植物，为什么会被逮捕呢？这些蜥蜴很丑，这些植物对人类也是一点用都没有。既不能把它们当木材用，也不能当食物吃。村里一旦有了进步，谁还会需要森林里的木头呢？

"人们将用电生火，"邦科自豪地说，"就像我的女儿，她在她学校里的房子就是用电生火的。你们知道的，她是校长。"

继蓝色火烈鸟酒店和弗林德莱拉贸易商店之后，中学成了村里第三个由巴特沃斯供应电力的地方。

索丽斯娃·希米亚买了两个电炉。嗯，如果你不把度假别墅包括在内的话，那就只有这几个地方有电了。大多数度假别墅都直接跟供电线路相连，或者有自己的发电机。

索丽斯娃·希米亚很反感父亲提到她的伟大成就，这就是为什么她一开始就不想来参加这个会。她知道，两个家族长期不和，在双方争吵的过程中，家庭成员很难不被牵涉其中。她听说了领养老金那天商店里发生的事情。那天，她父亲就把她扯进去了。今天，卡玛古劝她来，结果，在这个会上，她就发现人们肆意散播关于她用电的事，一百多双眼睛恨不得要刺穿她。卡玛古向她微微一笑，以示安慰。

"等村里有了进步，我们甚至会有路灯。"邦科补充道。

"我们为什么要为此争吵不休？"泽姆问道，"我们都是无头祖先的后代。"

这是泽姆必用的伎俩。每当在与邦科的争吵中居下风时，他就感伤地提及他们源于同一个祖先的事实。但他还是会继续不顾一切地坚持一个与邦科相反的论点，仿佛他的生命意义就取决于它。

事情本该如此。因为对于一个笃信派来说，与怀疑派所采取的任何立场保持一致都是一种亵渎。卡玛古怀疑，即使奇迹发生，邦科改变立场，谴责开发商，泽姆也会突然改变立场，支持开发商。

"当你需要时，你说我们都是无头祖先的后代，"邦科嘲笑道，"但是当你嘲笑我的不幸时，比如我虽然上了年纪，却没有获得政府的养老金，你忘了我们都是无头祖先的后代。说不定你是想通过阻碍进步来毁灭我们，你是个老谋深算的家伙，泽姆。你就等着在背后捅我一刀，就像你的父亲在背后捅我的父亲一样。你们的列祖按照农卡乌丝的教导，让这个民族走向了灭亡之路。"

泽姆以嘲笑回应邦科。他轻蔑地笑了，他的追随者们也讥讽地笑起来，没有人知道他们在笑什么。邦科很恼火。

"这个相信进步的人——"

甚至在泽姆还没说完之前，邦科就愤怒地用棍子指着他，"我不相信进步。"他痛苦地喊道，"我是怀疑派，我们怀疑派的人什么也不信！我们代表进步！"

"好吧，他代表着进步。"泽姆落落大方地说，"可是，他的旧式圆形茅屋还没有换成现代的六边形茅屋。我们很多人的院子里已经有很多六边形茅屋了，而他还住在一个粉红色的圆形茅屋里。这算是哪门子的进步？"

人群散开，走向不同的方向，他们喃喃自语，嘲笑一个人的财产或财产太少是一种怯懦的行为。很明显，泽姆已经失去了理智。如果西克夏酋长和他的发展委员会有胆量，他们肯定会采取跟邦科一样的态度，做出最终的裁决，启动开发工作。

"酋长不能只是发布命令，"这所中学的历史老师说道，试图让邦科平静下来，与他一起走向邦科的院子，"这就是民主的真谛，公民必须首先讨论这些问题，有了一致的意见之后再做出决定。"

"这就是民主的弊病！"邦科不甘示弱。

"但是，即使在我们祖先那个时代，人们也是这样做的，"老师说，"酋长从不会单方面做决定。这就是为什么他们会派委员先去了解人民的意见，这就是为什么他们要举行会议，而且所有的人都必须参加。到了中世代，白人给我们强加了一种新的制度，并按照他们的需要指定了小酋长。这些小酋长成了代表他们主子的小暴君。"

"离我远点，小子！是谁邀请你跟我一起走的？"邦科大吼道，"你算老几，竟跑来教导我，告诉我我们的祖宗过去如何做事？"

无礼的老师走开了。看到索丽斯娃·希米亚和卡玛古走在一起，他跑过去，跟他们走在一起。很明显，女校长也觉得他的出现令人恼火。但是卡玛古欢迎他，他想知道历史老师在这场辩论中的立场。

"我不知道。"老师说。

"你不知道？"索丽斯娃·希米亚厌恶地问道，"负责整个中学历史课程的历史老师却对开发问题一无所知！你父母送你上学，你学到了什么？"

"这些都是难题，希米亚小姐。"老师辩解道，"有时我发现自己更倾向于笃信派的立场。我认为，保护自然，我们的森林，我们的河流，都很重要。"

"工作机会重要吗？游客重要吗？"

"我们仍然可以吸引不同类型的游客，比如，那些想与大自然交流的人，那些想欣赏我们的植物的人，有些游客认为我们这里的植物很有异国情调，还有那些想给我们的鸟拍照的人。"

"你说的是那些想要看到处于原始状态的原住民的游客。"索丽斯娃·希米亚轻蔑地说，"能通过这种游客得到工作的只有诺曼莉琪和诺万吉莉这样的骗子。"

卡玛古了解到，诺曼莉琪和诺万吉莉是两个了不起的女人，她们靠约翰·道尔顿所说的文化旅游谋生。她们的工作是向白人游客展示科萨族的习俗和文化实践。道尔顿经常开着他的四驱厢式轻便货车带白人游客走小路，去看农卡乌丝山谷、大潟湖、沉船、河流、峡谷、古代的贝冢和石碓，之后，他会带游客们去诺曼莉琪和诺万吉莉的小屋，看她们的展示。一有游客来，诺曼莉琪就假装自己是一个传统治疗师，开始表演神秘的仪式。游客们称她为巫医。在这个时候，诺万吉莉就假装和游客们一起藏一些物品，诺曼莉琪则向游客展示她如何利用自己的超能力找到这些东西。然后，两个女人向游客们展示用牛粪打磨地板。在此之后，游客们体验用石臼磨碎小米或高粱，或者用石杵或木杵把玉米碾成玉米渣。她俩穿着全套的科萨传统服饰，向游客展示这些把戏。实际上，穿着这种笨重的传统服装干活很不方便，人们只会在特殊场合才穿这种衣服，让自己显得聪明又漂亮，人们不会在辛苦劳作的时候穿这样的服装。为了看这些愚蠢的表演，游客们花了很多钱。

索丽斯娃·希米亚觉得，在白人游客面前，她的人民像小丑一样，这让她很不开心。她很恼火，因为这些做法美化了原始习俗。在约翰·道尔顿的帮助下，她的人民就像动物园里的猴子一样，被外国白人饶有兴趣地观察着。而最让她无法接受的是，道尔顿竟然带白人游客去看农卡乌丝深潭。在那里，那些游客往潭里投硬币，以求好运。她讨厌农卡乌丝，一提到她的名字，索丽斯娃·希米亚就感到尴尬、难堪。对她而言，那段历史是一种耻辱。

"像道尔顿这样的人真是奇怪，"索丽斯娃·希米亚若有所思地说，仿佛是在自言自语，"他的白人祖先在农卡乌丝时代与怀疑派站在一起。人们认为，那些白人将在死者复活的那天被卷入大海。但如今，约翰·道尔顿却支持笃信派，与他们一起对抗进步。"

卡玛古借口说要回酒店房间写封信，先行离开了。他在她脸上亲了一下，答应明天去看她。

他往蓝色火烈鸟酒店走时，有人开始在他背后说长道短。在啤酒聚会上，有人八卦开来，说这个人是来拯救索丽斯娃·希米亚这个老处女的，但也有人认为他很可疑，他为什么年纪这么大了还不结婚？聪明的人说，这些年来他一直在上学，还没有时间结婚。难道他们没听说，他的头因受教育太多而不正常了吗？他很有学问，已经达到了世界最高水平。瓦蒂斯娃甚至还传播说他是一名医生①，尽管不是那种能治愈疾病的医生。她向他们保证，还有其他类型的医生，他到达了知识的终点，赢得了这个头衔。

很明显，这个社区的人一直担心他们的女校长会以老处女的身份终老。众所周知，男人害怕受过教育的女人。受过教育的女人指的是那些上了高中和大学，接受过西方教育的女人，而不是那些在家里和各种仪式中接受传统的科萨教育的女人。男人更愿意与他们可以踩在脚下的女人待在一起。即使受过教育的男人也喜欢没受过教育的女人。也许这个来自约翰内斯堡的陌生人是另一种受过教育的人，他不害怕索丽斯娃冷漠的美。否则，为什么在过去的两个星期里，他每天都和她在一起？大家都有眼睛，可以看到，大家都有耳朵，可以听到。

---

① 原文为doctor，这个词有"医生"和"博士"的意思。卡玛古向瓦蒂斯娃介绍自己是doctor，实际是说他是"博士"，瓦蒂斯娃文化水平不高，理解成了"医生"。——译注

早上，他在床上躺了一会儿，计划着他的未来。他突然意识到，他真的没什么未来可计划，他的未来不在这个村里。住在这家酒店，他的钱早晚都会花光的。他寻找诺玛拉夏的任务失败了。那么，如果他找到了她，他能对她做什么？这是一个愚蠢的探求。他必须准备离开这个地方，寻找自己的出路，返回约翰内斯堡，继续去机场，回到索丽斯娃·希米亚心心念念的美国。想到这里，他陷入了无尽的沮丧。

一阵敲门声打断了他的思绪，他打开门，是客房服务员。他去浴室洗澡，服务员给他整理床铺。突然，服务员发出一声可怕的尖叫。他急忙从浴室折回来。

"发生什么事了？"他问道。

服务员还没来得及回答，卡玛古就看见一条棕色的蛇在他的毯子上慢慢舒展开来。那个女人冲出去大声呼救。很快，一大群花匠、勤杂工赶了过来，甚至还来了一个加油工，他们手里拿着铲子和各种武器。

"等等！"卡玛古尖叫着，"谁也不许碰那条蛇。"

"他说我们不能杀蛇！"加油工喊道。

"为什么？他像那些想要保护蜥蜴的笃信派一样疯狂吗？"一个花匠问道。

"不，"卡玛古说，"这可不是一般的蛇，这是玛约拉。"

人们这才注意到这一点。

"你是旁多米西部落的吗？"

"是的，我是旁多米西部落的，这条蛇是我们的图腾。"

卡玛古欣喜若狂，玛约拉，也就是这条棕色的鼹鼠蛇，是他部落的图腾。以前，玛约拉从来没有拜访过他。他在故事中听说，这种蛇会拜访每一个新生儿，有时，它会去天选之人家里，给他们带来好运。今天，他就是那个天选之人。

这些男人明白了。他们是格卡莱卡部落的人，他们的图腾不是蛇。在他们看来，蛇是必须杀死的敌人。但他们知道，玛约拉是旁多米西部落的图腾，他们还知道，在他们的成长过程中，大人教导他们要尊重他人的习俗，只有这样，别人才会尊重他们的习俗。离开卡玛古的房间时，他们满怀敬畏地谈论他保护鼹鼠蛇的事情。他们没想到，一个受过如此良好教育的人，一个在白人的土地上生活了三十年的人，还如此尊重他自己民族的习俗，他确实是一个值得他们尊敬的人。

卡玛古走在大潟湖的沙滩上，情不自禁地唱着歌。他任蛇留在床上，不去管它，它会自行离开房间的。他开始慢跑，直到上气不接下气了才停下来。他确实开始上年纪了。曾经，他能跑上好几个小时，那还是不久以前的事。

"你好，陌生人！"

他吓了一跳，环顾四周，一个人也没看见。她朝他吹了一声口哨，他看到她的头没入水中。又是那个该死的女孩！是她用有毒的汁液弄脏清澈的河水，把它变成紫色的黏液。

"我去哪里，你都要鬼鬼祟祟地跟着吗？"

她从水里站起来，穿着内裤和胸罩，昂首阔步地走来走去，就好像她是一个穿着顶级比基尼的胖模特。她伸手去拿一件晾晒在岩石上的衣服。尽管衣服还湿着，但她还是穿上了它，和他一起站在沙滩上。他努力假装没有看到她凹凸有致的身形。湿衣服紧紧地粘在她身上，已经成透明的了，这越发凸显了她丰满的曲线。

"鬼鬼祟祟？我觉得你才是那个鬼鬼祟祟的人。这是我的大潟湖，我住在这里，而你住在约翰内斯堡。如果我是你，我就会回去，不再打扰无辜的人。"

他们对视了一会儿，她突然大笑起来，他不好意思地检查了一下自己，以为是自己的裤子门襟开了。

"我不会让你破坏我今天的好心情。"卡玛古边走边说道，"我的蛇今天来看我了，今天是我的幸运日。"

"这么快？"她问。

他停下来，看着她。

"这么快？"他重复着，不知道她是什么意思。

"我没想到你这么早就看穿了你那瘦弱的女朋友。我同意你的看法，索丽斯娃·希米亚是一条蛇。"

"我说的是我的图腾蛇，傻女孩！"

他厌恶地走开了，她跟着他，他走得更快了，她跟上了他的步伐，他无法摆脱她，这使他很沮丧。

"老实说，她是个阴险的人。你没看到她的美吗？这不正常。如果一个女人如此美丽，我们会说，她被蛇舔过了。我很了解她，她是我在海滨克罗哈中学的老师，她对那些长相不好的人没有耐心。"

这时卡玛古已经跑起来了，但是这个女孩在他身后保持着稳定的步伐，一直不停地，哇啦哇啦地谈论着索丽斯娃·希米亚的美丽。这个恼人的女孩继续说，希米亚小姐曾经用一份剪报开始她的课程。剪报上讲的是一个叫胡宝茵的台湾女人的故事。那个女人杀了她的婆婆，还用刀捅了她的母亲，只是因为她们不够漂亮，不配活下去。胡宝茵宣称："我是世界上最美丽的女人，其他女人没必要存在。"

这就是索丽斯娃·希米亚的观点。

每节课前，她都把这个故事念给班上的同学听，故事讲完后，她会气喘吁吁地问："这不是很浪漫吗？"

卡玛古跑不动了，他在一块岩石上坐下来，上气不接下气。库克兹娃站在他面前，双手叉腰，继续说道："她一遍又一遍地读着胡宝茵的故事，直到剪报变成黄色。她希望自己能有勇气去做那个台湾女人所做的事情。时间一长，我们都无法忍受了。我们偷了那份剪报，把它毁了。从那以后，她就完全变了个人。"

"和以前彻底不一样了吗？"

"就变成你现在看到的样子，跟冰雕一样。"

"你是个讨厌鬼，你知道吗？你甚至诽谤你曾经的老师。你怎么是这样的孩子？"

"孩子？你认为我还是个孩子？你知道吗，我已经十九岁了。再过两个月，我就二十岁了。我的许多同龄人都结婚生子了。"

"对我来说，你还是个孩子。"

"因为你就是个老人，老了，结束了，行将就木了，成一堆老骨头了，伟哥都救不了你了。我不知道你为什么还去追求诺玛拉夏这样的孩子！"

哎哟！

卡玛古决定不跟这个尖酸刻薄的女孩唇枪舌剑了，他暗暗告诉自己，要把这个女孩争取过来，让她站在自己这边。否则，她可能成为你致命的死敌。让她站在你这边，说不定她能帮你找到诺玛拉夏。很明显，她认识诺玛拉夏。

"听着，我不想与你对骂。"他说，"我对你做过什么不好的事情吗？我不想成为你的敌人。我们做朋友吧，好吗？"

"不要假装对我好，我帮不了你，我不认识你要找的诺玛拉夏。"

巫婆！

"我告诉你，我读完了八年级。我也许不能像你那瘦瘦的女友那样，从福特哈尔大学毕业，会跟人说'对不起，打扰一下'，但至少我能读会写。"

"好吧，恭喜你！"他脱口而出，确保她能听出他的讽刺。

但是她不再注意他了，而是为一群妇女鼓掌。只见沙滩上有五个女人在有节奏地边走边唱歌、嚎叫。每个女人都提着一袋贻贝。当海浪退去时，她们用一个金属小棍撬起长在岩石上的贻贝和牡蛎，有些妇女穿着胶靴，而另一些人则打着赤脚。其中两个妇女，诺捷安特和玛姆西尔哈也拿着装满牡蛎的塑料袋，她们停下来和库克兹娃说话。

"哟，泽姆家的孩子！你今天没去上班吗？"诺捷安特问道。

"泽姆家的孩子很神奇！"玛姆西尔哈补充说，"道尔顿让她做她喜欢做的事。"

"嘿，库克兹娃！你为什么不让你的朋友买我们的海鲜呢？"

"我们收获了很多的贻贝，够他吃很多餐。"

"还有牡蛎，男人都爱吃牡蛎。"

她们会意地咯咯笑起来。

卡玛古很好奇，看了看那一袋袋的贻贝，他不喜欢吃海鲜，也不知道生活在海边的科萨人会吃这种海生的黏滑生物。库克兹娃解释说，她们会把她们采到的最好的海鲜卖给蓝色火烈鸟酒店，或者卖给游客。男性游客喜欢买牡蛎，当场生吃。这些女人会把那些卖剩下的贻贝和牡蛎带回家，与家人共享。她们会把这些海鲜与洋葱一起炒，搭配玉米粥吃。虽然这是非常美味和健康的食物，但孩子们不被允许吃牡蛎，因为牡蛎是壮阳药，会使男人更有活力，这就是为什么人们称之为牡蛎，意思是它会让人欲火中烧。

诺捷安特和玛姆西尔哈试图说服卡玛古买一些牡蛎，因为他现在不仅得到了女校长的关注，还引起了库克兹娃的注意。一个女人咯咯笑起来，低声对另外几个女人说："为增强自己的力量，男人们无所不用其极。"

她们突然大笑起来。尽管觉得有点尴尬，但卡玛古喜欢这个笑话，他和她们一起哈哈大笑。

诺捷安特说："但是，说真的，你没必要生吃牡蛎。把它油炸一下，会非常美味！一旦品尝过油炸牡蛎，你一定会无法割舍这种美味。"

但卡玛古告诉她，他住在酒店里，没办法自己做。如果买了她们的海鲜，他没有地方煮。妇女们向他们道别，继续叽叽喳喳，边歌边舞，往村里走去。

"你本可以让你的瘦女友帮你做。"库克兹娃说道。

"你能不能别再拿我说事？"卡玛古恳求道。

"我怀疑她是否会做饭，她那长长的红指甲……就像秃鹰撕开尸体后的利爪。"

"我以前不知道你是泽姆的女儿，我想见见你父亲。"卡玛古说道，试图转移话题。

"见他干什么？"

"我想知道，他为什么反对进步。"

库克兹娃笑了很久，然后说道："你的瘦女友一直在给你灌输谎言，那是她唯一会做的事情。"

"他们开会的时候，我在那里，我听到你父亲反对修建赌城。但是赌城可以创造就业机会，为村里带来财富。"

"你知道吗？如果在这里建赌城，我要在这个大潟湖里游泳就得付钱了。"

"你为什么要付费去海里游泳？"

"瓦蒂斯娃说，你在白人的国家学完了世界上所有的知识后，他们让你成为一名医生，但是你太笨了，白人的教育把你变成了笨蛋。如果搞商业开发，这片海将被游客、游船和水上运动占用。这些妇女将再也不能赶海，捕捞海鲜供自己食用或者卖给蓝色火烈鸟酒店。我们的大海将会被水上运动项目占用。"

"会有补偿的。村民们可以在赌场找到工作。"

"村民们去赌场能做什么？他们对赌场里的工作了解多少？他们需要接受什么样的教育才能从事这种工作？我听一个怀疑派信徒说，男人将有机会当园丁。但是有多少男人能获得这份工作？他们对花园管理了解多少呢？女人们对使用清洁机器了解多少？嗯，也许他们会教会村里的三四个女人使用清洁机器，三四个女人会得到这份工作。至于其他的工作人员，赌城的老板会带着他们自己的人来，这些人对这类工作很有经验。"

卡玛古被她的热情和理性吓了一跳。她是对的，赌城可能不会成为怀疑派所期待的福地。他突然想到，即使是在建设赌场期间，村里也几乎没人能获得工作机会。建筑公司有自己的工人，他们有丰富的建筑工作经验。当然，有少量的工作总比没有好。但如果他们为获得这几份工作，而失去享受大海、收获海鲜，跟森林、鸟儿和猴子等亲密接触的自由，那就得不偿失了。库克兹娃说得很有道理。他情不自禁地对这个在弗林德莱拉贸易商店当清洁工，受过八年标准教育，浮躁的女孩产生了一丝爱慕之情。

她走了。

他毫不迟疑地跟了上去，但她甚至没有回头问他为什么要跟着她。他们摇摇摆摆地在沙滩上走着，走过度假别墅，走过村子临海的那一段，又一声不吭地穿过了一片深深的草，这种草一般被用来盖屋顶。然后，他们来到岩石上，岩石上长着各色苔藓，有黄色的、棕色的、绿色的和红色的，就像是抽象的艺术品一样，让卡玛古很着迷。在岩石的下面，有一间用茅草和小树枝搭成的简陋小屋，看起来就像是一只不太勤快的鸟儿的窝。在小屋外面，坐着一群刚刚接受了割礼的男孩。他们赤裸着身体，正在阳光下护理刚割过包皮的阴茎。涂抹在身上的白色赭石颜料使他们看起来像幽灵一样。一个男孩朝着卡玛古大喊，问他要烟抽。但是他没有理会，继续跟在一步不停的库克兹娃后面。

大约半小时后，他们到达了农卡乌丝山谷。他们一眼就看到了鹧鸪和珍珠鸡在鲜红的风铃花丛中，在兰花、苏铁和棕榈树丛中嬉戏奔跑。

走到农卡乌丝深潭时，库克兹娃终于开口说话了，她让他往潭里扔一些硬币。他在口袋里找到几枚两美分的硬币，把它们扔进了水潭里。

"不是这样做的，"她轻声说，"你不能把棕色的钱扔进神圣的潭里，你要扔银色的硬币，这样你今后才会有好运。你的瘦女友应该告诉你，当你第一次来克罗哈的时候，你应该来这里把钱扔到海里，因为这片海就是农卡乌丝所说的祖先们起死回生的地方。"

"她不是我的女朋友，而且她也不瘦！"

"和你们所有这些受过西方教育的人一样，她不信仰祖先！你们的头脑都被白人的教育毁坏了。"

"该死！我信仰祖先！你凭什么说我不信仰祖先？"他喊道，同时把两枚闪闪发光的五兰特①硬币扔进了深潭。

一棵白色的无花果树矗立在绿色的灌木丛中，一群鸟儿正在啄食无花果，动作滑稽，卡玛古看得入了迷。库克兹娃拉着他的衣袖，来到了格萨哈河岸边。河水正是从那里汇入了印度洋。一群埃及大雁从河面起飞，卡玛古的眼睛追随着那些褐色、白色和黑色的图案，直到它们消失在海天相接的地方。

"那些鸟过去只在夏天来这里，"库克兹娃说，"但现在它们一年到头都待在这里。"

---

① 兰特，由南非储备银行于1961年2月正式发行的货币。——编注

"你很了解鸟类和植物。"

"我和它们生活在同一个地方。"

海上升起了雾。

他们现在穿行其间的是阔叶鹤望兰。

"这些植物看起来像香蕉，我不知道东开普省还可以生长香蕉。"

"这不是真正的香蕉树，这叫鹤望兰，白人管它叫野香蕉，但它只开香蕉花，从不结果实，鸟喜欢它的花蜜和种子。"

雾越发浓重了。

库克兹娃眼神恍惚。

"这里曾经不只有我们。"她说道，声音里充满怀旧之情，"这里的水中曾出现幻象，农卡乌丝本人就站在这里。河对面的山谷里曾经到处都是鹤望兰，以前还有芦苇，现在没有了，只剩下鹤望兰，还有一些芦荟，这里曾经到处都是芦荟。整个山脊常常被雾笼罩着，大潟湖也是，就是我们来的那个地方。在农卡乌丝时代也是如此。我们的人民曾站在这里，见证了奇迹，整个山脊上都是前来看奇迹的人。如今，很多事情都变了，芦苇不见了，现在只剩下农卡乌丝和诺班达第一次碰见陌生人的那片丛林了，农卡乌丝丛林。"

卡玛古感觉自己快要发疯了，他努力克制住想要抱紧这个女孩、亲吻她全身的冲动。这与他曾经有过的冲动是不同的，他曾经想要抱着索丽斯娃·希米亚，保护她。而眼前的这个女人不需要他保护。但他需要，他喘着粗气，好像刚爬过一座山，手心冒汗，他身体的每一部分都变得很陌生。他在心里劝说自己：这只是暂时的精神错乱，他只是着迷于这个地方的传奇故事和女孩对先知信仰的热忱。

然而，他的心跳速度比以往任何时候都要快！

他必须逃离这个迷人的女人，远离她火辣辣的轮廓。他只走了两步就被一堆石头绊倒了。她扶他起来，她的触摸加剧了他内心的狂热。妙不可言的情热，如同地狱之火，吞噬了他的整个身体。

她在那堆石头上又加了一块。

"这是一个石冢。"她解释说，"科萨人称它为堆石。我们科伊人说，这是我们的先知海西·艾比伯的坟墓，他是齐格瓦的儿子。在许多十字路口都有石冢。如果你想要得到祖先的护佑，一路平安，你就得在这堆石冢上加一块石头。来吧，加一块石头，然后你就可以安全地去美国了。"

卡玛古小心翼翼地在石冢上放了一块石头。

* * *

库克兹娃往石冢上加了一块石头，唱了一首赞美海西·艾比伯的歌。特温放了几根香叶木树枝在石冢上，也给了小海西一根小树枝。小家伙被妈妈背在背上，裹在毯子里。库克兹娃弯下腰，让孩子把小树枝放在石头上。然后，他们继续赶路。尽管十字路口离他们的目的地很近，但他们已经养成了习惯，只要经过海西·艾比伯的石冢，他们都会举行敬献仪式。

已经有许多人聚集在姆拉卡扎的院子里了，他们想看到更多的奇迹，他们要求见到他们精神世界里的祖先。但农卡乌丝告诉他们，从海里来的人是隐形的。那些受到她青睐的朝圣者，在被介绍给新人们之前，都会被她要求回家取一头牛来。

因为特温和库克兹娃杀了他们家所有的牛，没有牛需要照料，所以，他们几乎一直待在姆拉卡扎的院子里。他们每周回一次他们在恩西泽勒村的家，打扫小屋里外的灰尘。这样，当死者复活的那一天到来时，他们就有一个干净的院子给无头西克夏和其他祖先们住了。

特温和库克兹娃成了先知门徒中的一员，每天吃着大锅里的肉和玉米粥，这些食物整天都在冒着热气。每天都有盛宴，空气中弥漫着兄弟情谊和姐妹情谊。人们欢歌载舞，对未来充满希望，忘却了外面世界的烦恼和让怀疑派头疼不已的肺病。与特温和库克兹娃一样，每天聚集在格萨哈河河岸的很多人再也没有牛需要担心了。肺病成了一个遥远的噩梦。

有时，新人们会乘风破浪而来。像往常一样，只有农卡乌丝和姆拉卡扎才能看到他们。有时，只有那些获得先知许可的人才能看到新人们的影子，运气好的时候，他们能看到海天相交之处新人们的轮廓。

在大多数情况下，就连先知们自己也无法亲眼看到新人。他们会用神灵的语言——口哨声交流。农卡乌丝和诺班达吹着口哨与新人们交谈，然后她们把他们的消息翻译成人类的语言。

事实上，只有农卡乌丝、诺班达和姆拉卡扎能够看到或与新人们交谈，这提高了先知们的声望。许多被煽动怀疑这些女先知的人因此改变了信仰。

"新人们说，只要你们还有人拒绝杀牛，死者就不会复活。"农卡乌丝宣布道，"没有病的新牛是不会来的。只要怀疑派还在怀疑，预言就不会成为现实。"

人们对此感到很愤怒，美好的生活等待着科萨民族，然而还有叛徒，这些叛徒想要破坏所有人的幸福，他们是国家的敌人。所以，必须得做点什么。农卡乌丝带着库克兹娃和一群来访者到山谷里，去听土豚洞和陌生人第一次出现的棕榈树丛中新牛发出的嘶鸣声。与此同时，特温把男人们召集到姆拉卡扎孤零零的小屋后面开会，讨论对怀疑派采取措施的行动方针。

"我们还有什么选择？杀死怀疑派！毁掉他们的庄稼！杀死他们的牛！烧掉他们的房子！"男人们喊道。

特温的心开始为特温－特温滴血。自从他们最后一次互相辱骂以来，他已经有三个星期没跟他弟弟说过话了。特温－特温一路走到恩西泽勒村，再一次劝说他的哥哥停止杀牛的愚蠢行为，不要相信一个性饥渴女孩的白日梦。令他大吃一惊的是，他发现特温已经把所有的牛都杀了，院子里苍蝇嗡嗡作响，在一英里外都能闻到从他哥哥的院子里散发出来的腐肉的恶臭。

"是你的妻子，"特温－特温尖叫道，"是这个可怕的外国人让你做了这件蠢事。"

"她不是外国人，她是这片土地最早的主人。"特温骄傲地说。

"她不是科萨女人，她是个婊子。"

"如果你再这样称呼我的妻子，我会让你后悔生于这个世界。"

"每个人都知道她曾为英国士兵张开自己的大腿。"

"为了你们的自由，她身不由己。你这个忘恩负义的小人！滚吧，永远不要出现在这里，玷污我的家园。我再也不想见到你了。"

那是特温最后一次见到他的弟弟。他听过许多关于弟弟的故事，有的故事说他和姆朱扎、奈德在一起，他和约翰·道尔顿一样，都是杀人犯；有的故事说他们毁谤先知，强逼百姓违抗陌生人的命令。

"我们能信任特温吗？"一个男人问道，"他的孪生弟弟是最坚定的怀疑派之一。他会不会把我们的计划告诉他弟弟呢？"

这些鲁莽的问题让特温很生气，他站起来，直面那个人，手指着他，警告他。

"请问你是谁？你昨天才加入笃信派的行列，而我和我的妻子很早就来到了格萨哈河河岸，已经通过我们谦卑的先知与新人们交流了很久，我有时甚至亲眼见到了新人，而你，竟敢对我表示怀疑！现在，让那些可能愚蠢到听信于你的人听清楚，和这里的每个人一样，我对怀疑派感到愤怒，事实上，我比你们更愤怒！我的孪生弟弟不只是一个消极的怀疑派，他还和约翰·道尔顿一起到处骑行，给乡下的笃信派们带来浩劫。你知道约翰·道尔顿是谁吗？他就是砍掉我父亲脑袋的那个人。他和他的伙伴们把我父亲的头放在一个大锅里煮熟了。我现在就在这里，在神圣的格萨哈河水汇入大海的地方，等待这位无头祖先的归来。愚蠢的人，你竟然还怀疑我？"

这些男人不停地道歉，并斥责他们的伙伴说话太鲁莽。他们说，如果因为怀疑派的自私而导致复活失败的话，特温确实会失去很多。那人握着特温的手，说他没有任何恶意，他建议让特温做秘密部队的首领，他们一起摧毁怀疑派的牲畜和庄稼。就这样，特温在口头上成了领导者。

他领导了一个对抗弟弟的组织，下定决心向大家表明他是认真的。尽管他通常与库克兹娃无话不谈，但对这个密谋却守口如瓶。可还是有人把这个秘密泄露了，库克兹娃很快就知道了这个计划，她当面质问他。

"这太可怕了，海西他爸！祖先们会不高兴的。"她警告说。

"他们怎么会不高兴呢？我这样做就是为了他们，这样他们就能回来，和我们一起生活。如果我们不杀了所有活着的牛，他们就不会起死复生。白人也不会被卷入大海，而是会继续统治我们。"

"但他是你的弟弟，来自同一个子宫，生于同一个时间。"

"你从什么时候开始为他说话？你知道他有多恨你。"

"你这样做只是为了给那些男人留下好印象。我听说他们一开始是怀疑你的。你这样做不是为了死人，而是为了活着的人。"

特温第一次决定违背妻子的意愿。国家的命运危在旦夕，他们不是第一个为这件事争吵的家庭，到处都是这样，不仅仅是兄弟姐妹之间，丈夫和妻子之间也会因此争吵。科萨族的妇女是这片土地的主要耕种者，即使许多妇女的丈夫是最坚定的怀疑派，她们也拒绝下地劳作。妇女成为女性先知最强有力的支持者。许多妇女离开自己的丈夫，和父母住在一起，妇女成了杀牛运动的领导者。令特温感到惊讶的是，库克兹娃曾经教过他如何直接与在天堂讲述自己故事的人交谈，现在却在这个紧急时刻临阵退缩。

特温－特温并没有从中获得任何好处。每个人都清楚，他对先知预言保持怀疑是出于常识，而他现在却无比耻辱地成了与约翰·道尔顿这样的猎头者为伍的人。起初，他与那些追随白人上帝、自称基督徒的怀疑派没有任何关系。他继续忠于他祖先的神。但最近，人们越来越频繁地看到他与姆朱扎和奈德这样的人在一起，而这两人正受益于白人统治带来的新机遇。而另一方面，像特温一样的笃信派属于平民阶级，他们摆脱白人统治枷锁的唯一救赎在于预言的实现。

怀疑派的人分两拨，一拨人在内陆深处建造家园，以防先知预言成为现实，把他们和白人都卷进大海，另一拨人则大胆地将他们的房子建在海边，公开挑战先知预言。特温－特温对自己的怀疑信仰充满热忱，以至于有传言说他正在考虑把他那巨大的宅子从夸菲尼村搬到恩西泽勒村，搬到靠近大海的地方。特温一直不知道这是不是真的，因为那时他已经不再跟他弟弟说话了。但谣言促使他更加铁了心要在特温－特温搬到海边成为他的邻居之前烧了他的宅院。

一些有影响力的酋长，例如西吉迪和恩西托，现在都站在怀疑派这边。他们与政府密切合作，致力于根除杀牛运动。这违背了所有科萨人的国王——萨希利的心愿，因为他曾发布命令，要求人们必须遵从众先知的指令。

这是约翰·道尔顿人生中过得最开心的阶段。他是热情最高的政府工作人员，直接在治安官手下工作。这些治安官是由

"命名十条河的人"和他的前任们任命的，他们在科萨所有高级酋长的法院工作。道尔顿骑着马在乡间驱赶那些被认为是笃信派的人，这迫使杀牛运动的大部分活动转入地下，并促使特温，以及他的追随者们更加坚定地要对怀疑派和他们的殖民者主人发动游击战。

特温带着他的人在深夜去破坏怀疑派的田地。他从他弟弟的田地开始，他打开特温－特温家的牛栏，把牛赶到特温－特温的地里和菜园里，毁坏庄稼，然后他的人用长矛刺死了几头上等公牛。当特温－特温的家人第二天早上醒来发现时，他们怒不可遏。怀疑派的人好不容易才阻止特温－特温骑马到姆拉卡扎的院子向叛徒们证明他不是好惹的。就在这个时候，消息传来，特温－特温的大妻子，也就是多年前被先知姆兰杰尼认定为女巫的那位，已经逃到格萨哈河岸边，加入了笃信派的行列。

特温－特温悲痛欲绝。

在英国统治下的科萨大地上，又涌现了五名先知，这壮大了信徒的力量。她们都声称自己是祖先的使者，并告诉人们说，祖先将从海上升起，给人们带来自由。她们传达的消息与格萨哈河的伟大先知们传达的消息是一样的。人们不得不宰杀牲畜，停止耕种土地。其中一个先知是顾问布鲁的妻子，她预言，在恩塔巴·卡恩多达山顶上将有数不尽的各种各样的野生动物皮和美丽的饰品。只有在科萨人放弃他们的巫术，并杀死他们所有的牲畜的情况下，新人们才会给他们这些东西。另一位先知是费切尼的儿媳，她命令人们买来新斧头，为新人们即将带来的新牲畜做牛栏。像其他先知一样，她告诉人们："不要和白人来往！不要和那些谋杀了他们自己上帝之子的人扯上关系，否则科萨的神会惩罚你们！"

虽然有些首领秘密支持杀牛运动，以免招致殖民地治安官的愤怒，但马库玛酋长却公开表示支持这项运动。作为姆兰杰尼战争中的将军，他受到人们的极大尊重。他的支持进一步加强了笃信派们的决心。马库玛命令所有生活在他酋邦里的人积极参与杀牛运动的所有活动，不服从命令的人将被流放。

但是笃信派的酋长们还在继续耕种他们的土地，他们的领土成了特温领导的破坏小队的目标。

毁了特温－特温的庄稼后不久，特温又带着一队武装人员返回他弟弟的家园。他们先去了他的牛栏，准备用长矛刺死他的牛，但是，特温－特温的牛栏里除了三头奶牛，其他什么也没有。特温－特温已经和他的儿子们一起把他剩下的牛藏到了阿玛托尔山里。

那些全副武装的人怒不可遏，一把火点燃了那些棚屋。空气中立刻响起了噼里啪啦的声音，宅院上空浓烟翻滚。偌大的院子成了橙色的火海，火焰冲向天空时，又被黑云吞没。火光中，尖叫的妇女和儿童乱作一团，一些人试图从燃烧的房屋中救出他们宝贵的财产，特温－特温催促他们放弃一切，保命要紧。他从一个棚屋跑到另一个棚屋，确保所有的孩子都安全。慌乱中，他迎面碰上了哥哥特温，此时，特温正领着那帮人在他燃烧的宅地周围载歌载舞。

"你！我母亲的孩子！你竟然这样对我？"他声音嘶哑，因惊恐而有些窒息。

但特温没有理会，而是示意他的人继续前进，还有更多的院子要烧。

特温－特温和他的妻儿们流亡到了山里，还有其他许多家庭也失去了一切。他们都缩成一团，挤在悬崖下，老酋长恩西托的顾问们在那里帮忙照顾他们。由于笃信派信徒的破坏活动，恩西托被赶出了位于格萨哈河附近的克罗哈的酋邦，他被迫秘密流亡到这个地方。

山上的难民大多数都是怀疑派，在他们还相信信仰时，他们信仰科萨的神卡马塔。在过去，很多先知把卡马塔称为姆达利德弗或姆韦林坎吉。有传言说，那些相信白种人之神提克索的怀疑派曾在地方治安官那里获得过帮助，有些人甚至在更远的威廉姆斯国王镇当地医院获得过帮助，他们得到了毛毯和食物。

对特温－特温来说，这是他最丢脸的时刻。曾经，他在这里是一个有钱有势的人，而如今却沦落成了一个乞丐。他和其他不幸的人一起围坐在篝火旁，他们将不得不在星空下过夜。

特温－特温很清楚，有些怀疑派信徒开始动摇了。听到一些怀疑派信徒闲聊说他们要成为笃信派，要把铁锹和犁扔进河里时，他无比绝望。他听到他们说，有些妇女想要耕种田地，却被定在地上动弹不得；有些妇女在播种时被大风吹到海里去了；一名男子去砍伐灌木给自己的院子做围栏，结果却被一阵旋风卷走，悬在半空中。

尽管他们在讲这些故事的时候哈哈大笑，但特温－特温却一点也笑不出来，他感到非常痛苦。

他的瘢痕开始发痒，这是多年前被姆兰杰尼的人鞭打后留下的，他痒得实在受不了了，不得不在粗糙的地上打滚，倚在一块大石头上挠痒。

* * *

邦科的瘢痕又开始痒了。每当笃信派让他恼火时，他的瘢痕就开始发痒。而每到这时，他甚至对那些平日里让他感动到哭泣的美好事物都视而不见。他被愤怒蒙蔽了双眼，他需要诺帕媞蔻特陪在他身边。她有一种方法可以抚慰他，她轻柔地挠着他的瘢痕，几乎是爱抚着它们，直到他进入梦乡。在睡梦中，他和他的祖先一起在山上流浪，挖树根喂养他们的孩子，哀叹信仰的荒唐。

醒来时，他又恢复了活力，渴望享受生活。他渴望得到美好的东西，比如来自海洋的清风。他散了一会儿步，让清新的空气洗涤一下他的肺。

"邦科父亲。"

是卡玛古。见到他，老人很高兴。邦科听说过这个人和他女儿的事，但他假装什么都不知道。他会假装一无所知，等这个年轻人的家人正式派人来向他女儿提亲。对邦科而言，卡玛古是个年轻人。从村里的流言看，这一天估计不远了。

"自从上次集会那天以来，我很久没看到你了，"长者说，"虽然我根本不愿回想那一天。你在这个村里住得开心吗？"

"我在这里生活得很好，我的父亲。就是因为生活得太好了，所以我想留在克罗哈村，建立新的人生。"

邦科微微一笑，然后他意识到，作为一个怀疑派，他不应该微笑。他应该对始于中世代之前的愚蠢信仰，及其带给中世代的苦难感到愤怒才对，而这必须反映在他的脸上。唉，他对怀疑的狂热崇拜给他仁慈的性格增加了多重的负担啊！

于是，他用皱眉代替了微笑。

"那么，你现在想留在这里吗？你跟酋长说过这事吗？如果你想成为他的属民，你得跟他说才行。"邦科建议道。

"我目前还在思考这个想法。"卡玛古说。

那么，那些流言是真的吗？这位学者和他女儿之间的关系已经发展到这个地步了吗？不然这位学者为什么要放弃约翰内斯堡的舒适生活，放弃美国天堂般的生活呢？他开始同情那些误入歧途的灵魂，他们曾嘲笑他女儿是老处女，看看谁能笑到最后！如果这个见过世面、理解关于发展的一切知识的人加入了他的家庭，那么笃信派们就没有胜出的可能性了。这也许是一件值得哭泣的美好事情。

在他的脑海里，他已经听到伴娘们正唱着圣歌，为婚礼做准备了。这定将是好几代人都津津乐道的盛大婚礼。他迫不及待地想回家把这个好消息告诉诺帕媞蔻特。

"对不起，孩子，"他说，"我得赶紧回家，我忘记了一些东西。"

当他急匆匆奔回家时，他才想起，最近他的女儿一直在说，她要去城里为政府工作。尽管她是海滨克罗哈中学的校长，是村里仅次于酋长的第二重要人物，但她一直不满足于待在这个村里。酋长是一个没有脑袋的蠢货，他在社会上唯一的作用就是收受贿赂。如果这个卡玛古就是他女儿一直在寻找的、去往大城市的护照该怎么办？那他就再也见不到他的女儿了，他将失去目前享有的由女儿的地位带给他的一切声望。如此一来，也许他不应该对这场婚礼太上心。

卡玛古爬上山坡，来到了弗林德莱拉贸易商店。站在坡顶往下看，海浪如和着伴奏般撞击着岩石，薄雾笼罩的格萨哈河缓缓流进印度洋，还有那神圣的鹤望兰花丛，以及那令人心驰神往的农卡乌丝山谷，这里的一切都让他沉醉。他把车停在酒店，步行上来，就是为了欣赏这美景。他想起了库克兹娃，希望能看她一眼，这才是他要去弗林德莱拉贸易商店的原因。去看看库克兹娃，哪怕只是短暂的一瞥也好。

自一周前被一阵疯狂的情热袭击后，他就再没见过她。他一次又一次地回到大潟湖和农卡乌丝山谷，希望能在那里看到她，却依然无处可寻。

不巧的是，商店今天不忙。他本打算混在熙熙攘攘的顾客里，乘机偷偷寻找库克兹娃，但是所有的售货员都盯着他看。很明显，大家都在议论纷纷。约翰·道尔顿从他的小办公室里出来迎接他。

"我听说你和邦科的女儿之间发生了一些事。"商人说着话，眼中透着顽皮与调侃，"也许现在你会决定在我们村待一段时间，尤其是因为你还没有找到你的护照。"

"你是怎么知道的？"

"拜托，这个村很小，大家都在谈论你。他们说，你没找到诺玛拉夏，但至少你找到了爱情。"

"如果我决定留下来一段时间，那绝对不是因为索丽斯娃·希米亚。让我魂牵梦绕的是这片山谷。"

"这么说，你已经决定要留下？"

"只留下一段时间，直到我理清思绪。不过，我需要谋生，我有一些构想。"

"太棒了！你一定能给我们的自救工程帮些忙。"

"嘿，我可不想卷入笃信派和怀疑派之间的战争。"

"怎么会？这里的大多数人根本不在乎那些小吵小闹，他们希望村里有些变化，他们需要干净的水，他们需要医疗服务。在他们看来，邦科和泽姆，以及他们的一小撮追随者，只是为了过去而拼命争吵的小丑。但这件事阻碍了村里的发展。"

"有些人可能会说，你是阻碍发展的人，因为你和笃信派一样，反对在村里建赌场和度假胜地。"

"我可没有加入笃信派。只是在建赌城的问题上，我碰巧与他们观点一致。赌城会毁了这个地方的。"

卡玛古表示同意。他说，起初他不明白人们为什么反对怀疑派所谓的进步，但现在他很清楚，赌城不会给这个村带来好处。他没有说，是库克兹娃让他明白这一点的。

卡玛古补充说："这样做，不仅不能创造就业机会，还会花光村里仅有的一点钱。我去过这个国家的其他一些地方，还有巴索托的赌场。白天，在那些赌场，你会看到各种各样的普通穷人，大多数是妇女，她们希望能中大奖，却把钱都赌光了。如果在这个村建赌场，我们会看到一样的结果。当男人们在约翰内斯堡的矿井里辛勤劳作时，他们的妻子却在这里挥霍他们的血汗钱。"

"你说得太对了。男人们回村休假时也会把自己的财富赌掉。想想你自己吧，如果你要在这里住一段时间，你需要找个合适的住处，你不能无限期地待在酒店里。当然，除非你是百万富翁。"

道尔顿告诉他，有一位医生，住在巴特沃斯，她在这里有一栋海边别墅，一般是把它租给那些想在海边举办派对或婚宴的内陆人，主要是在度假期十二月。一年中剩下的大部分时间里，这栋别墅都空着。道尔顿认为，如果有人能帮忙照看这栋别墅，医生肯定会很高兴。他答应跟那个医生谈谈，让卡玛古留下来当看门人。

他们决定去泽姆家看看，告诉他这个好消息。一钻进道尔顿的四驱厢式轻便货车，卡玛古就看到库克兹娃正在商店旁的草坪上洗几个大锅，他向她挥手，但她没有理他。

他们到达泽姆的院子时，泽姆正斜倚在他的树下，和他的织巢鸟在一起，他正吹着口哨与鸟儿交流。

"这是神灵的语言。"问候客人后，他向他们解释道，"这是先知与新人交谈时使用的语言。"

他说，他很高兴见到卡玛古，虽然他不明白卡玛古在这里做什么。每个人都知道他已经被怀疑派邦科的女儿的大腿收买了，人们甚至看到他参加了怀疑派的纪念仪式。

"他们说你已经是一个彻头彻尾的怀疑派了。"泽姆补充道，"怀疑派把你带到我这里来，就是为了强调他们的立场：摧毁我们的森林、我们的鸟类和我们的蜥蜴。"

"事实不是这样的。"卡玛古试图掩饰他的不满。

"那你去邦科的院子做什么呢？在那个院子里，他们傲慢地回到祖先的世界，用鸡毛蒜皮的小事打扰祖先的清净。在那个院子里，他们以昨天的痛苦为乐，而不是品味今天的快乐。"

"他们在痛苦中享受今天的快乐。"

"看到了吗？"老人激动地说，"他甚至连这都知道，他在为他们辩护，他跟他们是一伙儿的。"

约翰·道尔顿为卡玛古说话："不要和陌生人打架，泽姆父亲。"他说，"他跟我们是一个战线的。"

"他从什么时候开始跟我们一个战线？他不是邦科家的女婿吗？"

"我不是谁的女婿。"卡玛古开始不耐烦了，"我不是怀疑派，也不是笃信派，我不想卷入你们的争吵。当你们的仇恨开始的时候，我的祖先甚至还不在这里。我来自这个国家的另一个地方。"

"是的，"道尔顿补充道，"让我们把信仰与怀疑搁一边，我们来谈谈发展问题。"

"好吧，你不能说你的祖先也不在这里，道尔顿。"泽姆说着话，同时吐出一口充满尼古丁的黑色唾沫，刚好落在两人面前的地上。

"我希望你不要再这样做，泽姆父亲。"道尔顿说。

随地吐痰是他最无法容忍的事情。可这里的人随时随地吐痰，尤其是在他们抽长烟袋的时候。

"道尔顿，你忘了，这是我的院子，这里不是弗林德莱拉贸易商店。"

鸟儿很吵，它们今天太兴奋了，这意味着很快就要变天了，它们正在谈论下雨的事。鸟儿的声音太大了，他们必须大声喊叫才能听到彼此的声音，泽姆建议到他的六边形茅屋里说话。卡玛古松了一口气，因为他们一直是站着说话的，而老人则一直斜倚着大树跟他们讲话。

屋里陈设简陋，他们坐在松木餐桌旁，讨论他们反对建设赌场和度假胜地的策略。从讨论中，卡玛古认识到，如果不砍伐当地的树木，不干扰鸟类的生活，不污染河流、海洋和大潟湖，就无法打造如此规模的项目。

"但我们还能提供什么选择呢？"卡玛古问道，"如果我们反对人们认为会给他们带来就业机会的开发项目，我们必须要提供另一种选择才行。我那天在集会上听他们说，你采取这个立场是为了约翰的利益。他们说，从目前的情况来看，只有他的商店和蓝色火烈鸟酒店能够从游客那里获益。当然还有约翰的马屁精诺万吉莉和诺曼莉琪。"

"你肯定不会相信这些议论。"道尔顿抗议道。

"重要的是，那些议论的人相信了。我们需要制订一个计划，让社区能够从我们想要保护的这些东西中受益。我们需要——"

看到库克兹娃从门口经过，他的心猛地跳动了一下。她对着鸟儿们吹口哨，鸟儿们也兴奋地吹着口哨回应她。

"来吧，库克兹娃，"她父亲说道，"让我介绍你认识一下来自约翰内斯堡的客人。"

库克兹娃走进了六边形茅屋，只见她身上穿着蓝黄相间的碎花连衣裙，戴着黑色的皮尔·卡丹羊毛帽，显得十分憔悴。她恭敬地向客人致意。

"这是我的女儿……我唯一的孩子，她的孪生哥哥被大城市吃了。"

"我之前见过她几次。"卡玛古一边握着她的手一边说道。

"我不记得见过你。"她生硬地说道，然后走了出去。

"为客人准备点吃的。"泽姆在她身后喊道。

过了一会儿，她回来了，端上来一盘热气腾腾的掺有豆子的玉米粥，旁边配的是煮熟的牡蛎和贻贝。

她目不转睛地盯着卡玛古，郑重地说："配菜就是牡蛎。"

"当我想吃科萨人的食物时，我总是会来这里。"道尔顿一边说，一边用勺子挖玉米粥，胡子上沾满了酱汁。

"很好吃。"卡玛古说。

"有些人喜欢用洋葱炒牡蛎，"泽姆解释说，"但我喜欢煮着吃。秘诀就在于不加盐把它们煮熟，因为牡蛎本身就含有盐分。"

第二天，卡玛古来到大潟湖。尽管现在他已经不再指望能见到库克兹娃，但他还是每天都来这里。他实在无法理解她，比如，昨天，她为什么假装不认识他。她这样做不仅仅是因为她父亲和道尔顿在场，她以前也这样做过。有一次，他们在农卡乌丝山谷遇到了，但她发誓说他们以前从未见过面。然而，他们第一次见面时，她就向他求过爱，她是第一个在他心里埋下种子的人。出乎意料。

他不习惯一个女人以这种方式接近他。很明显，她经常做这种事。谁知道有多少旅行推销员来过弗林德莱拉贸易商店？有多少游客来过弗林德莱拉贸易商店？她是不是都以这种方式接近过他们？她可能已经染了一身疾病。他必须完全忘记她，重续与索丽斯娃·希米亚的友谊，并继续寻找诺玛拉夏。

但是库克兹娃不允许他忘记她，她从对面走过来，使劲踩着脚，在沙滩上留下了深深的脚印，她手里拿着一个小铁片，用来收获牡蛎、贻贝，甚至鲍鱼。她笑着对他说："你觉得昨天的牡蛎怎么样？"

他彻底受够了她，他抓住她的胳膊问道："你为什么假装不认识我？"

"你喜欢昨天的牡蛎吗？"她坚持问道。

"很好！现在回答我的问题。"

"它没有对你的身体造成什么影响吗？"

"你指的是什么？别疯了。"

但是她让他的身体起了生理反应。他转过身去，以免被她看到他丢脸的样子。她咯咯地笑着，想知道发生了什么事。

"没什么。"他说，"你是来采收海鲜的吗？"

"是的，但今天是不可能了。"她解释说，"当潮水变成这样，看见没？也就是当水从蓝色变成黑色，沙子变成蓝色，岩石被水淹没时，那些试图收获牡蛎或贻贝的人将一无所获。当大海变成这样时，预示着可能会有一场可怕的风暴即将来临。"

"如果有风暴，我们在这里做什么呢？"

"我不知道你在这里干什么。但我爱大海，大海也爱我。"

她告诉他，她一直害怕大海，直到三年前她母亲去世。她的母亲，诺英格兰德一直警告她，永远不要单独，或者和别的孩子去海边。每当她想去看海的时候，她都要跟母亲说，她的母亲会请一个成年人陪她一起去，并严格叮嘱陪伴她的人，不准她碰水。结果，她一直不会游泳。她过去常常羡慕和她同龄的女孩子，因为她们可以去海里游泳或者采收长在岩石上的贻贝、牡蛎或鲍鱼。

她还在海滨克罗哈中学读书时，有一次差点淹死。她在没有得到母亲允许的情况下和一个朋友去了海边，她脱下校服，尝试穿着内裤游泳，却被卡在两块石头之间动弹不得。海浪袭来，把她淹没了，海浪又退去，再回来，反反复复。那时候，她以为自己要死了。她的朋友跑到村里呼救。

那天晚上，诺英格兰德把她痛打了一顿。

母亲去世后，她学会了游泳，而且成了一个采收海鲜的能手。现在，她游泳时已经无所畏惧了，再凶猛的风暴，她都不怕。

"至于你，"她悲伤地说，"当暴风雨来临时，它会把你卷走，因为你第一次来这里的时候没有净化自己。当你初来这里时，你必须喝海里的水，这样大海才能适应你的存在，爱你，甚至你的皮肤也会变得更光滑，你会看起来更帅气，你需要大海。"

她走了，甚至没说再见，就这么走了。他可怜兮兮地看着她，他多么渴望能与她共赴云雨，同享极乐。但是，在那之后，他们能谈些什么呢？

6

约翰·道尔顿告诉恩西托酋长的顾问们，宽宏大量的乔治·格雷爵士只是想传播英国文明，他只希望科萨人改变他们野蛮的生活方式。为了他们自己，他们应该抛弃原来的风俗习惯，遵循英国人的生活方式。当地人的文化和宗教没有任何可取之处。毫无疑问，杀牛运动就证明了这一点。杀牛运动使他的教化任务遭受了巨大挫折。

"但是他侵占科萨人的土地越来越多了。"特温－特温抱怨道。

"与文明相比，土地算什么？"道尔顿不耐烦地问道，"土地只是一点很小的代价，而以此换得的礼物将使你们受益终身……并将继续为你们的后代所享用。来自英国文明的礼物！"

"那个'命名十条河的人'的教化使团正在从我们的孩子嘴里抢夺食物。"特温－特温坚持说。他曾多次表示，他并不惧怕这位将他父亲斩首的英国军官，他也没有忘记那件事。在他看来，他是为了达到自己的目的才跟道尔顿站在一起的。总有一天，他会找到机会替他父亲报仇。

道尔顿遗憾地摇了摇头，他从来没有真正信任过这个人。

奈德和姆朱扎建议将特温－特温从他避难的山里救出来，并帮他在克罗哈恩西托酋长废弃的王宫附近建立新的家园。在那里，他可以得到保护，免遭笃信派的劫掠。道尔顿很不高兴，但又不得不同意这个提议，因为很有必要向当地人，尤其是向那些类似于特温－特温这样的异教徒表明，站在大英帝国一边的人会得到充分的保护。但是这个人提出的尖锐问题和他发表的评论表明，他并没有真正站在女王陛下这一边。

"从你们孩子的嘴里抢食物的，是你们的野蛮行径，而不是乔治爵士。"道尔顿说，"乔治爵士没有杀你们的牛，也没有烧你们的庄稼，都是你们自己人干的。"

人们小声讨论说，怀疑派传言，那个"命名十条河的人"与杀牛运动脱不了干系，他的目的是挫败科萨人的威力，并征服英国未能征服的凯斯卡玛河对岸的土地。有些人甚至说，农卡乌丝在棕榈树丛后面看到的陌生人之一，实际上就是"命名十条河的人"。但是约翰·道尔顿没有听过这些谣言，他滔滔不绝地描述乔治爵士的宽宏大量、智慧和魅力，及其对世界各地原住民毫无保留的爱。他已经向大洋彼岸一个叫新西兰的国家的原住民证明了这一点。

道尔顿忙着向人们宣告，"命名十条河的人"即将到访。他说，"命名十条河的人"骑马走遍夸科萨全境，拜访酋长和辅助这些酋长的殖民治安官，他将于第二天访问恩西托。令人遗憾的是，他这次不会访问恩西托的酋邦，也就是格萨哈河附近的克罗哈。这位上了年纪的酋长仍然与笃信派保持着距离。笃信派们已经接管了整个地区，并且表现得好像他们自己就是酋长。

"但总督不想要任何仪式。"道尔顿告诫说,"他希望这次访问尽可能安静地进行,他只想和酋长们谈谈国家大事,和你们一起讨论无条件地接受英国统治的好处。"

尽管约翰·道尔顿告诉他们,"命名十条河的人"不希望举行仪式,但负责接待的主人们没想到,他确实就这样悄悄地来了,只有一小群随从随行,其中有道尔顿,还有马哈拉酋长辖区的年轻治安官约翰·加文勒。

特温-特温还记得从前"伟大的白人酋长"——哈里·史密斯爵士的吻靴仪式,以及乔治·卡斯卡特爵士盛大的欢迎仪式。卡斯卡特爵士死于俄罗斯人之手,科萨人还为此庆祝了一番。他还记得那位"伟大的白人酋长"骑着马,到处耀武扬威,展示他作为大英帝国代表的权力,他甚至鞭打过一些受人尊敬的科萨长老。

"命名十条河的人"就不同了,他甚至不想举行公开会议,只是想私下和酋长以及他最信任的顾问们谈谈。特温-特温深感荣幸,因为他是顾问之一。像往常一样,约翰·道尔顿做翻译。

"我拜访科萨土地上的所有酋长,传达同样的和平消息。"他慎重地说道,"你们想要和平,我们想要和平,所有正派的人都想要和平,我们是可以和睦相处的。"

他接着说,他来见恩西托是因为恩西托是萨希利国王的叔父,是一位受人尊敬的长老,快八十岁了,也是一个怀疑派信徒。作为酋长,恩西托可以对其他酋长产生很大的影响,他甚至可以说服他的侄子接受英国政府的善意,不再支持杀牛运动。英国政府只想给科萨人带来文明和进步。英国政府即将推出一套新的管理体制，由总督亲自设计。他的意图很明显，酋长们别无选择，只能接受。他已经私下去一些地区拜访了当地的酋长。在每个酋长的辖区里，他都概述了他的宏伟计划，酋长们对他的计划很满意，但杀牛运动极大地分散了人们对新制度的关注，所以，当务之急是阻止杀牛运动。

"恩西托流亡的地方，远离他在格萨哈河的酋邦，他能做些什么呢？"特温－特温问道。

"酋长必须回到他的酋邦去，"加文勒说，"否则，笃信派会认为他们占了上风。"

"这对酋长来说很危险。"特温－特温恳求道。

"为什么对你来说不危险呢？"道尔顿问道。"我们已经在格萨哈河附近的克罗哈帮你建立了家园，已经给了你足够的保护，我们同样可以为这个老人重建家园，并提供保护。"

但事实证明，恩西托的情况比较复杂。他的儿子帕玛是一个虔诚的笃信派，已经接管了他的酋邦。因为杀牛运动，恩西托的家四分五裂。许多家庭都是这样，即使像马库玛酋长，姆兰杰尼之战中受人尊敬的将军，他这样有影响力的笃信派，也会遭到儿子奈德和科纳的反对。他的儿子们不仅是坚定的怀疑派，也是基督徒，而且奈德还在本地医院工作。双胞胎兄弟特温和特温－特温之间也一样。姆朱扎也一样，他的父亲是伟大的先知恩克塞勒，而他却是一个怀疑派。很多家庭都分崩离析了。

"命名十条河的人"一点也不关心他们如何处理恩西托的麻烦事，不能指望他为他们解决每一个小问题。恩西托是萨希利的叔叔，这一点很重要。他有责任警告他的侄子，让侄子知道自己的行为有多危险。

"我已经写信警告克莱利了，如果杀牛运动继续下去，一定会发生饥荒和骚乱。""命名十条河的人"说道，克莱利是殖民者对萨希利的称呼。"我要让他对任何因此产生的结果负全责，我要严厉惩罚他。我是克莱利的好朋友，也是他的人民的好朋友，我希望我们能继续做好朋友。但如果他迫使我采取相反的路线，他会发现，我会是一个多么严酷的敌人。"

接着，总督的脸上挤出一丝笑容，他告诉他们，他很爱科萨人，他不想看到他们自我毁灭。他为他们设立了健康项目，取得了绝对的成功，例如，跟他一起从新西兰来的，有一个名叫菲茨杰拉德的医生，是一名眼科医生，给科萨人做过白内障手术。手术的成功让这位医生在夸科萨地区声名鹊起，因为他创造了奇迹，让盲人重见光明。菲茨杰拉德每天要接待五十多位病人。但是，让这位"命名十条河的人"吃惊的是，那些用了菲茨杰拉德医生开的药而病情好转的科萨人，还是会接着去看他们自己的传统医生。

"这是因为菲茨杰拉德只治疗生病的身体，"特温－特温解释道，"我们的医生不止如此。我们的科萨医生也是精神治疗师，就像你们基督徒教堂里的牧师，他们能治愈头脑和心灵。"

"这正是我们必须要改变的地方。"总督说，"我们必须破除所有这些迷信，这就是文明将要为你们做的。那是我和各位酋长讨论过的另一件事。你们看，我计划在开普敦为酋长的儿子们开办一所学校，让他们在英国文明的浸染中成长。在我们的学校里，他们将学会欣赏大英帝国的强大，放弃野蛮的文化和粗野的习惯，习得新的行为方式。这样一来，当他们接管自己的酋邦时，他们一定是优秀的酋长。我希望所有的酋长都同意把他们的儿子送到这所学校来学习。"

"你已经见过的酋长们……他们怎么说？"恩西托问道。

"出于某种原因，他们不情愿，也无法理解，他们担心会失去自己的孩子。只有像你这样更能理解这些事情的长老，才能说服他们。"

"命名十条河的人"说，他所访问过的酋长们接待他的方式让他很受鼓舞，这表明他的和解与教化使团的工作很有成效。几个星期后，一到开普敦，他就写信给英国殖民地的国务大臣，向他详细解释，科萨人对殖民地政府没有丝毫的敌意。

"几个星期？"加文勒问道，"阁下的意思是，您要巡视帝国的所有疆界？"

"在我回开普敦之前，我还要见几位酋长。"总督回答说。

"我担心阁下的健康。"加文勒说，"您的整个行程安排得很紧凑。"

那个"命名十条河的人"被激怒了，他觉得这个自命不凡的年轻人正在动摇他的男子气概，看不起他作为英国探险家的丰富经验。他曾开拓过新大陆一些最危险的地方，并曾探访过澳大利亚和新西兰一些人迹罕至的地区，他还曾给十条河流起过名字。加文勒道了歉，并向总督阁下保证，他并非有意失礼。

或许总督应该注意治安官善意的提醒。还没结束在荒野边境的巡视，总督就患上了神经衰弱，他产生幻觉，哭哭啼啼，不得不回到开普敦。

在特温－特温和那个"命名十条河的人"讨论文明的时候，特温梦到了海西·艾比伯，梦见自己变成了科萨人的新先知海西·艾比伯，像过去真正的海西·艾比伯曾经带领科伊人做过的一样，他带着科萨人穿过了大河。如同从前一样，他让水分开，水照做了，他把百姓领到了安全的地方。但当敌人试图从分开的水域穿过时……当敌人走在河中间的时候……河水再次逼近，把敌人淹死了。在特温的梦里，被大河吞噬的是那个"命名十条河的人"和他带领的敌人，和他们一起被淹死的就是那个臭名昭著的猎头者约翰·道尔顿。

每当从这样的梦中醒来，特温对少女先知的热情就增加了十倍。

他为自己与特温－特温之间的裂痕感到苦恼，他把这一切都归咎于他的双胞胎弟弟特温－特温太固执，也怪他的父亲没有头，因为英国人砍了他父亲的头，使他父亲成了一个什么忙都帮不上的祖先。一个能干的祖先可以成为这个世界的人民与伟大的卡马塔之间的使者。一个好的祖先是，如果他的后代不和睦，后代子孙们向他献祭一头牲畜，他就会让他们重归于好。因为没有头，西克夏就不能给他的后代带来凝聚力。这就是他的后代互相争斗的原因。这是命中注定的。只有西克夏的头复原了，这种状况才能改变。

只有死人复活才能恢复老人的尊严，恢复所有科萨人，包括死者和生者，他们所有人的尊严，复活将会使大地重获新生。女先知们谈论的新救世主，就是那个"心胸宽广的人"——西弗巴－西班齐的儿子，将会领导这场创举。科萨人早已过世的亲属将从祖先的世界回来，再次行走在生者的大地上。白人殖民者将会消失，他们从大洋彼岸带来的肺病也将消失。

让笃信派们最高兴的是，先知恩克塞勒，就是三十年前从罗本岛逃跑时淹死的那位先知，将回来领导人们战胜殖民者，就像他领导俄国军队在克里米亚战争中杀死卡斯卡特那样。但是，姆朱扎，也就是恩克塞勒的儿子和继承人，拒绝相信农卡乌丝的预言。但这并不重要，因为姆朱扎被他的殖民者主人欺骗了，他注定不会有好的下场。

这是特温和库克兹娃最快乐的时光。他们无忧无虑，在荒芜的田地里闲逛，在沙滩上漫步，幻想等待着他们的美好生活。他们歌颂姆拉卡扎、农卡乌丝和诺班达，心中充满了爱与善意。所有的笃信派都是如此。

他们看起来也很漂亮。自从农卡乌丝命令她的追随者们穿着华丽的服饰庆祝祖先即将起死回生以来，库克兹娃就用红色和黄色的赭石颜料把自己涂抹得漂漂亮亮的。甚至那些早已不再打扮自己的老妇人也用赭石颜料和华丽的饰物来装饰自己。她们知道，一旦祖先从另一个世界回到这里，她们就会恢复青春。

先知们终于确定了复活的日期：一八五六年六月的满月之日。笃信派们满怀期待地等待着，但是，就像往常一样，这一天来了，又走了。人们在格萨哈河岸边没有看到奇迹和奇观出现，在格卡莱卡和整个夸科萨的任何地方都没有看到。人们第一次失望了。

一些笃信派开始放弃对先知的信仰，萨希利国王也勃然大怒，他在自己的王宫里召开了一次集会，把格卡莱卡部落所有重要的人物都邀请到了那里。

"这些先知不守信，我们怎么能相信他们呢？"他问道，"他们为什么要阻止新人复活呢？我要下令，停止宰杀牲畜，直到先知们的预言成为现实。"

"姆拉卡扎必须向我们展示复活的新人！"一个男人大声喊道，"他必须向我们证明他的话是可信的！"

格萨哈河河畔的先知姆拉卡扎被推搡在地，他解释说，祖先们之所以没有出现，是因为那天他们去了彼岸世界一个他无法企及的地方。他一直没找到他们，甚至农卡乌丝和诺班达，这些更伟大的先知，都无法与他们取得联系。

"但就在那时，祖先跟我们说话了，"他向长老们保证说，"起死回生依然会实现。下一个满月之日将会有奇迹和坏事发生。在那个伟大的日子里，天上将升起两个太阳，像血一样红。它们将在天空的中央，在我们的圣山恩塔巴·卡恩多达上空相撞，整个世界将会陷入一片黑暗，一场大风暴即将来临，只有那些给祖先们准备的，加盖了茅草的茅屋才不会被风暴摧毁。逝者们一定会带着他们的新牲畜从地下、从我们所有大河的入海口出来。我们的祖先最终一定会披着白色的毯子，戴着闪亮的黄铜戒指回来。警告你们所有怀疑派：英国人，还有他们的同谋者——所有那些穿裤子的叛徒，他们都将被大海吞没，大海将把他们送回他们来的地方……在那里，他们将被重新塑造成更好的人。"

接下来的满月之日在八月中旬。那天晚上，特温和库克兹娃没有睡觉，他们在格萨哈河边狂欢。欢歌笑语声在克罗哈山谷回荡，在山间回响，让殖民者不寒而栗。

在人们纵情狂欢的时候，海西在姆拉卡扎小屋后面的草席上睡着了。他并不孤单，跟他在一起的还有其他笃信派信徒的婴幼儿。一些年纪尚小，还不能参加狂欢的女孩照顾着他们。海西已经习惯了这种生活，他最近经常跟陌生人待在一起，而库克兹娃则忙于信仰问题。

夜晚很快过去，每个人都累了，但是没人睡觉，他们想亲眼看到即将发生的奇迹和坏事。

库克兹娃坐在格萨哈河岸边，一边摇着怀里的海西，一边唱着她从自己的科伊族人那里学来的摇篮曲。她两眼直勾勾地望着天边，期待看到两个红红的太阳突然出现在粉紫色的天空中。她的丈夫坐在她的身后，应和着她的催眠曲。他两眼通红，呼出的气像猪圈一样臭。当他打嗝的时候，人们可以清晰地看到，从他嘴里呼出的恶臭烟雾，一波又一波地冲进黎明清新的空气里。由于宿醉和睡眠不足，他一直头痛，但他还是要坚持到今天。如果他睡着了，谁来欢迎西克夏和其他尊贵的祖先呢？

升起的太阳不是红色的，但或许它会在即将穿越天空时改变颜色，第二个太阳可能即将升起。笃信派们屏息静观。孤独的太阳在天空中穿行，仿佛过了一整天，它走得很慢，就像人们之前看到的太阳一样。但没有升起第二个太阳，也没有发生太阳大碰撞，天空没有变暗。相反，这一天比往常更明亮，祖先们也没有冒险从河口走出来。人们的等待无果。

这是人们第二次失望。

又一次，人们对先知的圣民充满愤怒。当坚定的笃信派们坚守着自己的信仰时，那些信念不强的弱者开始醒悟了。萨希利国王召见了姆拉卡扎，但姆拉卡扎否认自己是预言之源，他把所有的责任都推到农卡乌丝身上。

"是她和新人们交流的。"他说，"我不过是她的传声筒而已。"

萨希利国王撤退到自然保护区曼尤比。萨希利禁止人们在保护区砍伐树木，猎捕走兽和鸟类。他经常告诉他的人民："总有一天，大自然里这些美妙的东西会被耗尽，我们要为子孙后代保护好这些东西。"在这里，他能够在一个平和的环境中思考问题。他决定颁布一项法令，要求酋长们在他们的酋邦里禁止再举行与杀牛有关的活动。

但几天后，又有新消息说，有人看到新人们在大河口附近的乡间散步，这让信徒们备受鼓舞。这证明预言并没有完全失败，也许是某个环节出了问题，真相很快就会显现。错的是那些把牛卖掉而不宰杀它们的人，还有那些屠杀牛的人，因为他们在杀牛的时候没有举行仪式，保存了牛的灵魂。

萨希利完全相信了人们对第二次预言失败的解释，他发布了新的命令，要求人们继续捕杀牛群。这一次，他像着了魔似的，不遗余力地推动杀牛运动。他又一次从他在后西塔的王宫出发，骑马前往克罗哈，去与先知们商议。

库克兹娃和特温与人们一起，陪着国王来到河边。国王不止骑到格萨哈河河口，甚至一直骑到凯斯卡玛河河口。在那里，他看到了他的父亲，二十一年前被英国人斩首的伟大的辛萨国王。一群新人乘着船，出现在河口，他的父亲就在船上。新人们告诉国王，他们是来解放黑人民族的，他们要求人们把这个消息传遍全世界，并且加紧推进杀牛运动。

萨希利非常激动，他对众人说："我看见我的父亲了，我亲眼见到辛萨了。"

那天晚上，人们忙着给国王和他的随从们准备食物，为他们长途骑马返回王宫做准备。国王决定出去走一走，回来时，他跟人们说，他又见到他的父亲了。

"我在野外的玉米地遇到了我的父亲。"他说，"他把陪葬给他的矛给了我，看，父亲的矛就在我手里。"

他的话引发了新一轮的杀牛浪潮，也让特温和库克兹娃的热情更加高涨了。他们内心火热，犹如有神圣的火焰在他们心里燃烧一般。他们像布道一样，滔滔不绝地将先知的话语传达给大众。

萨希利国王很重视新人们的指示。回到王宫后，他派遣使者到其他地区，劝告那里的黑人领导者们杀掉他们的牲畜。巴索托的莫修修国王派遣自己的使者去克罗哈，想弄清楚这种屠杀牛群的行为究竟意味着什么，但没有任何一个国王听从预言。

与此同时，姆拉卡扎向白人定居者伸出了和解之手。他要求他们杀死牲畜，毁掉庄稼，以求得救赎。他邀请他们来格萨哈河边，亲眼看一看河上的奇迹，亲耳听一听复活的好消息。

"你们只读那本大黑皮书是不够的，"他警告他们说，"必须抛弃你们的巫术。你们到这里来，不应该是来打仗的，而是为了共同建设一个更美好的国家。"

但是殖民者太固执了，他们没有接受姆拉卡扎的请求。笃信派们一直怀疑，白人是不是无可救药了。现在看来，他们的怀疑得到了证实。白人来自一个与科萨人不同的造物主，他们肆无忌惮地杀害了自己上帝的儿子。对这样的人，还能指望他们做什么呢？

当特温试图解决信仰的问题时，特温－特温却在与自己的良心作斗争。在他看来，他对先知预言的怀疑，促使他与征服自己人民的殖民者合作，而且越陷越深。虽然他有足够的定力抵制皈依基督教，但他的一些怀疑派同伴却成了基督徒。他们歌颂征服者的女王，祈求神来拯救她。这让他很担心，他不想让女王得救，只想看到殖民者从夸科萨彻底消失，但农卡乌丝预言的未来却不是这样的。

恩西托酋长似乎越来越依赖特温－特温的意见，因为特温－特温现在住在克罗哈，受到英国政府的保护，他了解老人的酋邦里发生的事情。每当酋长必须会见"命名十条河的人"的代表时，即使那个人只是约翰·道尔顿，特温－特温也必须在场。

当道尔顿和加文勒带着"命名十条河的人"的新指示来的时候，特温－特温就在酋长身边。根据新指示，酋长们自此每个月都可以领到殖民政府用殖民地货币发放的薪水，但他们不能对那些在酋长法庭被判有罪的人处以罚款。像特温－特温一样的顾问们原本可以从罚款中获取一些收入，而现在，将由政府来支付他们酬金。这种发放薪酬的方式会使得他们忠诚于政府，而不是酋长。酋长们的工作现在变得轻松了，因为他们不能独自审判法律案件。每一个案件都将由英国治安官负责，由他们来做大部分工作。这是因为总督太看重酋长们了，他不想让他们承担审查案件这样的琐事。

恩西托和他的顾问们似乎对新的安排感到很满意。人们认为，殖民地的货币在购买商品时非常有用。因为要在贸易商店购买商品，人们必须使用印着不列颠女王肖像的殖民地货币。夸科萨出现了越来越多这样的商店。那些拥有殖民地货币的人，都是在奈德和姆朱扎身边地位显赫的人，许多民众只能拿粮食到商店换购商品。

但是特温－特温立刻把沾沾自喜的恩西托及其顾问们带到现实中来，他问道："现在，如果我们让这个白人来审判我们的案件，他将使用谁的法律？"

"用我们每天都在用的法律，"恩西托回答道，"我们的法律。"

"那个白人不懂我们的法律，"特温－特温激烈地说道，"他不尊重我们的法律，他将用英国人的法律，他以这种方式把他的法律引入我们民族。那个'命名十条河的人'用殖民地的货币收买我们的酋长。酋长们从他那里得到报酬，必然要忠诚于他，而不会忠诚于科萨人，他们也不会遵从我们的法律、习俗和传统！"

特温－特温在这两方面都是正确的。那个"命名十条河的人"的目的就是削弱酋长们的权力。从神经衰弱中康复后，"命名十条河的人"打电话给他的高级军官，向他们简要介绍了他的边境之旅，以及他要为当地引入的新司法制度。

"这将逐渐破坏和摧毁科萨的法律和习俗。"他说，"欧洲法律，会以一种无法察觉的方式，取代当地的野蛮习俗。针对每一位重要的科萨酋长，我们会派一位有才华的、可敬的欧洲绅士每天跟他保持联络，这位绅士将致力于整个部落的进步和改善，慢慢积累对原住民的影响力。"

终于出现了这样一位总督，他懂得如何跟当地人打交道而又不会招致战争，造成巨大损失，现场响起了震耳欲聋的掌声。在那天晚上的舞会上，总督受到了开普敦上流社会的热烈欢迎。崇拜者们围着他，想了解更多前线的情况。

他给他们讲杀牛运动，他解释说，整个事件是巴索托国王克莱利和莫谢什的阴谋。克莱利和莫谢什是殖民者给萨希利和莫修修取的名字。这两个人决心联合整个非洲南部的黑人，抵抗白人统治。这就是他派使者去找克莱利的原因。几年前，巴索托国王在贝里亚战役中击败了卡斯卡特总督领导的英国人，自那以后，他变得更加野心勃勃了。

"克莱利和莫谢什不过是把姆拉卡扎当成一件工具，用来对付迷信而无知的老百姓。"总督说。

"这些酋长能从杀牛运动中捞到什么好处呢？"一个军官想知道原因。

"很简单，我亲爱的朋友，原住民狡诈阴险。"总督睿智地说。

大家一致认为，原住民确实狡猾邪恶。

"整个杀牛运动不仅仅是迷信的妄想，还是两个酋长的阴谋。这是一个冷血的政治阴谋，目的是让政府卷入战争。他们想把一群孤注一掷的敌人引向我们。"

总督很清楚，他的崇拜者们不够聪明，无法理解这一政治阴谋的错综复杂之处，从他们茫然的表情就可以看出这一点。

"克莱利和莫谢什想要把被平定的科萨人推入一场战争，以对抗他们不想面对的英国人。而饥饿会使他们绝望，促使他们战斗。他们会从白人和塞姆布斯人那里偷牛，为他们的战士提供食物。现在，他们杀掉自己的牲畜，这样就不用看守了，他们还要派更多的人去打仗，这些才是他们杀牛的真正原因。"

然后，他给听众们讲了他在澳大利亚的故事，这让他们感到很愉快。在澳大利亚，他成功地用英国法律取代了嗜血的原住民法律。他不遗余力地禁止原住民聚集在一起，继续践行他们古老的、不文明的生活习惯。取而代之的是，他把他们分散在被殖民国各地。在那里，他们可以获得在现代世界生存所必需的教育和技能。

"我打算对科萨人也这样做。"他解释道，狡黠地眨了一下眼。

以前的总督，如哈里·史密斯爵士，曾说过要灭绝原住民，而现在的总督的政策则是一种人道主义政策，旨在教化原住民，把他们提升到英国人的最高水平。

在澳大利亚，灭绝政策产生了效果，但在开普殖民地，尽管哈里爵士积极倡导并推行这种政策，但还是失败了。

"开普殖民地和英属卡法拉利亚的原住民一定很感激我，因为我的理念很开明。"总督说，"他们一定要抓住机会。我们必须要对他们严加管教，因为我们从澳大利亚的成功中获得了一些经验。"

在新西兰，总督格雷以同样的方法管理新西兰人，获得了成功。在一片赞叹声中，他告诉那些文雅的人，他如何驯服了一个名叫蒂劳帕拉哈的毛利人酋长。这个酋长的影响力越来越强大，将来肯定会给定居者带来麻烦，所以格雷指控酋长密谋杀害了白人定居者并强奸了定居者们的妻子。于是，酋长被逮捕了。只有在酋长部落的人同意给白人定居点三百万英亩①肥沃的土地后，格雷才将他释放。通过军事审判等各种方式，格雷处决了那些不愿跟他合作的领导人，因此从毛利人那里获得了数百万英亩的土地。他还将其中一些毛利人运到了澳大利亚。

至于蒂劳帕拉哈，虽然他受到了诬告，引起了轩然大波，但他的牺牲是值得的，他的人民收到了最伟大的礼物：教育和英国文明。总督为他们建造了学校和医院。当然，只要开普殖民地和英属卡法拉利亚的原住民走上文明之路，不思谋着去杀害定居者、强奸白人妇女，总督格雷也可以为他们做同样的事情。

"但我担心，在我们的边境计划中，那些杀牛人的目的就是要杀害定居者、强奸白人妇女。"总督说，"我要像处理蒂劳帕拉哈一样处理他们。"

* * *

因为白人统治者的严格要求，人们只能悄悄谈论中世代的苦难。

忘记过去，不要只是原谅它，还是算了吧，过去并没有发生，你只是在做梦，这是你们丰富的集体想象虚构出来的，但这并没有发生。消除你的记忆，拥有记忆是一种罪恶，健忘症是一种美德。过去没有发生，没有发生，没有发生。

---

① 1英亩约等于0.004平方千米。——编注

约翰·道尔顿的朋友们认为，因为祖辈的罪行，过去的记忆折磨着他们，但那是善意的犯罪。

他们中有两个人，一个住在海滨克罗哈的别墅里，另一个住在伊丽莎白港。下周他们就要走了，一个去澳大利亚，另一个去新西兰。此刻，他们和其他几个别墅的主人聚集在第一个移民的花园里，吃着木炭炉上烤的肉，喝着啤酒。

道尔顿是客人之一。

"你走了，这个漂亮的别墅怎么办？"他问道。

"我要把这栋别墅卖掉。"那个移民说，"我在东伦敦也有房子，在卡鲁还有一个鸵鸟农场，我把一切都交给我的房地产经纪人来处理。"

道尔顿想，也许卡玛古会对这个别墅感兴趣。他积极参与克罗哈的社区生活，甚至还和一些农村妇女建立了自己的生意，他看似过得很开心。

这一切都源于他那次在泽姆家吃牡蛎和贻贝的经历。他搬到海边别墅，帮巴特沃斯医生照看别墅。他经常从那些女人那里买新鲜的牡蛎和贻贝，养成了吃海鲜的习惯。那两个女人，诺捷安特和玛姆西尔哈，成了他别墅的常客。每隔一天，她们就给他送些牡蛎和贻贝来。她们特意把那些海鲜放在一桶海水里，以防海鲜变坏。她们告诉他，把海鲜放在海水里，可以持续保鲜许多天。从那以后，他再也不需要买肉了。

后来，卡玛古想学习采收海鲜，但那两个女人不肯教他。她们希望他做一个好顾客，而不是一个竞争者。一天早上，他发现库克兹娃正在采收海鲜。她心情很好，主动提出教他抓贻贝和牡蛎的技术。她告诉他，捕捉这种珍贵海鲜的最佳时间是早上七点到九点之间。

"当出现血月，"她解释说，"或者当月亮只剩下细细的弯钩时，我们就知道，第二天早晨是采收海鲜的好时候。"

她教他如何下海，有时海水会涨到他胸部的位置，如何用手去摸水底的岩石，如何用撬铲把牡蛎和贻贝从岩石里撬出来。她还教他如何采收看起来像大蜗牛的鲍鱼。他学得很快，因为不敢保证第二天早上库克兹娃是否还有好心情愿意继续教他。

诺捷安特和玛姆西尔哈很不高兴，因为卡玛古学会自己采收海鲜后就不再买她们的海鲜了。事实上，他没法吃完所有的收获，这让他想到了一个好主意。他在这个村里没有谋生手段，而他的钱也快要花光了。他的丰田车闲置着，因为他几乎哪里也不用去。他决定开始采收牡蛎和贻贝，按照女人们教他的那样把海鲜放在海水里保存，开自己的车，把它们卖到东伦敦和周边小城镇的酒店。他不打算和那些女人竞争。相反，他要和她们一起成立一个合作社。

很快，他就和诺捷安特、玛姆西尔哈一起，领导着一群热情高涨的女人开始了这门生意。虽然这门生意还处于苦苦挣扎的阶段，没有如他们所期望的那样有利可图，但是卡玛古，多年来第一次体会到了成就感。

虽然他没有说过，但他现在已经把克罗哈当成了自己的家。道尔顿有理由相信，卡玛古目前不会考虑去美国甚至回约翰内斯堡。他常说，克罗哈是世界上最美丽的地方。即使他离开了，投资房地产也没有坏处，何况这是一栋很不错的别墅，道尔顿一定要提醒他这一点。

"我们一定会怀念这次聚会。"第二个移民对第一个说，"我想我们去的地方不会有这么漂亮的花园，让我们可以坐在里面喝一杯白兰地。"

每个人都笑了，除了道尔顿。

"你是唯一会留在这个烂摊子里的人，约翰。"一位计划移民的别墅主人说，"大家都在离开。"

"不是每个人都会走，"道尔顿说，毫不掩饰自己的愤怒，"阿非利卡人不会离开。"

"你以为自己是阿非利卡人吗？就因为你娶了阿非利卡人？"

"我要留在这里。"道尔顿说，"我不会跟你们一样，像个胆小鬼一样逃走。这是我的土地，我祖先的土地，我属于这里。"

"约翰，你这是自欺欺人。"第一个移民提醒他。

道尔顿很生气，顾不上多想，他提高嗓门喊道："阿非利卡人比你们这些家伙更可靠。他属于土地，他来自非洲。即使他对目前的状况不满，他也不会去任何地方，他哪儿也不去。"

每个人都被他的突然爆发吓了一跳，没人明白他为什么如此在意他们开的玩笑，他们都惊讶地看着他。

"他可以去奥拉尼亚。"另一个计划移民的人说，试图挽救刚才的快乐氛围。

"这就是问题所在。当阿非利卡人想为自己的人民建立一个家园时，你们却称他为种族主义者。你们嘲笑他那异想天开的奥拉尼亚故乡是一个笑话，这确实是一个笑话，但你们没有意识到，你们自己也有一种故乡的心态。你们的家乡在澳大利亚和新西兰，这就是为什么你们会成群结队地移民到那些没有黑人的国家。在那里，就像奥拉尼亚的阿非利卡人一样，你可以跟那些与你有着相同文化和语言的人一起过上幸福的生活。只要这个国家有问题，你们就威胁要离开。你们来这里只是为了从这个国家捞到好处。你们以为，你们可以挟持我们所有人，勒索赎金。"

"我们？你不是原住民，约翰。你可能认为你是，但你不是。"第二个移民说，开玩笑地使用了"原住民"一词，这是旧时代的标签。

"而在澳大利亚，他们甚至杀死了几乎所有的原住民。"第一个移民嘲笑说。

但其他几个别墅主人不愿接受道尔顿的指控。他们曾经是著名的反对种族隔离制度的自由主义者，他怎么敢称他们为种族主义者？道尔顿自己也很清楚，他们在大学早期反对不公正的制度，他们都是当时自由学生组织的积极分子，他们一直投票给当时唯一的进步党。他怎么敢把他们和有守旧心态的人扯到一起？他的意思是当这个国家充斥着犯罪、暴力、平权行动和腐败等问题时，他们必须留下来观看吗？他是在责怪他们不应该为自己孩子的未来着想吗？

"是的，你们为自己是自由主义者而自豪，"道尔顿承认，"但是现在，你们无法面对政府被黑人主导的现实。很明显，当你们大声疾呼，反对种族隔离制度的不公时，你们却暗自感谢上帝，感谢国民党把这个制度引进来，并保留了四十六年之久。"

他说着话，离开了。他的朋友们仍然感到很疑惑，这个曾经很正派的人到底出了什么问题。

第一个移民伤心地说："这不像以前的他。他一定承受着很大的压力。"

"压力个蹄子！"第二个移民大声说道，"这个人已经掌握了舔黑人屁股的艺术，他甚至还加入了执政党非国大。"

约翰·道尔顿钻进他的四驱厢式货车，开走了。他受够了这些小丑和他们的态度。不管他怎么想，他们都会离开。是的，让他们去吧，他不需要他们。他有海滨克罗哈社区，有他的阿非利卡妻子，还有她的人民。

有人在向他的车招手，是希米亚之子邦科。

"你这是去哪里，我已故朋友的儿子？"他问道。

"当然是回我的店里。你这是去哪里？"

"到蓝色火烈鸟酒店去。"长者说道。

"上车吧。"

老人挣扎着爬进厢式货车后面的车厢。尽管道尔顿独自坐在前排驾驶室里，但长期形成的习惯做法不会轻易消失。老人阴沉着脸，但道尔顿认为这是怀疑派的本能表情。

在那条通往蓝色火烈鸟酒店的岔路上，道尔顿停了下来，邦科跳了下来，有点结结巴巴。道尔顿正准备开车离开时，邦科大声喊道，他把他的手杖和圆头棒落在了他刚才坐的地方。他伸手去够他的武器。

"天啦！你拿着武器干什么？"道尔顿问道。

"因为我要战斗！"长者愤怒地回答道。

"哦，天啦！不会又是笃信派和怀疑派之间的战争吧！你们这些人能不能消停会儿，不再愚蠢地为了过去而争斗？"

"尽管你和笃信派一起阻止了克罗哈的开发项目，我也很乐意在你们所有人愚蠢的脑袋上敲一两个包，但我不是去和笃信派战斗的。"

邦科解释说，他要去跟蓝色火烈鸟酒店里的白人游客战斗，因为他们侮辱了他的妻子。在酒店帮忙照顾孩子回来后，诺帕媞蔻特很生气地告诉他，来自英国的白人——一对来自英国的中年夫妇和他们的三个十几岁的孩子——把诺帕媞蔻特当猴耍。他们用道尔顿说的那种叫作摄像机的东西给她拍了照，他们都和她摆姿势拍照。她并不介意，因为经常有游客邀请她拍照。但这些来自伊丽莎白女王的国家的人不只是做了这些，他们还让她用自己的语言对着机器说话。说什么？什么都行，任何旧的东西，只要是用她自己的语言说就行。她说了几句毫无意义的话。然后他们请她唱歌，尽管这时她觉得自己看起来很傻，但还是对着机器唱了几个音符。同事们都看着她，哈哈大笑。然后游客们又请她跳舞。她的尊严受到了伤害，但她不得不这样做，因为她不想让酒店经理指责她对客人无礼。

"你能相信吗？道尔顿之子……他们让我妻子看起来像个傻子。"邦科问道，"你觉得他们会对自己的母亲做这种事吗？"

虽然道尔顿并不真正明白这是怎么回事，但他试图让老人平静下来。如果他真去酒店和游客打一架，那对克罗哈的未来来说，肯定不是一件好事。他不是想通过修建赌场来吸引更多游客吗？如果游客听说村民们毫无理由地去酒店袭击他们，他们会怎么想？

"毫无理由？"邦科炸毛了，"如果他们那样对待你的妻子，你会高兴吗？"

"邦科父亲，你妻子在那家酒店工作，晚上，她还要为游客们演唱伊齐蒂比里歌，为什么你现在反而生气了？"

道尔顿指的是在蓝色火烈鸟酒店举行的音乐会。星期六是酒店的海鲜之夜，每每这时，巨大的台球桌将被装饰一新，上面摆着生牡蛎、烤对虾、海鳌虾、鲍鱼、贻贝和线鱼，配着蒜蓉酱、辣椒酱和炒饭。填饱肚子后，游客们会喝点葡萄酒和啤酒放松一下。清洁工、保育员、女服务员和厨师助理组成一个合唱队，唱伊齐蒂比里歌。这种歌在学校音乐会中很受欢迎，也被称为"天籁"。工作人员在周围转来转去，招待游客们。游客会把钱放在一个盘子里，然后把盘子传递给下一个游客。音乐会结束后，工作人员会一起分享他们每周一次进入娱乐圈的收益。

"这不一样！"邦科抗议道，"那是一场人人载歌载舞的音乐会，没人会奚落我的妻子。"

为了安抚老人，道尔顿邀请老人去他的商店坐坐，他们一起探讨解决这个问题的其他方法。邦科表示怀疑道尔顿解决事情的能力，特别是现在他与那些抵制进步的敌人勾结在一起了，使邦科更加怀疑这一点，但老人还是跳回了道尔顿的货车车厢。道尔顿继续开往弗林德莱拉贸易商店。

一到商店，道尔顿就为自己的轻率感到后悔，因为泽姆和卡玛古正坐在木轭上等着他。木轭被用绳子串在一起，摆放在阳台上，靠墙放着的电视里正在播放一部黑白老电影，一群叽叽喳喳的牧童正看得津津有味。这些孩子会在恰当的时刻哈哈大笑，他们会鼓舞英雄，谴责恶棍，他们关注并理解故事的每一个细节。卡玛古很疑惑，他们怎么能听懂电影里的全英文对话。然后，他想起自己小时候的事，觉得没必要大惊小怪的，因为他自己也曾是约翰内斯堡小镇上的一个顽童，并且经常光顾黑暗破旧的电影院。那个时候，尽管他和他的朋友们都不懂英语，但他们都是美国演员罗伊·罗杰斯和特克斯·里特的粉丝，对俩人所扮演的角色，以及电影里错综复杂的情节了如指掌。

一看到邦科，泽姆的脸色就变了。卡玛古微笑着站起来，向长老伸出手，邦科佯装没看见。

"所以他们说的是真的，"邦科难过地说，"你已经加入了笃信派的阵营。"

"不是这样的，邦科父亲。我不属于笃信派，也不属于怀疑派，我不属于任何一派。有关女先知农卡乌丝的纷争开始的时候，我的祖先们没有生活在这里。"

"你看，他就是一个笃信派！"邦科得意地惊呼道，"他甚至称她为女先知。她不是女先知，她是个骗子。白人利用她来殖民我们。"

"我希望你们两个都明白，"卡玛古坚定地说，"对我来说，你们都是受人尊敬的长老，不管你们是笃信派，还是怀疑派，我都以同样的方式尊重你们。请不要把我扯进你们的争吵中，也不要指望我与你们任何一方为敌。"

邦科看着道尔顿，恼怒地小声对他说："他们说，这个男孩想娶我的女儿。可他甚至不能像个男人那样站起来，支持他未来的姻亲。他从美国学到了很多东西，但是他没有看到更多游客来这里的价值。"

"你难道不知道吗，邦科父亲？"道尔顿耐心地说，"游客来这里消费，正是因为这个地方没有遭到破坏。"

"游客们把钱花在谁身上？"邦科问道，"当然是你，因为他们从你的店里买食物。你开着货车带他们去看我们的耻辱之地。如果一切保持原样，你会受益最多，你那些开酒店的朋友也将是最大受益者。"

"我们雇用村里的人。"

"确实如此。但你试图阻止的发展项目会雇用更多的人。如果项目能顺利进行，每个人都将从中受益。"

泽姆抬头望天，哼着歌，好像这些事情都与他无关似的。

然后，他像自言自语一样轻声说道："我听说有些人依靠女儿为他们建房子。男人本该辛勤劳作，为自己创造一切，可他们都干了些什么？"

"如果你是在说我，为什么不直接跟我说话？你怕什么？"邦科问道，"难道你是嫉妒我女儿没有替白人打扫卫生，而是一所中学的校长，她有钱给她父亲盖房子？"

那些不太关注村里流言蜚语的人，比如卡玛古，这才知道，索丽斯娃·希米亚又为她父亲建造了第二所房子——一间有四面墙和铁皮屋顶的四边形房子，免得人们嘲笑他，说他的院子里只有一个粉红色的圆形茅屋。怀疑派们觉得邦科的女儿不错，毋庸置疑，邦科将女儿教养得很好。而笃信派们则认为，一个人应该辛勤劳作，自己努力在院子里盖很多圆形茅屋、六边形茅屋，或者至少盖一个四边形的房子，而邦科却依靠一个女孩为他建房子，这是一种耻辱。关键是，邦科还是个怀疑派。大家都认为怀疑派是富人，因为他们在农卡乌丝时代没有杀死自己的牛。这一事实使邦科的相对贫困更加引人注目。他本该过着衣食无虑的生活，可能是他中世代的祖先们挥霍了特温－特温的财产，吃掉了在疯狂的杀牛运动中幸存的牛，根本不考虑后代。

但是，也有人同情地看着他，低声嘟囔说，这个可怜人把女儿一直供养到大学后，家里就没有牛了。这种教育甚至用光了他年轻时在东伦敦和开普敦工作时积攒的钱，而且现在政府也不给他发放养老金。

"邦科父亲，我认为，您女儿为您建了一所房子，这是一件了不起的事情。"道尔顿说，"你觉得呢，卡玛古？"

"我同意你的看法，"卡玛古接过话来，"有一个像索丽斯娃·希米亚这样的女儿，您真是有福的人。"

泽姆盯着他们，一脸受伤的样子，似乎要用眼神刺穿他们。

"我好像听说，有个男人被某人女儿的大腿收买了，这是真的吗？"他轻蔑地问道。

"你是在侮辱我的女儿吗，泽姆？"邦科恼怒了，"你是在侮辱这个村的校长吗？你女儿替人擦地板，没有一个像样的男人愿意正眼瞧她，这难道是我的错吗？"

道尔顿站在两个老人之间，他告诉他们，如果他俩再胡说，那就另寻他处。卡玛古认为，既然邦科和泽姆都在这里，最好是通过对话来弥合他们之间的鸿沟。为了村庄的利益，最好是老人们带领他们的追随者一起努力，而不是互相拆台。他主动提出调解。

"你不能当调解人。"泽姆说，"我们知道你和邦科女儿的事，我们都听说，你要做他的女婿了。"

"我和道尔顿在你家里吃饭时，我们清楚地表明了我们在这些问题上的立场。你怎么还这样说呢？"卡玛古反驳道。

"啊哈！"邦科喊道，"所以我是对的。你已经选择了你的立场。当村民们指责你偏袒红色传统时，我为你辩护。当我们听说你决定留在这个村子时，我们很高兴。我们都说，这里有一个受过教育的人，他会理解我们的观点……他将支持我们把文明引入我们的生活。可你支持道尔顿之子和他的追随者，你让很多人失望了。"

道尔顿试图解释说他不是笃信派，但希米亚之子邦科并不打算放过他。

"你闭嘴！我正在和一个来自约翰内斯堡的男孩说话，我怀疑他甚至连包皮都没有割！至于你，道尔顿，你可以感谢上帝，因为你的父亲已不在人世，看不到这一耻辱了。你的父亲是一个进步的人。如果看到你把这个村子拖进黑暗，他会感到羞愧的。他曾经每天都告诉我们说，我们是需要启蒙的野蛮人。现在，启蒙的机会来了，作为他的儿子，你却抵制启蒙！"

这时，来商店买东西的人越来越多。他们都围了上来，诘问说话的人，表达他们的认同或反对。显然，聚集在这里的大多数人都站在文明一边，支持建设赌场和水上运动天堂。道尔顿偷偷溜进了商店。卡玛古认为，这可能是解决分歧的机会，但似乎双方都想哗众取宠。例如，泽姆就大声谩骂那些赞同邦科观点的诘问者。

"我看不出你们这些人为什么还同意这些怀疑派的观点，"泽姆说，"正是这些人与约翰内斯堡的白人商人勾结，破坏我们的树木。"

他的话正中邦科下怀，好像老者正等着他的这番愚蠢说辞似的。

"很明显，那些笃信派都疯了。"邦科说，"谈论保护本土树木是愚蠢的，因为我们可以种植文明的树木，比如，我们可以种植来自大洋彼岸的树，种一些跟你想要保护的那些丑陋的树一样，没有刺的树，种一些跟长在诺格科洛扎森林里的树一样的金合欢树和蓝桉树。你们知道，诺格科洛扎是一片美丽的森林，因为白人在很多年前就以统一的间距在那里种植了很多树。虽然我们不喜欢白人，因为他们给中世代带来了痛苦，但我们至少应该感谢他们为我们种植了诺格科洛扎森林。"

大多数人都认为笃信派简直是疯了。比如，道尔顿一直在敦促酋长制止男孩们从鸟窝里拿鸟蛋。谁听说过这种无稽之谈？男孩们不都是这样长大的吗？不是从远古时代开始就这样吗？禁止男孩们带着他们的狗捕猎野生动物，这又是打哪儿来的规定呢？是谁赋予了道尔顿改变人们古老习俗的权力？他怎么敢在这些事情上影响西克夏酋长？尽管在这件事上，酋长还没有愚蠢到同意道尔顿的规劝，但这个没头脑的酋长会屈服于最轻微的风。

"我的同胞们，你们亲耳听到了，"泽姆说道，他抓住机会，占了一点上风，"这个希米亚之子说，白人占领了我们的土地，他们是了不起的人，因为他们在诺格科洛扎森林种植了蓝桉树。这就是为什么他现在要我们与白人为伍，因为他们打算把我们的村庄变成一项我们无法从中受益的生意。他是白人的工具，就像他的祖先做了'命名十条河的人'的工具一样。"

"泽姆在说什么？"邦科大喊道，"难道不是他和白人道尔顿一起把我们的村庄拉入更深的红色吗？"

"道尔顿不是真正的白人，"泽姆为商店店主辩护道，"他只是皮肤异常，他比我们大多数人更像科萨人，他像所有的科萨人一样受了割礼，他的科萨语说得比在场的大多数人都好。"

临时会议变成了一场混战。每个人都认为他或她有一些明智的想法可以与他人分享，每个人都想表现自己的智慧。道尔顿和太太突然冲了出来，太太厉声尖叫，大家立刻安静下来。

"这不是啤酒酒吧。"她大叫道，"你们不能在这里开会！"

离开商店的时候，卡玛古瞥见库克兹娃正站在门口，和几个商店员工一起观看外面正在上演的闹剧。自从大约四个月前她教他如何采收海鲜的那个早晨以来，他就再没见过她。他路过泽姆的家，并假装去道尔顿的商店，一直希望能看到她。他曾独自到农卡乌丝山谷散步，参观神圣的石冢，充满渴望地看着大潟湖。在晴朗的日子里，从海边别墅就可以看到大潟湖。但库克兹娃始终不见踪影。也许一切都会好起来的，一切都会好起来的，他劝慰自己，她不是他应该交往的那种女人。

他一直很谨慎，不敢向任何人打听库克兹娃的下落，以免人们质疑他对泽姆的女儿有想法。他一直和索丽斯娃·希米亚保持着稳定的友谊，这使村里有了更多关于他们即将结婚的谣言，也使邦科和诺帕媞蔻特更加担心他们的女儿会奔向约翰内斯堡或美国。而与此同时，他们却期待着一场辉煌的婚礼，因为这将提高他们在村里的地位，并为怀疑派同伴们带来声望和希望。这个男人已经开始和村里的一些妇女合伙做生意，可能根本不会把索丽斯娃·希米亚带走。

库克兹娃站在门口，看着太太把吵闹的村民们赶走，哈哈大笑。

卡玛古这才想起来，他和泽姆是要来讨论道尔顿想要建立植物园的事情的，他又折回商店。看到库克兹娃，卡玛古笑了，她微笑回应。出乎卡玛古的意料，她竟然对他回以微笑！

卡玛古的心思不在植物园了，而是在云端某个地方徘徊。道尔顿告诉他，自己是如何在一个美好的日子里想到这个绝妙的主意的。那天，他和包括邦科、泽姆在内的水利工程委员会在河边检查水泵。他从他的生意朋友和政府那里筹到一些钱，用这笔钱建造了水泵，并铺设管道把水引到村子里去。在水泵附近的混凝土堤岸旁，邦科把一小块地指给委员们看，那块地的四周长满了鸢尾、兰花和乌苏都棕榈树，而那块地里长着帝王花。这很不寻常，因为在东开普省其他地方没发现过帝王花。邦科告诉同行的人，那是他父亲留给他的地。道尔顿建议说，他们可以把那片土地开发成一个植物园，在地里种植稀有的本地植物，尤其是那些濒临灭绝的植物。

等道尔顿再一次去检查水泵时，却发现邦科在那块地里种上了玉米。显然，老人认为道尔顿对他的土地别有用心。

"有什么用？"道尔顿大声笑着问，"猴子会吃了那些玉米的！"

但是，当他发现邦科曾指给水利工程委员会委员们看过的一棵罕见的无花果树也被砍了时，那就不是一件可笑的事了。

"就是这个希米亚之子，"泽姆当时说，"他半夜里来把树砍了，这样别人就欣赏不到这棵树了。"

但邦科否认这棵树被砍与他有任何关系。

道尔顿显然很享受讲述这些故事的过程，以及其他许多关于笃信派和怀疑派之间的战争带来的问题。他继续讲述他开发这个村庄的计划，他将与卡玛古组建一个出色的团队，如果他们能做好，他们的"让狂野海岸继续狂野"运动将会取得成功。但是卡玛古此刻只听得到嗡嗡声，仿佛从远处传来。

他借口离开了，他必须离开这个被库克兹娃的魅惑肆虐的场域，他必须与恶魔战斗，因为一想到她的微笑，恶魔就控制住了他，他必须设法控制住局面，这个狂野女人对他没什么好处。

那天晚上是满月之夜，他去见了索丽斯娃·希米亚。她见到他很高兴。他们一起喝了点橙汁，吃了点泰利斯饼干，然后，他提议在月光下走走。

远处的火光把银色的夜晚染成金橙色，恋人们的影子呈现出各种怪异的形状。黑夜里，一双双看不见的眼睛观察着卡玛古和索丽斯娃·希米亚。一群女孩披着银色的月光在村里的广场上边歌边舞，歌声慢慢吸引了这两个人。

明天，人们将会有更多的故事可讲。不管谁讲这个故事，他们都会像往常一样添油加醋，让故事更加丰富。

索丽斯娃·希米亚评论说，这些女孩上身赤裸，下身穿着传统短裙，在这里嬉戏，简直太丢人了。卡玛古回答说，他没有看到任何让人丢人的事情，因为在这些女孩的民俗文化里，人们不以乳房为耻。

"这让我想到了玛约拉，"索丽斯娃·希米亚说，"几个月来我一直想和你谈谈这件事。"

"你指的是我的图腾蛇。谈什么呢？"

"难道你不认为你助长了这个村里的野蛮行为吗？"

"那我就是一个野蛮人了。因为我崇拜玛约拉，就像我的父母崇拜玛约拉一样。"

"卡玛古，你从美国远道而来，是一个受过教育的人。当头脑简单的农民看到像你这样有教养的人坚信他们的传统时，你怎么能指望他们放弃迷信，加入现代社会呢？"

"我不是美国人，我是来自旁多米西部落的非洲人。我的图腾是棕色鼹鼠蛇，玛约拉。我崇拜它，不是为了你，也不是为了你的乡亲们，而是为了我自己。顺便说一句，我注意到，被你称为农民的人很尊重我，因为他们看到我尊重我的习俗。"

"你把一切都搞砸了，我以为我们会在月光下愉快地散散步。"索丽斯娃·希米亚说着就离开了，"等你恢复理智后再给我打电话。"

他在她身后喊她，但她没有停留。他觉得没必要去追她，他宁愿回到海边的别墅。他不明白，为什么之前玛约拉的拜访带给他无比的喜悦，而在这个月光皎洁的夜晚却给他带来这么多的麻烦。他也不明白，索丽斯娃·希米亚为什么会对此如此介意。

索丽斯娃·希米亚介意卡玛古崇拜玛约拉，就像人们对农卡乌丝的反感一样，似乎每个人都以农卡乌丝为耻。在这个村子里，很多人都否认农卡乌丝的存在。有人说她根本不存在，有关她的故事是白人编来诽谤黑人的谎言，也有人说她确实存在，但不是这个村子里的人，她一定是别的地方的人，比如乌姆塔塔，甚至开普敦的人。还有一群人说，即使她曾住在这个地方，她也是个骗子，一个令人羞耻的人。他们不想听到或知道关于她的任何事情。农卡乌丝成了一个令人尴尬的存在。

只有笃信派的家庭和他们为数不多的追随者尊重农卡乌丝，并为信仰先知传统感到自豪。这就是为什么像索丽斯娃·希米亚这样受过启蒙的人会对泽姆感到愤怒，因为他正在复现过去的耻辱。他们也对道尔顿感到愤怒，因为他用自己的厢式货车载游客去看农卡乌丝深潭。

看到白人游客把钱扔进深潭，怀疑派感到很惋惜，"真是浪费！他们为什么不把那笔钱给我们？"然而，对笃信派来说，这是农卡乌丝力量的证明，白人试图为他们曾经犯下的罪安抚农卡乌丝。

"他们说，夜间活动的猫头鹰在白天啼叫，那是不幸的预兆。"一个清脆悦耳的声音说道。

他猛然从沉思中回过神来，只见一头披着银光的猛兽站在他面前，库克兹娃坐在它背上，得意地笑着，浑身银光闪闪。像往常一样，她骑在格夏的背上，没用马鞍，没用缰绳，肩上扛着一把竖琴。这是一种由木弓和一根弦组成的科萨族乐器。女人们一般用手击打琴弦，有时弹拨琴弦，同时用嘴伴奏。

"你什么意思？"他质问她。

"我看到老邦科占了你的上风。你们男人好没用。"她说道，调皮地眨了一下泛着银光的眼睛。

"你是从哪里来的？"

"这是一个不能浪费的夜晚。来，我载你一程。"

他慌了。

"像这样吗？没有马鞍？没有缰绳？那我抓哪里？"

"不要害怕！上马！格夏很强壮，可以驮两个人。"

她扶他上马，他坐在她后面，紧紧地搂着她的腰，格夏飞奔而去。以这种方式骑马，还紧贴着她的身体，他的身心受到极大冲击。他必须设法忘掉自己此刻的处境，尽量不去理会这种冲击，得赶紧说点什么才行。

"为什么白人会把钱丢进农卡乌丝深潭？"他上气不接下气地问道，"他们肯定不像你这样崇拜农卡乌丝。"

"你听说过格库洛马吗？"

"没听说过。格库洛马是什么？"

"它是一条生活在农卡乌丝深潭里的蛇。格库洛马一般生活在水下，但如果它从深潭出来，一定会引起一场大风暴。如果它从格萨哈河深潭游到克罗哈河的另一个深潭，它会用自己的尾流造成一场大灾难，像龙卷风那样，破坏房子，将树连根拔起。"

他不确定她是否回答了他的问题。

银色的大海一望无际，长长的海岸线上点缀着银色的岩石，格夏飞奔而上，疾驰而下，奔驰在粗糙的岩石间。她突然唱起歌，并开始演奏她的竖琴。她一边吹口哨，一边唱歌，嘴里发出各种声音。低沉的声音，像黑夜里的回响一样直击鼓膜，像潮湿的夏夜一样沉重；激昂的声音，像草原上的火焰一样噼啪作响；轻柔的声音，像雪花一样飘浮在阿玛托尔山顶；空灵的声音，像群山在欢笑。她的嘴里流淌出不同的声音，仿佛里面住着一个唱诗班。卡玛古以前从未听过人们这样唱歌。

他曾读到过有关科萨山区妇女的文字，说那里的妇女擅长分音歌唱。他还听说，除了科萨妇女，世界上只有西藏的僧人能做到这一点，没想到这个女孩会是一个守护者，守护着正在消亡的传统。

有那么一会儿，他听得出了神。紧接着，他意识到自己的裤子湿了。

不是因为汗水。

如果能把思绪从可怕的处境中抽离出来，想想索丽斯娃·希米亚冰冷的美丽，他也许能获得一丝喘息的机会。索丽斯娃·希米亚漂亮、稳重、可靠。

可库克兹娃自由、奔放，不为美丽所累。

7

 特温和库克兹娃整天坐在河口附近的格萨哈河岸上，望着太阳穿过天空。对这对百无聊赖的夫妻来说，河水与海潮交汇的声音，如同男女交媾时发出的单调乏味的呻吟。他们每天都这样坐着，期待太阳变成红色，另一个太阳从山后面或从地平线上冒出来，两个太阳在天空中横冲直撞，相互碰撞，爆炸，余烬落在地球上，烧掉怀疑派固执的灵魂。但太阳每天都照常升起，就如他们的祖先还活着的时候那样。

 有时，海西会和他们在一起，追逐蝗虫，笨拙地用草和芦苇做笛子吹。起初，他喜欢一直和父母待在一起，但现在，这个海西，越大越难管了。在大部分时间里，他都很调皮，比如，往笃信派们蹒跚学步的孩子们头上撒沙子，稍微规矩一点的时候，他会在田野里追逐小牛和羊羔。

 十月中旬，空气中弥漫着花香。

 特温和库克兹娃坐在那里看着天空，看着地平线，看着沙子。特温坐在库克兹娃后面，双臂紧紧搂着她，她坐在他粗壮的大腿中间，弹奏起竖琴。这是一种乐器，听起来像是山神孤独的声音。在她的歌里，她唱出了特温那匹棕白相间的马——格夏的死带给他们的空虚；她诅咒把格夏带走的肺病。她向那些把肺病带到这片土地上的人啐了一口唾沫。闭上眼睛，她看见自己赤身裸体地在沙滩上骑着格夏。格夏先是慢跑，然后加快了速度，像恶魔一样飞奔而去，扬起了滚滚尘土。海西被夹在她的大腿中间，特温坐在她的后面，大腿环绕着她。格夏继续调皮地驰骋，留下如云般的灰尘。在竖琴声中，她看到新人们乘着海浪往回跑，就像先知预言说的一样，而且领头的不是别人，正是格夏和无头祖先。

竖琴之歌创造了一个梦想的世界。

特温和库克兹娃坐在那里望着天空，他们的眼睛已经习惯了刺眼的光线。他们听到远处传来一声哭喊声，那是风从村子里吹来的，哭喊声盖过了潮水的呻吟声，也盖过了竖琴声，库克兹娃停止了演奏，仔细地听着。

"这听起来像战争的呐喊声。"库克兹娃说道。

"听起来确实像传令员的声音，但不可能是战争。"特温很肯定，"在这样神圣的时刻，不可能有战争。"

他错了，这就是战争的呐喊声，声音来自恩西托的儿子帕玛的宅地。帕玛是笃信派，父亲被流放后，他成了克罗哈的酋长。男人们从村子的各个角落走来，聚集在帕玛的院子里。又听了一会儿，特温确定，这确实是战争的呐喊声。他顺着河岸，跑到帕玛的王宫，加入了已经聚集在那里的人群。

"所有人都必须拿起武器！"帕玛喊道，"我们被侵略了。那个'命名十条河的人'一直威胁我们，现在，他付诸行动了。你们都知道，他给我们的萨希利国王写信，说我们的想法是空洞的威胁。但是，这些威胁也没有那么空洞。人们发现，他的船已经进入了凯斯卡玛河河口，船上全是他的士兵。"

凯斯卡玛河河口离格萨哈河河口只有几英里远。很快，全副武装的科萨士兵就来到了河岸上，更多其他村庄和部落的科萨士兵正在赶来的路上。英国皇家海军军舰"喷泉号"正沿着水道缓慢航行。

特温唱起了战歌，所有人都加入了令人胆寒的大合唱。

大地震动。英国皇家海军军舰"喷泉号"停了下来，船上的人放了一条小船到河里，但是船翻了，里面的人几乎快被淹死了，但其中一名男子拒绝回到船上，他游到岸边，像一只受惊的兔子一样逃跑了。科萨士兵们狂笑不止，不过他们没有追他，他们想让他安然无恙地回到东伦敦，这样他就可以替他们警告他的主人，戏弄科萨人是最不明智的做法。

英国皇家海军军舰"喷泉号"灰溜溜地返航了，没有发动攻击。村民们欢呼雀跃。

特温唱起了另一首歌，男人们加入了胜利大合唱。空气中充满了很有穿透力的嚎叫声。听到一声与众不同的嚎叫声，特温立刻知道了，库克兹娃和嚎叫演唱队在一起。嚎叫是一种发出尖利的、连绵起伏的叫声的艺术，每个科萨女人都能发出动听的嚎叫声，而库克兹娃却一直没学会。他转过身来，看了看那些在后面唱歌的妇女。的确，她就在那里，把海西背在背上，用科伊人特有的方式唱着歌，时不时徒劳地试图发出嚎叫声。

"你怎么来了？"特温不耐烦地问，"你应该在姆拉卡扎的院子里照顾海西，而不是在前线到处跑。"

"我们非来不可，海西他爸。"库克兹娃温柔地说，"我们不能让你们单独作战。"

"我不是一个人在战斗！我和其他士兵在一起战斗。"

"女人们也必须尽自己的一份力。这就是为什么我把她们从村里召集过来，为她们的男人呐喊助威。"

"哦，库克兹娃，"特温恳求道，"你不应该来的。男人们不理解我们的关系，他们会说我是一个躲在妻子卡卡短裙下的男人。"

科萨人战胜了"命名十条河的人"的海军军舰，这件事掀起了一场新的杀牛狂潮。因为它明确表明，新人们很强大。根据农卡乌丝的预言，新人们即将到来，那些开始动摇的人又坚定了自己的信念，一些怀疑派成了笃信派。那些笃信派，虽然他们早已把牛杀光，开始忍饥挨饿，但他们又有了更多的勇气。虽然特温和库克兹娃早就把他们的牛杀光了，但他们还没有开始挨饿，或者丧失勇气，因为他们几乎一直待在姆拉卡扎的院子里，在那里吃饭。一些仍然拥有牛和粮食的笃信派家庭把他们的牛和粮食带到姆拉卡扎的院子里，持续供应着这里的每日盛宴。

新一轮的杀牛狂潮使恩西托酋长和他的顾问们感到沮丧，他们指责那个"命名十条河的人"言而无信。

"他假装和我们谈判，以和平的方式解决这些问题，"上了年纪的酋长说，"其实却秘密派船来攻击我们的人民。看看现在发生了什么！他的船被打败了，人们杀的牛更多了。"

"我一直提醒你，你不能相信他们中的任何一个。"特温－特温说，"他们的话就像被岩兔尿打湿的岩石一样，靠不住，你不能相信。"

那个"命名十条河的人"出尔反尔，这让特温－特温很愤怒。他的旧瘢痕开始发痒了，他不得不不停地抓。瘢痕提醒他，不能指望先知做出正确的判断，因此，他更加坚定了自己对怀疑的崇拜。但是，在听说白人的船被击败后，有些怀疑派信徒变成了笃信派。

说一不二的地方治安官约翰·加文勒少校听到了来自盟友的怨言，就派约翰·道尔顿去和他们谈谈。

"乔治·格雷爵士并没有要攻击科萨人的意图，他只是想用皇家海军军舰'喷泉号'吓唬一下笃信派。"道尔顿解释说，"这艘船当时是要从纳塔尔开往开普殖民地，走的是常规航线。乔治爵士临时决定去拜访一下凯斯卡玛河河口，以展示英国的海军实力。"

没人相信道尔顿的话。

他离开后，特温－特温说："他们被笃信派打败，还为自己找借口，难道不是吗？"

最让特温－特温担心的是，因为这种所谓的女王海军力量的展示，笃信派变得更加嚣张了，他们再一次四处攻击怀疑派，而且"命名十条河的人"拒绝向这些受袭击的受害者提供任何帮助。他在该地区的代表——加文勒和其他地方治安官，向他发出紧急消息，要求帮助怀疑派，他却回复说，英国政府不可能派人在他所说的卡菲尔兰地区为每一个可能受到攻击的人提供保护。

"无论如何，"他补充说，"如果我们这么做了，一定会正中克莱利和莫谢什的下怀，因为他们正在策划一场针对殖民地的战争，这会给这些恶毒的酋长一个进攻我们的借口。"

唯一能做的就是要求怀疑派酋长们庇护那些态度明确的怀疑派，确保他们不受到伤害。除此之外，别无他法。但如果这些问题蔓延到了被白人占领的土地上的话，那就另当别论。

"命名十条河的人"对此事的态度使特温－特温更加坚信，就是他策划了整个杀牛运动。他巧妙地编造了这些预言，并利用农卡乌丝、姆拉卡扎和诺班达在科萨人中间传播这些预言。他想让科萨人自相残杀，自我毁灭，以拯救殖民政府，使其避免陷入无休止的战争，弄脏自己的双手。这种观点在那些不信仰基督教的怀疑派中越来越流行。

"农卡乌丝看到的那些陌生人，"特温－特温解释说，"就是'命名十条河的人'，可能是跟加文勒和道尔顿一起。"

那些信仰基督教的怀疑派，如奈德和姆朱扎，不同意这种观点。他们与"命名十条河的人"的观点一致，认为农卡乌丝看到的幻象只不过是萨希利和他的朋友——巴索托的莫修修的阴谋，他们要让科萨人挨饿，激发他们对抗大英帝国。

笃信派们懒得理这些争论，因为他们自己有很多事情要讨论。姆蓬戈河河畔出现了一位新的女先知，叫农科茜，是一位叫作库尔瓦纳的著名传统医生的女儿，十一岁。

农科茜在一月初开始看到了幻象，她看到的陌生人和伟大的格萨哈河先知们看到的人很相似。在姆蓬戈河一个潭边玩耍的时候，人们第一次指着水里的一大群牛给她看，告诉她，如果科萨人把他们所有的牛都杀了，新人们就会出现。他们还告诉她，那些不相信先知预言，可能会跑到威廉姆斯国王镇的人，包括巴索托人、姆丰古人，当然还有英国人，会被就地消灭在那里。

奇怪的是，库尔瓦纳的女儿看上去并不像伟大的先知那样一脸困惑，蓬头散发。她不是流浪儿，也没有营养不良，相反，她很热情，喜欢整天和孩子们一起玩游戏，而不是和那些胡子花白的老人坐在一起并教导他们说，祖先世界的新人们即将来到这个世界，幸福的生活指日可待。但当农科茜被要求发布命令时，从她的小嘴里说出的消息清晰而响亮，如钟声般清脆悦耳，成年男人们都被她感动得哭了。

虽然农科茜传达的消息类似于农卡乌丝，但她有了一批新的追随者。年轻的笃信派信徒们以追随农科茜为时尚。农卡乌丝鼓励她的追随者佩戴饰品、化妆，而农科茜则教导他们把饰品丢掉。她还进一步说明，人们应该只用喷嚏木烧火做饭或做其他事情，而不应用更常见的金合欢木。

库尔瓦纳成为他女儿最坚定的支持者，他告诉她的追随者们，他也听到了从深潭里发出的牛群的哞哞声。

两位先知之间似乎有竞争。实际上，是她们的追随者们在竞争。先知们异口同声，彼此不相争，她们想要的只是拯救科萨民族。

特温和库克兹娃对新先知很好奇，他们走了两天的路，去姆蓬戈河河岸看她。这是一次艰苦的旅行，因为海西，他们走得很慢，但是他们一点也不后悔。他们受到了农科茜的鼓舞，充满了新的希望。农科茜带领他们和其他数百名追随者来到河边的一个深潭边。在那里，他们看到，一群刚刚接受了割礼的男孩在水面上跳舞。他们站在坚实的河岸上，和这些年轻人一起边歌边舞，他们看见水面露出了牛角，然后又沉了下去，他们还听到了母牛的低鸣声和公牛的怒吼声。晚上，他们参加了清肠仪式。伟大的女先知给她的追随者们发了神圣的灌肠剂和催吐药。他们又吐又拉，折腾了一整夜。

像所有农科茜的其他追随者一样，特温和库克兹娃剃掉了他们的眉毛，以使自己区别于怀疑派。

虽然笃信派里出现了两个派别，但特温和库克兹娃决定同时追随两个派别的先知。回到格萨哈河河畔后，他们给人们介绍了这种剃眉毛的时尚做法。尽管这是农科茜的发明，但是那里的笃信派们也很高兴地接受了这种做法。

有了从姆蓬戈河带回来的草药，库克兹娃和特温经常不遗余力地自行催吐、灌肠，像着了迷一般。

* * *

红色传统带来的问题！

索丽斯娃·希米亚很恼火，卡玛古没法视而不见，这给他的乔迁派对泼了一盆冷水。客人和主人一样，一般都希望对方是彬彬有礼的，但索丽斯娃·希米亚根本不把自己当成是来他家做客的客人。这就是海滨克罗哈的精英们，如约翰·道尔顿、该地区多所学校的老师，以及蓝色火烈鸟酒店的前台瓦蒂斯娃等坐立不安的原因。他们中的一些人可能认同索丽斯娃·希米亚的观点，但是他们却不认可她在乔迁派对上攻击房主的行为。然而卡玛古似乎下定决心要坚持自己的立场。

"我认为，这是对海滨克罗哈人民的侮辱，"索丽斯娃·希米亚尖叫道，"我的人民正试图摆脱红色传统，但你却在不遗余力地把他们拉回红色传统。"

"索丽斯娃，对你来说，卡卡短裙代表着落后，"卡玛古争辩道，"但对其他人来说，它代表一项美丽的艺术文化遗产。"

除了索丽斯娃·希米亚的父母，卡玛古是村里唯一直呼她名字的人。这加剧了他俩之间关系不寻常的谣言。当然，不止因为这一件事，他们还经常争吵。卡玛古还经常到她在学校的房子拜访，有时还是在晚上。尽管没人亲眼看到，但还是有人猜测卡玛古偶尔会在她那里留宿。

"在杂志上的照片里，人们也穿卡卡短裙。"瓦蒂斯娃说道。虽然她被称为索丽斯娃·希米亚的马屁精，但她觉得，这一次，在所有这些尊贵的客人面前，她必须尽她所能诚实地贡献她的小智慧。索丽斯娃·希米亚将视线刺向她，无声地责备她的背信弃义。

"这是真的，"瓦蒂斯娃说道，坚持她的独立性，"甚至在电视上，我也看到一些内阁部长在国会开幕式上穿着卡卡短裙。"

"总统的妻子是否穿卡卡短裙并不重要。"索丽斯娃·希米亚轻蔑地说道，"它是我们红色历史的一部分，这是一种倒退的举动。所有这些关于恢复非洲传统的说法都是无稽之谈！我们是文明人，不应该再回到佩戴珠子、吸长烟袋这种传统的生活方式中去！"

红色传统的诅咒！

这一切都始于约翰内斯堡人。听说卡玛古根本没有去过美国，而是躲在东开普省的狂野海岸，他们给卡玛古发信息，让他帮他们购买传统科萨服装。自从国家总统倡导非洲复兴运动以来，生活在这个黄金之城的上层人士和各种名流都以穿戴传统服饰为时尚。

卡玛古认为，这是扩大合作社业务范围的好机会，他们可以制作传统的科萨服装和配饰，如饰以小珠的烟管和肩袋等，在约翰内斯堡销售。他的合伙人诺捷安特和玛姆西尔哈对这个想法很感兴趣。毕竟，采收海鲜并没有给他们带来多少可观的收入。她们还邀请为道尔顿工作的诺曼莉琪和诺万吉莉加入合作社，但这两个女人一直忙着展示和表演科萨文化，敲诈轻信的游客。

听说这些女人忙于复兴和展示传统文化，索丽斯娃·希米亚很不高兴。她严肃古板，至今没变。此时此刻，在房主的乔迁派对上，她把自己的这一特点表现得淋漓尽致。

瓦蒂斯娃似乎很后悔反驳她的导师。在她插话后，有些客人开始畅所欲言，大方地表达了与索丽斯娃·希米亚一致的观点。而那些与卡玛古观点一致的人则明智地保持沉默。约翰·道尔顿知道如何在这种时刻小心行事，所以，他保留了自己的意见。

"对一个崇拜蛇的人，我们能说些什么？"索丽斯娃·希米亚冷笑道。

"正是因为玛约拉来拜访过我，我的运气才好起来，才有了房子，才有了生意。"

不等希米亚回应，卡玛古就找了个借口从房间出来，和坐在外廊里的村民一起吃肉、喝啤酒。他希望他们，尤其是像邦科这样的长老，能和其他上流社会的人一起坐在屋里的餐桌旁

用餐。但是他们拒绝了，他们说，按照习俗，他们应该在树下
享用盛宴，而老师们则应该在房子里用餐。卡玛古与他们所能
达成的最佳折中方案就是，他们至少应该坐在廊檐下用餐。

"嘿，老师，"诺帕媞蔻特喊道，"我听说你们正在缝制
裙子。"

"诺帕媞蔻特妈妈，你想怎么笑话我们都没有关系，但当
你看到那些加入合作社的妇女变得富有时，你就笑不出来了。"
卡玛古说道。

"老师，那些女人，"希米亚之子邦科笑着说，"那些为你
工作的女人们，她们在约翰内斯堡矿山工作的丈夫知道他们的
妻子跟你搅在一起吗？"

"很快，这些妇女挣的钱就会超过她们在矿山工作的丈
夫。"卡玛古夸口说道。

"那样的话，你把我也算上吧，"诺帕媞蔻特说道，"我厌
倦了在蓝色火烈鸟酒店给白人孩子洗屁股。"

每个人都看出来了，诺帕媞蔻特啤酒喝多了，她不仅站不
稳，而且吵吵闹闹的。

"诺帕媞蔻特，你想去跟他们一起做科萨服装？简直太好
笑了！"邦科说道。

"你认为我做不到，邦科？"诺帕媞蔻特不服气地说道，
"你认为我不会做珠子配饰吗？"

"索丽斯娃会怎么说？"邦科问道。

大家都觉得，索丽斯娃·希米亚肯定不会同意自己的妈
妈加入卡玛古的合作社。邦科和诺帕媞蔻特都不想惹索丽斯
娃·希米亚生气。

"尤其是现在，她已经为你建造了那座可爱的四边形屋子。"卡玛古补充道，确保他们能听出他话里有话。他知道，在海滨克罗哈，一个人如果不反击的话，那他一定会成为那些男男女女的笑柄。

人们嘟囔着说，切萨内之子卡玛古不该这样讽刺他未来的岳父。有人问，这个男人甚至还没有向邦科的女儿求婚，他怎么可能是他未来的岳父。

"你怎么知道他还没有求婚？"一个女人问道，"你又不知道别人家发生的事情。"

"我们会知道的，我们会知道的，"一个男人说道，"求婚都是公开的，大家要聚在一起庆祝的。"

诺帕媞蔻特不以为然地瞪了他们一眼，他们全都闭上了嘴。幸好卡玛古在靠近门的位置，听不到他们在说什么。

"你看，切萨内之子，"邦科假意委屈地说道，"不是我们所有人都像你一样富有，不是所有人都能买得起像我们今天在这里庆祝的海边别墅。"

卡玛古道歉说，他并不是有意用言语中伤长者，他买这座海边别墅不是因为他有钱。当原房主要移民到澳大利亚时，道尔顿告诉他，这个房子要出售。他费了很大的劲儿才筹集到资金。他跑遍了巴特沃斯和东伦敦的银行，但他们都拒绝为他提供担保，因为他们说他失业了。他请求约翰·道尔顿为他作保，道尔顿也拒绝了，还说这样的事情会破坏友谊。他把汽车卖了以后才有钱付定金。他把合作社的账目拿给银行看，银行才同意给他抵押贷款。他们认定他是个体经营者，而不是失业者。

"这个切萨内之子，"诺帕媞蔻特嘲笑说，"他们说他的学问甚至比我们女儿的还要高。他在国外生活多年后，才来到这里。可是他在村里闲荡干什么呢？他的高学历有什么用？我们的女儿至少为她的父母做了些事情。但他东奔西跑，跟女人一起去采收贻贝和牡蛎，跟女人一起缝裙子、串珠子，他能为他的父母做点什么呢？"

卡玛古没有理会老妇人，但其他人不想就此结束这个话题。一些人赞美他的别墅，希望他能拿出更多的啤酒。他们说，他住在这个别墅里，像个白人一样。在他家里，厨房、浴室都有水龙头，他的厕所也在房子里，而不像他们的家，只有户外简易厕所。

"更别提水了，"邦科说，"他所有的房间都通水，而我们的公共水龙头却关了！现在，我们的妻子不得不去遥远的水井或河边打水。"

"我们应该问问你，为什么水龙头是关着的，希米亚之子？"另一个老人说，"你是水利工程委员会的，对吧？"

"问道尔顿吧，别问我，"邦科申辩道，"他和他的笃信派把水关了，或者问问这个切萨内之子。"

"跟我没关系，"卡玛古说，"我不是水利工程委员会的成员，没人选过我。"

"在笃信派与怀疑派的争吵中，也没人选过你，但你却自己选择了一个立场。"邦科说道。

"嘿，约翰，出来，到这儿来，"卡玛古朝屋里喊道，"我可不想做你的替罪羊。"

约翰·道尔顿走了出来。从知识分子们喋喋不休的讨论中解脱出来，他似乎松了一口气，但当意识到自己要在这里接受审问时，他的脸色立刻就变了。人们想知道为什么水龙头关了。

"我的父亲们，我的母亲们，你们非常清楚我为什么要关掉水龙头。"道尔顿说道，"你们已经好几个月没有交水费了。你们知道，这些水泵需要维护，维护它们需要钱，买柴油也需要钱。"

"但自从公共水龙头建成后，我们有些人就一直在定期交费。"一位女士恳求道。

"确实如此，你们中的有些人一直在交费，"道尔顿承认，"但你们中的大多数人一直没有交费。水龙头将一直关闭，直到所有人都交费了才打开。"

"这不公平。有些人不交水费，我们却要为他们的罪受苦。"

"如果我们为你们打开水龙头，那些没有交费的人也能用到水。你们要敦促你们的邻居也交费，这样每个人都能用上水。"

"那你和卡玛古呢？你们有水用。"

"因为我们交了费，而且我们用的不是公共水龙头。如果你们负担得起，把水龙头接到自家院子，并且交水费，那你们就可以继续用水。"

"这是笃信派的阴谋！"邦科喊道，"我要让每个人都知道，在委员会会议上，我不同意关闭水龙头，完全不同意。但我的投票被笃信派们击败了！"

"这就像选举一样。"诺帕媞蔻特说，"我们以为情况会好起来。但看看他们让谁来管理我们的事务，都是我们不认识的人，巴特沃斯的人对我们这儿的生活一无所知。"

这是村民们的痛处。几年前举行地方选举时，人们以为他们终于可以管理自己的事务了，但执政党却不这么想，他们把自己人强行安置到克罗哈，这些人是由那些远离克罗哈的地区总部的党魁推荐的，而村民们并不认识这些候选人。结果，尽管很多人是执政党的支持者，但他们拒绝投票。同样的事情在上次大选中发生过，下次在地方选举时也会发生，除非人们学会为自己的权利而战。

"省级和国家级选举也是如此，"道尔顿说，"领导是自上而下施加的，但我看不出这和水龙头有什么关系。水利工程委员会不是强加给大家的，而是由村民选举出来的。"

"不要说话，道尔顿，"邦科说，"你和你的笃信派把我们的生活搞得一团糟。现在我们连自己的树都不能砍。"

"这不公平。"卡玛古说，"你们都知道，这不是约翰制定的法律，这是土地法，都是为你们好。"

"什么好处？"邦科气愤地说道，"我们的祖先活到老也没有把这些愚蠢的法律强加给他们自己。"

"也许你需要更多地了解你的祖先，"道尔顿说，"萨希利国王本人就是一位很有影响力的自然资源保护主义者。他创建了曼尤比自然保护区，禁止人们在保护区打猎、砍树，他想为后代保留这些东西。"

"不要告诉我们有关萨希利的事。"邦科喊道，"他是个愚蠢的国王，黑暗之王，这就是为什么他指示他的人民遵从农卡乌丝的预言！"

泽姆的到来终结了这场争论。每个人都哈哈大笑，因为泽姆看起来很奇怪。他好像不属于这个世界，他把眉毛剃掉了，裹着一条红色的毯子，没有佩戴任何可以让他光彩照人、闻名遐迩的装饰，一串珠子也没有戴。他光着脚，没有穿鞋，也没有穿短袜。

"格卡莱卡部落的子孙们，尽管粗鲁地笑话我吧，但我向你们问好。"泽姆边说边坐到了他的同伴中间。

"泽姆父亲，你对自己做了什么？"卡玛古问道，"昨天我见到你的时候，你还不是这样的。"

"这是笃信派的新面貌。姆蓬戈山谷女先知农科茜就是这样教导笃信派信徒的。"泽姆解释说。

"那农卡乌丝呢？"诺帕媞蔻特笑问道。

"哦，她依然是我们的先知。但你知道，她不是唯一的先知。我们笃信派有许多先知。农科茜曾教导她的追随者们剃掉眉毛，以区别于怀疑派。"

很明显，泽姆把战争提升到了一个新的高度。他说，他从鸟儿那里得知，他忽略了古代笃信派的一些行为方式。也许这就是为什么他的儿子离开了，却再也没有回来。从现在起，他要剃掉眉毛。

他发现了十一岁的姆蓬戈山谷女先知农科茜，这让他的信仰重获生机。他结合了两个教派的精华，创造了一套新的仪式，例如，他定期服用灌肠剂和催吐剂，以净化自己，因为他经常接触到像邦科这样的怀疑派。净化仪式是库尔瓦纳之女教导的基本原则。

邦科一直怜惜地摇着头。

"一个没有从政府得到任何养老金的人可以摇头，直到把他的头从脖子上摇下来。"泽姆说道,看都不看邦科一眼。

"有些人该是多么愚蠢啊!"邦科接过话。

"有些人该是多么愚蠢啊!"诺帕媞蔻特回应道。

"如果怀疑派有他们的仪式,我们有理由拥有我们自己的仪式。"泽姆说道,"如果他们能在生活中唤起悲伤,我们有理由通过清肠和呕吐来净化我们的身体和灵魂。"

"可我们的仪式不会留下臭味!"邦科喊道。

"你们的仪式甚至都不是你们自己的。"泽姆大声反击道,"是你们从阿巴特瓦人那里偷来的!"

"阿巴特瓦人跳舞不是为了唤起悲伤!通过跳舞唤起悲伤,这是我们的发明,跟其他人无关。"

"阿巴特瓦人绕圈跳舞,诱发舞者进入一种恍惚状态,以此回到祖先的土地上。你们从他们那里偷来这种仪式!"

"我们没有偷!是他们给我们的!"

"小偷!小偷!"

"你再这么叫我一次试试,泽姆,看看农卡乌丝和农科茜能否保护你的头不挨我的棍子。"

"邦科,你准备和谁的军队一起来进攻我?"

"停下!"卡玛古大喊道,"你们都是村里的长老。你们来,是为我的新房子祈福,而不是用你们的怨恨来亵渎它!"

"你的啤酒都喝没了,我们怎么为你的家祈福呢?"诺帕媞蔻特边问边站起身来,抖动上身,跳起蒂蒂因巴舞,每个人都为她欢呼、鼓掌、唱歌。

的确,卡玛古低估了来参加乔迁派对的人数,他原以为只有他邀请的人才会来。他忘了,在村里,宴会人人有份。不过，这只能怪他自己，因为帮他酿啤酒的生意伙伴玛姆西尔哈和诺捷安特确实提醒过他，他买的高粱麦芽太少，不足以满足客人们干渴的喉咙。卡玛古以为她们说的"客人"指的是他邀请过的客人，而不是整个村庄的村民，所以才打消了她们的顾虑。现在大家都在抱怨他，说他跟所有有学问的人一样吝啬。

他进屋，拿着一瓶白兰地出来。他告诉他们，这是仅为老年人准备的，不是为所有人准备的。他按照通常上白兰地的方式，往瓶盖里倒了一些白兰地，然后把它递给离他最近的那位干瘦的老太太。老太太一饮而尽，一脸兴奋。他给每位年长的客人倒酒、递酒，每个人都喝酒，做鬼脸。这样持续几轮，直到把瓶中的白兰地喝完。

"你给了他五瓶盖白兰地，"泽姆向卡玛古抱怨道，他摇晃着手指，指向邦科，"为什么只给我四瓶盖？"

"我没有数，我只是把瓶盖轮流往下传。"卡玛古说道。

"笃信派就是这样贪婪！"邦科喊道，"他和其他人一样，得到了五瓶盖！"

另一场战斗一触即发，但卡玛古和道尔顿把它压了下来。道尔顿犯了一个错误，他说，他们的祖先一定为他们的行为感到羞耻。两位老人都严厉地看了他一眼。

"不要把我们的祖先扯进来。"泽姆说，"你对他们了解多少？"

"道尔顿完全了解他们。"另一位长老说道，"就是他的祖先杀死并在大锅里煮了泽姆和邦科的祖先。"

"是的，"邦科接过话，"今天，在这里的道尔顿是猎头者的后代，却没有人反对他。"

"不是这样的！不是这样的！"道尔顿大叫道，羞得满脸通红。

在这件事上，卡玛古跟长老们的看法一致。他说，那是真的，在国外旅行期间，他有一次去了伦敦大英博物馆的自然历史博物馆，去看复原的恐龙骨架。在那里，他偶遇了几位来自美国大学的科学家。博物馆允许他们参观一些没有对外展出的物品。他震惊地发现，在博物馆的某个密室里，竟然有五个据称是布须曼人^①的头颅被放在箱子里。

他一直不理解，英国人为什么有如此野蛮的习惯，把被征服人民的头颅脱水，并把它们陈列在这些气势恢宏的建筑物里，让女士们和先生们到那里去幸灾乐祸地庆祝他们的高级文明。

"也许我们高曾祖父的头颅最后被带到了那里。"泽姆说道。

"是的，伟大的西克夏的头颅一定也在那栋建筑里。"邦科表示同意。

突然一片寂静，每个人都在思考刚刚发生的事情，有些人难以置信地盯着邦科。此刻，笃信派和怀疑派难得地达成了一致意见！

"我们祖先的头颅遍布欧洲……祖先们在军事行动或处决中被杀，他们的头被当作战利品收集起来。"卡玛古继续说道，"不仅如此，在巴黎，一个叫作萨尔杰·巴特曼的科伊族妇女的私处还被保存在一个瓶子里！"

---

① 布须曼人是生活在南非、安哥拉、纳米比亚和博茨瓦纳的一个原住民族，与科伊人相近。——编注

邦科突然大笑起来。

"科伊人是泽姆那边的人。"他还在笑，"他就是一个叫屈戌的科伊女人的后代。他们把她的名字改为库克兹娃，这样人们就会认为她是科萨人。泽姆自己娶了一个格库努赫韦贝部落的女人。我们都知道格库努赫韦贝人是什么样的人。"

"在我看来，这可不是笑话。"卡玛古说。

"从我坐的地方看，这就是一件可笑的事情。"邦科说道，"从我这里，我可以清楚地看到泽姆的脸。他曾祖母的私处被保存在白人土地上的一个瓶子里，我想知道泽姆接下来要做些什么。"

泽姆站了起来，恶狠狠地看了卡玛古和邦科一眼，离开了宴会。

"求求你，泽姆父亲，回来吧！不要就这样走了！"卡玛古在老人身后喊道，但老人头也不回，继续往前走。

"看见了吧？"道尔顿对卡玛古说，"当你挖掘出最应该被遗忘的过去时，你得到的就是这个结果。"

"这不是过去，"卡玛古强调说，"这就是现在。至今，就在我们说话的此时此刻，那些战利品还被摆在那里。"

"让他走吧！谁稀罕他留在这里？"醉醺醺的诺帕媞蔻特大喊道。

"你不能这样说我的客人，"卡玛古坚决地说道，"这不是你们的宴会。如果有人在你的宴会上这样做，你也会不高兴的。"

"切萨内之子在吹嘘他的盛宴。"邦科边说边站起身来，疼爱地握着诺帕媞蔻特的手说道，"为什么没有人告诉他，这不是我们第一次参加宴会呢？让他跟他的盛宴待在一起，我们才不稀罕呢。"

他扶诺帕媞蔻特站起来，把她带走了。她边唱边舞，像跳蒂蒂因巴舞那样扭动着上身。他俩一起摇摇晃晃地离开时，邦科也跟着唱了起来。

尽管精英们一直待到深夜，随着瓦蒂斯娃带来的光盘里的音乐跳舞，卡玛古却对自己的乔迁派对失去了兴趣。直到要结束了，索丽斯娃·希米亚还在不停地抱怨他不该怂恿恢复村里的红色传统，甚至在他陪她回家时，她还在长篇大论。卡玛古一直迷恋索丽斯娃·希米亚冰冷的美，但此刻，他希望她能消失。

要消解索丽斯娃·希米亚带来的烦恼，库克兹娃是他最好的解药。

自从几个月前那个银色的夜晚之后，他就再也没有见过库克兹娃。他以为自己已经从她那令人陶醉的魔力中解脱出来了，可现在，她开始侵入他的梦境，就像诺玛拉夏过去常常进入他的梦境那样。在梦里，他性欲高涨，动作缓慢，把诺玛拉夏之水从河里扫出去，河床裸露在外。乱七八糟的梦。

第二天，他以和长老讲和为由去了泽姆的院子，但泽姆不在他的树下。库克兹娃告诉他，他去干沟清肠去了，以清除昨天与怀疑派交锋带来的污染。

"他不在这里。你很幸运。"她补充说，"他甚至不想听到别人提到你的名字。"

"我是来跟他讲和的，尽管我不知道我做错了什么。"卡玛古说。

"在全村传播谎言,说在白人的土地上,我高祖母的私处被装在一个瓶子里。你还说不知道自己做错了什么?"

"我从没说过这样的话!"

"那是我父亲在撒谎吗?你说了我们家亲人那么多可笑的话,让他成了你宴会上的笑柄,是他在撒谎吗?"

"巴特曼不是你的亲人,她只是一个科伊族女人,而且你也不知道她是不是你的亲人!我只是在陈述白人对她做过什么。发生在她身上的事也不是你的错,我不知道你为什么要承受那种耻辱。"

库克兹娃并不相信。"科伊人不分你我,"她说,"所有科伊人都是一家人。你不能说那个女人的私处与我无关。"

卡玛古请求她到大潟湖去,跟他聊聊这件事。

她生气地瞪着他,不仅是因为装在瓶子里的私处,而且因为他近来一直出现在她的梦中。她告诉他,她不喜欢那样,他没有理由强行闯入她的梦,做一些令人讨厌的事情。村里的每个人都知道,他是索丽斯娃·希米亚的人,他应该在女校长的梦里做那些肮脏的事情才是。

"我也应该生你的气,因为你出现在我的梦里。"卡玛古说,"在这个村里,没有人能决定我属于谁!"

"如果我出现在你的梦中,那是你自己的错,但别来糟蹋我的梦。"

"求你了,"卡玛古恳求道,"让我们谈谈吧,我们去海边吧。"

共同的梦。混乱的梦。

她给他吃了玉米粥，搭配油炸鸟蛤，然后让他去大潟湖等她。

在路上，他遇到了合作社的诺捷安特和玛姆西尔哈，她们刚刚采收海鲜回来。她们跟他开玩笑说，他如果想在这个时候去捕捉赆贝和牡蛎，那就太晚了。

"你必须学会早起，老师。"玛姆西尔哈说道。

"他需要一个妻子，你说呢？"诺捷安特问道，"我每天都告诉他，他这个年纪的男人需要一个合适的女人来照顾他。"

"哎呀，他不能说我们没有劝告过他。"玛姆西尔哈说道，其他妇女哈哈大笑起来，"他不能说这个村子里没有合适的年轻妇女，比如，索丽斯娃·希米亚就不错。"

"他们之间怎么了？冷淡下来了吗？"

"男人们都害怕索丽斯娃·希米亚。还有瓦蒂斯娃呀，尽管她失足过一次，但她是个适合结婚的女人。"

他只是笑了笑，挥手向她们告别。这些生意伙伴讨论他的方式，好像他只是一块肉。她们与他沟通的方式就是：完全无视他，互相谈论他，并代表他给出答案。

尽管如此，他还是慢慢开始喜欢这些女人，她们也喜欢他，以至于她们的丈夫开始嫉妒了。但看到妻子带回家的钱后，男人们也释然了。

在约翰内斯堡吉格斯俱乐部这样的地方，"黑人经济赋权"是一个时髦词。在那里，俱乐部常客们一直试图从革命贵族手里分得一杯羹，但黑人赋权热潮只是让少数被选中的人——黑人商人精英圈子里的人，变得更加富有，一夜之间成为千万富翁。抑或工会领导者把工人当垫脚石，为自己敛取大量财富。还有一些政客充分利用自己的斗争资历，谋取私利。他们一头扎进食槽，以穷人的名义大肆舔食，就像争抢食物的猪一样。

这座城市的腐败和裙带关系让卡玛古大失所望，所以他来到克罗哈寻找梦想。在这里，人们自力更生，没有依靠任何来自政府的救助资金。

但是为什么他感觉生活空虚呢？

库克兹娃终于骑着格夏来了。时间过去了很久，但她并不着急。

"你让我等了很久。"卡玛古抱怨道。

她没有下马。

"你为什么要见我？"她问。

"让别人久等，礼貌的做法是道个歉。"

"我没让你等，是你自己要等的。你没有权力教我礼貌。去教训教训你那个女朋友吧，让她别再假装自己是只蝙蝠。"

"女朋友？蝙蝠？"

"你要假装索丽斯娃·希米亚不是你的女朋友吗？也就是说，你是村里唯一不知道你们是恋人关系的人。是的，她是一只蝙蝠，因为她不知道自己是一只鸟，还是一只老鼠。"

他不知道该如何回答这个问题。

"如果你不知道为什么想见我，我马上就走。"她说道。

"请让我骑一次格夏，像那天晚上那样。"他恳求道。

她笑着说："但是我们要光着身子骑马，你敢吗，学者？脱光衣服，格夏喜欢裸骑。"

不等他回答，她就飞奔而去。卡玛古呆立在原地，惊讶地张大嘴巴，看起来傻乎乎的。

库克兹娃没走多远，大约六个女孩从灌木丛中走出来，朝她咆哮。她停下脚步，轻蔑地看着她们。

"所以这就是你的目的，库克兹娃！和别的女人的男人鬼混？"其中一个女孩喊道。

"索丽斯娃·希米亚知道你跟她的男人睡觉吗？"另一个问道。

"你跟你妈妈一模一样！她对我们的朋友所做的事情太可怕了！"又有一个女孩喊道。

"对那个可怜女孩做那样的事，你妈妈一定正在地狱里被烈火焚烧！"

"都是因为你父亲！"

"我们朋友的状况越来越糟！她死了，你会快乐吗？"

"你们全家都是婊子和变态！"

"你的朋友才是整件事里的婊子。"库克兹娃大声反击，并在格夏的背上拍了两巴掌。格夏嘶叫着，向姑娘们猛冲过去。姑娘们尖叫着四散跑开了，有个女孩跌倒了，格夏在她的肚子上踢了一脚，疾驰而去。

女孩们一边冲去搀扶她们摔倒的同伴，一边大骂诺英格兰德是魔鬼。

卡玛古想知道这到底是怎么回事。

卡玛古正在吃晚饭，突然传来了急促的敲门声，是瓦蒂斯娃，她说她来拿她的激光唱片，就是在乔迁派对上给大家播放舞蹈音乐的那张光盘。卡玛古邀请她和他一起吃点儿，锅里还有一些用洋葱炒的牡蛎和贻贝。一开始，瓦蒂斯娃很犹豫，她说，这个村里的人们会说闲话的，他们会告诉索丽斯娃·希米亚，说她现在正在卡玛古家里吃晚饭。

"索丽斯娃·希米亚是我的朋友，"她补充道，"我不想让她以为我对她的男人有意思。"

"她的男人？我不属于索丽斯娃！"卡玛古说道，"为什么每个人都把我和索丽斯娃·希米亚扯在一起？"

他跟她说，那些女孩攻击库克兹娃，只因为她们当时看到库克兹娃和他站在一起。

"这和你无关。"瓦蒂斯娃说。她告诉他，泽姆曾经和一个女孩幽会，以及诺英格兰德和那个伊基拉如何处理这件事。他们做的事让那个可怜的女孩至今还在持续不断地流血。

"如果你能保守秘密，我可以告诉你，库克兹娃怀孕了。"瓦蒂斯娃说。

卡玛古难以置信，他不相信，他也这么说了。

"这是真的。但她没法说那个男人是谁，她说这事是自然而然发生的。奶奶们给她做了检查，确认她以前没跟任何男人交往过。"

"我今天见到她时，她对这件事只字未提。"

"她为什么要告诉你那件事？"

卡玛古嘲弄地笑着说："难道说，她的贞操是因为骑马而失去的，她在骑马过程中怀孕的？"

"奶奶们说她还是个处女。"瓦蒂斯娃严肃地说。

卡玛古无法理解，他为什么会感觉如此愤怒和痛苦。他还记得，在那个月光皎洁的夜晚，她的歌声让他如痴如醉，达到了性高潮。他又想起了那些梦。

看着瓦蒂斯娃若无其事地吃着米饭、牡蛎和贻贝，他突然意识到，这是他单身时间最长的一次。他那著名的欲望终于离他而去了吗？这是一片饥荒之地。他已经学会了用自己的手指来满足身体的欲望，一般是在晨起时会有这种需要，而有这种需求的前提是，头天晚上没有做过乱七八糟的梦。

他记得玛姆西尔哈和诺捷安特跟他说过村里的年轻妇女们所经历的煎熬。她们私下跟他聊天时，玛姆西尔哈说，在她刚结婚的那个时候，她的丈夫去矿上打工了。当身体欲望向她袭来的时候，她就趴着躺上两个小时，让这种欲望慢慢消失。那个时候，她还没有学会用自己的手指创造激情世界。

8

　　每个人都在谈论音乐会，这是村里的年度盛事。在过去的两周里，海滨克罗哈中学的学生们一直在练习伊齐蒂比里歌，这是一种欢快的歌，也被称为天籁。这种歌在学校和教堂唱诗班中很受欢迎，是音乐会的重头戏。

　　音乐会主要是为中学筹集资金，同时也是中学庆祝学年结束的一种方式。克罗哈各个角落和邻近村庄的人们都被吸引过来，聚集在一起。

　　那些喜欢出风头的村民也准备上台表演几分钟，打出自己的名声。他们会付费购买上台表演的机会，为村民表演歌曲、舞蹈或其他任何他们认为会让观众发笑的滑稽节目。事实上，音乐会的大部分钱都是通过观众付费筹集来的。音乐会一贯的做法是，观众去主席台付钱，要求由自己或其他某些观众上台表演一些节目，热情的民众相互购买表演机会。通过这种方式筹集到的钱还是比较可观的。相较而言，门票钱只在音乐会总收入中占很小的一部分。

　　蓝色火烈鸟酒店的工人们也在努力练习。以前，他们只是在周六晚上为酒店酒吧里的几个游客唱歌，而这一次，他们要为所有村民唱歌。他们不需要付费购买表演机会，是索丽斯娃·希米亚特别邀请他们来支持学校合唱团的。

诺帕媞蔻特自然成了伊齐蒂比里歌的领唱者，合唱队同伴把大部分独唱机会都让给了她。令邦科懊恼的是，在过去的一个多星期里，她每天晚上都在酒店里练习唱歌。邦科不得不自己做晚饭，但为了女儿的学校，他默默忍受。自己的妻子作为合唱队歌手被邀请去参加音乐会，而不是被他人付费要求去唱歌，这让邦科感到无比骄傲。周六晚上在酒店给游客唱歌很重要，但中学音乐会受到如此高度的认可，以至于像瓦蒂斯娃这样的前台接待员都加入了合唱队。

当邦科在苦苦思念妻子时，泽姆在怀念俄罗斯人。之前，他服用灌肠剂和催吐剂，修眉，以净化灵魂。现在，他又恢复了另一种古老的做法：站在山上瞭望大海，等待俄国船只到来。

在农卡乌丝时代，人们认为，死去的科萨将军和国王会带着俄国人回来。年长的笃信派信徒们就站在山上等着他们，但俄国人没有来。这个预言没有成为现实，因为自私的怀疑派拒绝杀掉他们的牛。

一般情况下，泽姆会待在他那棵巨大的树下，一边听着斑背织巢鸟周而复始的歌声，一边打盹。现在，他又多了一项活动：在山上待上几个小时，充满渴望地凝视着海天相接的地方。他知道俄国人不会来，但他仍在等待，纪念那些徒劳等待的人。

在农卡乌丝时代，人们认为俄国人是黑人，是科萨战士的转世。泽姆很清楚，现在的俄国人是白人，毕竟，离开这片土地，流亡到俄国的黑人子孙们说过很多次，俄国人是白人。这些子孙在外流亡了几十年，有一些就住在那些俄国人曾经住过的房子里。科萨祖先的精神继续指引着俄国人对受苦受难的科萨人报以同情。这就是俄国人与英国人作战的原因，这就是为什么那些受益于中世代苦难的白人都憎恨俄国人，这就是为什么俄国人帮助武装和训练黑人民族的子孙们，以结束中世代遭受的苦难。

他自豪地站在山上，尽管他知道俄国人不会来，但还是充满渴望地等待着他们的到来。他觉得，俄国人肯定已经来过了，只是以信徒们始料未及的方式伪装了自己，他们显形为那些为解放中世代而斗争的人。对泽姆来说，为曾经徒劳等待的人而憔悴是一种荣耀。

卡玛古也充满渴望。他说服自己去克罗哈，追随诺玛拉夏，然而，出于某种奇怪的原因，他现在每天都要路过泽姆家好几次。甚至有时候，他明明要去的是弗林德莱拉贸易商店，但还是会走更远的路，绕到泽姆的院子。到达商店后，卡玛古四处扫视，徒劳地寻找他一直没找到的目标。接着，跟道尔顿就这个或那个发展项目简单聊过几句后，卡玛古就告诉道尔顿，他有事要去找合作社的妇女。然后，他再次选取了迂回的路线，路过泽姆的院子。有时候，他鼓足勇气走进院子，发现老人在树下打盹。他一边闲聊，一边用眼睛搜寻着似乎永远也找不到的目标。

老人已经无数次训斥他不该胡言乱语，跟大家说在白人的土地上，有一个科伊族祖先的私处被装在了一个瓶子里。卡玛古已经道歉过无数次，说自己不该在公众宴会上说这些事情。但是，他始终坚称这是事实，并且说老人搞错了生气的对象。

老人气愤的对象应该是那些对萨尔杰·巴特曼做了坏事的人，而不是把愤怒发泄在他身上，他只是传达这个事实而已。

有时，他远远地看见老人正在往山上走，或者正站在山顶上凝视着地平线。卡玛古就假装不知道老人不在家，去老人的家里，把每个房门都敲一遍，但都没有人回应。他一次又一次地敲门，站在门口，祈祷奇迹出现，然后带着失望慢慢走开。

他仍渴望找到诺玛拉夏。

在克罗哈，充满渴望的不止卡玛古。有传闻说，克罗哈中学校长也充满渴望，但她并没有像其他充满渴望的人那样，在痛苦的煎熬中日渐憔悴，而是愤怒地抨击每个人。村里人说，当索丽斯娃·希米亚发现，她要嫁的那个男人把她以前的学生，一个相貌平平的女孩肚子搞大了以后，她就开始愤怒了。据说，她的这个学生被父亲送到一个遥远的村庄与亲戚同住，直到孩子出生，这名男子自己也在思念她的这个学生。

让人不可思议的是，居住在海滨克罗哈的人们对别人的事情无所不知，而不幸的那个人自己却一无所知。

也许音乐会能给那些垂头丧气的人带来一些安慰。

在有些人为情所困，日渐憔悴的同时，约翰·道尔顿正忙于处理水的事情。几个星期前，他的水利工程委员会关闭了所有公用水龙头，村民们拒绝付款。酋长召开了一次村民大会，来讨论这件事。有几个人说："你，道尔顿之子，你从你的生意伙伴和政府那里筹到了启动这个供水工程的钱，你为什么不让那些给你钱的人来维护这些供水设备呢？如果这些设备需要维护了，而他们不来维护，他们做何感想呢？"

道尔顿难过至极，去向卡玛古求助。

"我们必须把你选入水利工程委员会。"他说，"也许你能想个招儿让这些人交水费。"

"这是不可能的，"卡玛古说，"合作社的事已经让我忙得不可开交了。"

合作社发展得不错，但如果银行愿意帮助小企业，合作社的生意会更加兴隆。这些女人把收获的海鲜卖给东伦敦的酒店和餐馆，现在，他们想把生意扩展到内陆城市，比如皇后镇、威廉姆斯国王镇和格雷厄姆镇。他们与一家连锁酒店签订了一份合同，给酒店供应大量贻贝、牡蛎和海蛤。但是，他们需要钱，以大规模采收海鲜。最重要的是，他们需要买一辆运送食物的冷藏车。他们目前只能用装满冰的冷袋给海货保鲜。而在交通工具方面，他们依靠搭道尔顿的便车，或者是蓝色火烈鸟酒店的四驱面包车，还有公共汽车和出租车。

他们尝试从银行贷款，但无功而返。银行不考虑这个生意的潜力，以及合作社与连锁酒店签订合同所带来的利润，他们只想确保资金安全。卡玛古担心他们最终会失去这笔大订单，因为这家连锁酒店可以选择另外一家能够送货的供应商。

卡玛古曾经在约翰内斯堡有过同样的遭遇。他听从建议，自己开了一家咨询公司，而银行却让他的希望落了空。他原本拿到了一份两百万兰特的大订单，为一个新的卫星电视网络做可行性研究。如果他能获得银行的资金担保，电视公司就会预付给他百分之三十的启动资金。他不需要银行给他一分钱，而且他的资历也清楚地表明，他能胜任这项工作，但银行不想冒这个险，他们拒绝为他提供担保。他失去了那单生意，那些银行失去了一个利润丰厚的客户，也毁掉了一位企业家。

现在，历史正在重演。他的合作社即将成功，但南非的银行认为它不可能成功。这就是黑人赋权！

希望他们每个月寄往约翰内斯堡的珠饰和科萨服装能帮他赚到足够的钱，好让他可以买一辆二手车，哪怕是没有冷藏车厢的也行。

"但是你每天可以抽出几分钟来处理水的问题。"道尔顿坚持说。

"不，我做不到。"卡玛古说，"你从一开始就错了，约翰。这个水利工程之所以失败了，是因为它是你强加给人民的，没有人愿意去了解他们需要什么。"

"简直是无稽之谈。"道尔顿说，"每个人都需要干净的水。"

"所以我们要思考一下……利用我们所有的智慧。也许第一步应该是，和村民讨论这个事情，搞清楚他们的优先事项。他们应该是整个过程的一部分，应该动员他们积极参与这个项目的构想、资金筹集与建设。这样，这个项目就变成了他们的项目，他们才会关心它。"

卡玛古认为，就目前的情况来看，村民们认为这是道尔顿自己的工程。他单打独斗，筹集资金，并邀请政府专家来指导建设这个工程，直到后来社区才参与进来。道尔顿亲自挑选了一些他认为足够开明的人组成了一个委员会，由委员会来管理这个工程。他以为自己这样做，帮了村民一个忙，村民们得到了一个现成的供水系统，但现在它快要散架了，因为村民们觉得这个系统跟他们无关。

"这就是为人民做事，而不与人民一起做事的危险。"卡玛古补充说，"这种情况正在全国各地上演。政府只谈论交付和提升。所以，现在，人们希望不费任何力气就能得到他们想要的东西，他们希望南非行政首都比勒陀利亚能有人来提升他们的生活水平。交付和提升的概念，迫使我们的人民被动接受那些所谓的专家构想出来的项目，而这些专家对农村社区的生活一无所知。人们被剥夺了决定自己命运的权利，因为别人已经帮他们把事情做好了，却没有教给他们赖以谋生的技能，这越发强化了他们的依赖心理。"

"你是想说，我不知道自己在做什么吗？"道尔顿问道，"你带着理论和公式从美国远道而来，你想把它们应用到我的村庄。我一辈子都生活在这里，我的祖宗以前也生活在这里，我不是你所谓的社区外的专家，我和这个社区的人是一体的。"

"这是你的主要问题，约翰。你知道你是'对的'，你想把那些'对的'思想自上而下强加给大众。我建议你试着让人们参与决策，而不是替他们做决策。"

约翰·道尔顿看起来很受伤。卡玛古向他保证，自己并没有贬低他发展村庄的努力，只是对这个方法持批评态度。

但道尔顿一言不发地走了。

卡玛古决定去听音乐会，以打发时间。人们开始往海滨克罗哈中学聚集，洪亮的钟声在村里响起，提醒人们音乐会即将开始。在去学校的路上，卡玛古要路过邦科的院子。在粉红色圆形茅屋前的树下，怀疑派长老们的活动正在进行。虽然诺帕媞蔻特是音乐会备受关注的亮点之一，但卡玛古不知道这些怀疑派长老是否会去。

怀疑派正在进行他们的纪念仪式。当怀疑的痛苦折磨着他们时，即使是像学校音乐会这样重要的社区活动也阻拦不了他们举行这个仪式的决心。希米亚之子邦科很想去音乐会，去欣赏妻子美妙的歌声，但怀疑派长老们一大早就来要求他举行纪念仪式，唤起悲伤，他只好放弃了音乐会。当然，如果怀疑派们能早一点从祖先时代返回来，他们或许还能赶上音乐会。一般情况下，音乐会要持续一整天。

怀疑派们喜欢探索通过不同的方式，比如诱导悲伤，以获得幸福感，而笃信派们则倾向于忽略那些可能让他们不开心的事。

此刻，怀疑派们正在跳舞，这个舞蹈可以帮助他们诱发悲伤情绪，从而进入深度恍惚状态。在恍惚中，他们如身临其境般体会过去的至悲时刻。

* * *

那两个臭名昭著的基督教信徒，姆朱扎和奈德，又在胡说八道了。他们告诉特温－特温和老恩西托，在这个世界上，追求幸福是一种错误的做法，人只有在死后才能获得幸福。

"我从来没听过如此愚蠢的想法。"特温－特温争辩道，"如果你在活着的时候没有得到幸福，你怎么能在死后得到幸福呢？如果你在活着的时候不去追求幸福，死后进入另一个世界，那里的祖先们都不会认你。"

"至于我，"恩西托说，"我认为幸福是不可获得的。我已经在这个世界上活了很多年。我见过很多男男女女追寻幸福，但当他们自认为已经得到幸福时，幸福消失得无影无踪，他们不得不再次开始寻找幸福。所以，幸福是一种幻觉。我们的人民死于饥饿，就是因为他们追求虚幻的幸福。"

"不要跟我们说那些事，"奈德回应道，"他们都是愚蠢的异教徒。"

"对我来说，"特温－特温说，"追求幸福的过程就是一种满足。"

"幸福只有在死后才能得到。到那个时候，我们去见上帝，坐在他的右手边。"姆朱扎坚持说。

"坐在他的右手边？为什么是坐在他的右手边？"特温－特温问道。

"哦，人们去见上帝时就坐在那个位置，"姆朱扎羞怯地说，"那是耶稣坐的地方。"

男人们沉默了一会儿，思考着这个沉重的问题。他们有节奏地吸着长长的烟袋，吐出的烟圈像一个个光环一样，悬浮在他们头顶上方。

"说不定像姆朱扎和奈德这样的白人宗教追随者说的话有一点道理。"恩西托最后说，"最好忘记幸福。我们的人追求幸福，可看看他们是什么下场。他们以为，新人一来，他们就能获得幸福。"

"老家伙，这些白人上帝的追随者已经迷失了。"特温－特温说，"我知道，我们中有很多人开始向这位白人上帝求助，因为那些为我们的神代言的先知让我们大失所望。但如果我们与祖先交流，为他们献祭，他们就会赐予我们幸福。当然，祖先们永远不会回来了，因为笃信派一直在欺骗人民。只有像卡马塔这样的神让我们结束在这个世界的生活，去往另一个世界时，我们才能见到祖先。"

姆朱扎和奈德认为，这些人故步自封，试图改变他们的信仰是徒劳的。不过没关系，他们仍然是朋友。那些怀疑派，不管他们是基督徒，还是异教徒，都可以是"命名十条河的人"的盟友。至少姆朱扎和奈德是这么想的。

"好吧，"姆朱扎说，"很明显，我们对幸福有不同的理解。说说你为什么叫我们来这儿吧。"

"我们把你们叫到这里来，是因为来自格萨哈河的消息越来越混乱。"恩西托解释说，"几乎每天都有信使来告诉我，农卡乌丝和诺班达要求我回到我的酋邦。我该怎么办？在这种情况下，加文勒和道尔顿，还有'命名十条河的人'的代表，他们认为我该做些什么？"

"我不明白，既然当初是农卡乌丝的信徒把你赶走的，为什么她现在非要让你回到克罗哈。"奈德说道。

似乎没有人知道为什么。先知及其追随者们迫使年迈的恩西托流亡到远离祖先坟墓的地方，但现在，先知们反而要求他回到克罗哈，会不会是因为她们害怕恩西托可能会死在流亡之地，祖先会为此生她们的气。

"也许她们是担心，恩西托的祖先起死回生后，看到自己的子孙被流放，他们会不高兴。"姆朱扎讽刺地说。

"老人自己是怎么想的？"奈德问，"也许事情取决于恩西托酋长自己想怎么做。我们会把你的口信带给治安官，我想他肯定想知道你自己的想法。"

"我敢肯定这位老人很想家。"姆朱扎补充道。

"我想，如果这位老人听从这些年轻姑娘的命令，回到自

己的酋邦，反而会助长她们的影响力，"特温－特温说，"人
们会更加信任她们。"

在特温－特温努力思考有关幸福的严肃问题以及女先知的
要求的同时，特温和库克兹娃则坐在山顶上，注视远方，等待
俄国船只的到来。他们不再坐在河岸或海滩上，而是更喜欢坐
在那座小山上，因为在小山上他们的视野更加开阔。他们一直
在这里等待，等着新人们踏浪而来，等着先知们一直预言的俄
国舰队出现，停靠在克罗哈的海岸，摧毁"命名十条河的人"
以及他的白人移民。

不远处，海西正在挖树根，天天享用盛宴的日子结束了。
击败皇家海军军舰"喷泉号"之后，弥漫在大地上的喜悦早已
烟消云散，人们现在正遭受着饥饿的煎熬。特温和库克兹娃现
在只能靠野生植物的根充饥，甚至连这些都很难找到，因为饥
饿的笃信派大军早已把草原和山丘上的植物根茎挖了个遍。老
人、孩子，体弱的和生病的人都饿晕了。人们知道，已经有一
个人死于饥荒，那是一个笃信派占卜师的儿子。

然而，特温和库克兹娃的信念却依然坚定。虽然和其他
人一样，他们也在忍饥挨饿，但他们拒绝耕种田地。为缓解饥
饿导致的痛苦，他们勒紧肚子上的皮带。在找不到树根的日子
里，他们就靠吃含羞树的树皮保命。以前，科萨人根本不把贝
类当作食物，而现在，为了充饥，他们不得不开始食用贝类。
尽管如此，他们甚至更加强烈地坚信预言终将实现。

他们经常去格萨哈河边姆拉卡扎的小屋，以此强化他们的
信念。每次去那里，他们都会看到一些信念逐渐减弱的信徒纠

缠着先知，要求她们把他们从死亡的边缘救回来。

"去吧，把自己好好打扮一下。"农卡乌丝告诉他们，"我们不应该哭泣！我们应该庆祝新人们的到来！"

人们又一次振作起来，他们穿着赭红色的服装，戴着串珠饰品，步履蹒跚的老妇人穿着崭新的卡卡短裙，戴着黄铜首饰，光彩照人，她们希望死者复活，自己能重返青春。特温和库克兹娃在农科茜的严厉教义和农卡乌丝的教导之间左右为难，因为农科茜要求笃信派信徒抛弃一切饰品。他们有时候选择遵从农科茜的教导，有时候选择遵从农卡乌丝的教导。

但是饥饿不会对美丽格外开恩，它甚至攻击穿着最好的人。笃信派们恳求笃信派酋长把他们从痛苦中拯救出来，酋长们转而向萨希利国王求情，毕竟，萨希利国王表示自己对杀牛运动负责。就连在姆兰杰尼之战中出色地领导科萨军队对抗过英国人的马库玛酋长也在不停地向萨希利求助。马库玛是笃信派中的主导人物，现在已经接替他兄弟，成为恩奇卡部落的酋长。他带领他的部落疯狂宰牛，现在整个部落陷入了饥荒。萨希利国王转而求助于姆拉卡扎和他十几岁的女先知们，试图迫使他们想出一个新的日期来实现预言。

"我无能为力，"姆拉卡扎说，"农卡乌丝和诺班达已经发话了，她们说，只要恩西托酋长还在流亡，死者就不会复活。酋长必须首先回到他在格萨哈河附近的酋邦。只有在酋长返回酋邦后，我们才知道预言什么时候能成为现实。"

特温－特温坚持认为，老恩西托不应该遵从女孩们的要求回到自己的故乡。他很生气，因为尽管有英国治安官和他的密友道尔顿的保护，笃信派们还是进入他的院子，把他粮仓里的粮食偷走了。他们还把他两头奶牛的奶挤走了。还有人说，他们正在寻找特温－特温的牛。这些牛被他藏在了阿玛托尔山的牛栏里，由他的儿子们照看着。特温－特温怀疑这一切都与他的孪生哥哥有关。但特温－特温大错特错了，此时的特温只对死人的复活感兴趣，他不想偷任何人的食物，因为他在饥饿中获得了精神的满足，他只想和他的妻子库克兹娃，还有儿子海西一起恍惚地坐着，等待俄国船只的到来，等待祖先们踏浪而来。

特温－特温现在重新燃起了他对女先知们，尤其是农卡乌丝的欲望。他把这个消息传遍了克罗哈，说交媾是唯一能让农卡乌丝放弃疯狂预言的良药。尽管他有好几个保镖，但他当然只是说说而已，他永远都不敢靠近姆拉卡扎的院子，去勾引或强奸女先知。

恩西托酋长的压力越来越大，最终，在一八五六年十一月，他屈服了，在特温－特温和一些怀疑派信徒的陪伴下，酋长骑马回到了克罗哈。他的儿子帕玛一点怨言都没有就把酋长的职位还给了他。毕竟，女先知们希望由老人来统治这个酋邦。

回到酋邦的第一天，恩西托酋长做的第一件事就是去姆拉卡扎的家，他想亲自和农卡乌丝谈谈。但就像所有伟大的先知一样，她似乎有些不知所措，而且迷迷糊糊的，只有姆拉卡扎和诺班达帮她传话。

"农卡乌丝说，新人们 ——"姆拉卡扎开始说道。

"新人？"恩西托问道。

"就是死而复生的祖先们。"诺班达解释道。

"农卡乌丝说，新人们不想再让我这样的平民来传达预言。"姆拉卡扎继续说道，"恩西托酋长，他们想让你来发布预言。这就是为什么女先知们坚持要你回到酋邦。新人们选择了你，夸科萨的大酋长，当他们的发言人。"

"这怎么可能？"恩西托问道。

"农卡乌丝说，新人——"

"农卡乌丝说？但是她什么也没说，"特温－特温喊道，"我们没听见她说过一句话。她只是坐在那里发呆，你一直在撒谎，说什么农卡乌丝说，农卡乌丝说……"

恩西托的随从们嘟囔着表示同意，而笃信派们则很愤怒，认为他们对先知的质疑亵渎了神灵。有些人说，很遗憾特温不再对国家事务感兴趣，他不再参加集体会议，而是整天坐在山上，如果他在这里，他一定会教会他那固执的弟弟尊重那些被祖先选中做他们信使的人。

"农卡乌丝说，新人们很快就会显形于恩西托酋长面前。"姆拉卡扎无视特温－特温的评论，继续说道，"祖先显形后，恩西托酋长必须召集所有平民和夸科萨酋长开集体大会。群众必须聚集起来，等待祖先的回归。"

恩西托酋长和他的随从们一路大笑着回到了他的王宫。姆拉卡扎把他们当成什么人了？当他们是傻瓜吗？

但是笃信派们则以他们自己的方式解读老酋长的归来以及他与先知的会面。不久就有消息传开，说恩西托酋长改变了自己的信仰，从一个怀疑派变成了笃信派。这让笃信派们更加坚信预言即将实现。有些人甚至说，亡者们将在下一个满月之日复生。人们再次兴高采烈，连河水也发出雷鸣般的笑声。

* * *

天气阴沉，河水继续发出雷鸣般的笑声。怀疑派的长老们倒在地上，昏迷不醒。从海滨克罗哈中学大厅缝隙溢出的伊齐蒂比里歌声，透过沉重的空气传来，似乎把长者们带入了一种更深的恍惚状态。

最终，希米亚之子邦科第一个睁开了眼睛。也许是诺帕媞蔻特的声音让伊齐蒂比里歌更有韵味，把他从祖先世界的痛苦中拉回到有着欢乐的学校音乐会的世界。他面前出现了一个个模糊的小人，他环视四周，发现其他长者还在发呆。让他震惊的是，他们所有人都被一群阿巴特瓦人包围着。这是一群被古代殖民者称为布须曼人的小矮人。

"唤醒你的朋友。"领头的阿巴特瓦人说。他用的是夹杂着科萨语的他们自己的语言，那是一种由滴答声组成的语言。"叫醒他们！"

"嘿，什么情况？"邦科问道。

"我们要求你们归还我们的舞蹈！"领头的人说。

"我的祖宗啊，麻烦来啦！"邦科喊道。

他努力唤醒其他长老，他们慢慢从过去的世界回到现实，但身体还沉浸在过去的悲伤里，微微颤抖着。他们逐渐回过神来，准备面对这个世界，对抗笃信派。当他们听到阿巴特瓦人要求他们归还舞蹈时，他们大吃一惊，这是他们谁也没有料到的挫折。没有舞蹈的话，他们怎么生存？

他们邀请阿巴特瓦人在另一棵树下坐一会儿，容他们商量一下。

"这些人不是把这个舞蹈给了我们吗？他们怎么能要求我们还回去呢？"一位长老问道。

"现在是我们的舞蹈了。"另一位长老坚称，"他们把舞蹈给了我们。"

"但现在他们想要回这个舞蹈，"邦科说，"我们无能为力了。"

"不要把舞蹈给他们。看他们能怎么办？"

"是的，他们能怎么办？打我们一顿？"

如果长老们是旁观者，他们一定会嘲笑这种荒谬的想法。谁能想象像阿巴特瓦人这样的小个子能打败像邦科这样的大高个儿？但是怀疑派一般不笑。如果他们笑了，那一定是偷偷地笑，因为他们绝不能让任何人知道这件事。这就是为什么长老们曾经斥责邦科，因为他们认为邦科表达喜悦的方式太过随意。

"当然，他们不会痛打我们。"邦科说，"我们不能激怒他们，因为他们的舞蹈如此有感染力，能将人送到祖先的世界，并再次返回现实世界。我们无法预料，如果我们激怒了他们，他们会用什么强大的药来对付我们。跟这类人打交道，我们必须格外警觉。如果他们说想要回他们的舞蹈，我们必须还给他们。"

"但是没有舞蹈，我们怎么活下去呢？不去拜访我们的祖先，我们如何在生活中唤起悲伤？"

"没有舞蹈，我们如何去拜访祖先，体会他们的悲伤岁月呢？"

"我们必须跟他们商量，必须请求他们把舞蹈再借给我们用一下。"邦科说。

"这些自私的阿巴特瓦人！"另一个老人喊道，"如果这是笃信派们搞的鬼，我一点也不意外。肯定是泽姆！他和这些人有亲戚关系，对吧？一定是他唆使他们这样干的！"

"笃信派可能对阿巴特瓦人有一些影响，"邦科说，"但是泽姆和阿巴特瓦人不是亲戚关系，他和科伊人有亲戚关系。阿巴特瓦人和科伊人不同，如果你不懂他们的语言，你可能会认为他们的语言听起来是一样的。再说，他们看起来也不一样。"

"用不着你来告诉我们阿巴特瓦人和科伊人是什么人，"第一个长老轻蔑地说，"从我们祖先的时代起，我们就和这两个民族的人生活在一起。那时，我们不叫他们科伊人，而是称他们为拉乌人或者切雅人。"

听到长老使用这些贬义的科萨名字称呼科伊人和民族混血人，邦科赞赏地叹了口气。这是仅次于笑的，表达赞赏最好的方式了。

经过长时间的辩论，怀疑派的长老们同意把舞蹈还给阿巴特瓦人。此时，阿巴特瓦人已经在树下等得不耐烦了。

"我们必须善待他们，这样我们在需要的时候还可以再找他们借用舞蹈。"一位老人说道。

"我们就像一只披着老鹰羽毛的麻雀，"邦科说，"我们必须发明自己的舞蹈。起初它可能没有阿巴特瓦舞蹈的力量，但我们跳得越多，它就会越有感染力。也许有一天，它可以带我们去祖先的世界，就像阿巴特瓦舞蹈一样有效。"

在去音乐会的路上，邦科气呼呼的。今天，他将要和笃信派的泽姆一决胜负。如果泽姆玩阴的，派阿巴特瓦人来夺回怀疑派们珍视的仪式，他——希米亚之子——也有几招藏在他皱巴巴的西服袖子里。

付了入场费后，邦科信步走进了学校大厅。此时，大厅里已经坐满了人。一位年轻的观众站了起来，把座位让给了邦科。长老环视大厅，视线落在了泽姆身上。此时，泽姆正得意扬扬地坐在卡玛古旁边。两位长老目光相遇，邦科冷笑了一下，泽姆微笑回应，而卡玛古则全神贯注于学校合唱团的歌唱。

在过道对面，约翰·道尔顿跟索丽斯娃·希米亚坐在一起。他没和卡玛古坐在一起，因为自从卡玛古轻率地批评他为发展这个村庄所做的努力后，他们之间的关系就变得有点冷淡了。卡玛古和索丽斯娃·希米亚之间的关系也有点冷淡，这不仅是因为他们对文明与野蛮有不同的看法，而且也因为库克兹娃怀孕的事情终于传到了索丽斯娃·希米亚的耳朵里。一听到这个消息，她就立刻跟卡玛古对质。

有一次，他去她家，还没等他坐下，她就问："我听说了你和那个孩子的事，是真的吗？"

"孩子？哪个孩子？"

"别跟我装傻，我说的是库克兹娃。"

"你所说的那个孩子，并不轻视美好的事物。你看到的是黑暗、巫术、异教徒和野蛮人，而她看到的是歌舞、欢笑和美丽。"

"所以是真的！你是个肮脏的老头！你一点也不值得我

尊重！"

"什么是真的？为什么我突然变成了一个肮脏的老头？"

"你让她怀孕了。村里的每个人都这么说。"

"你竟然听信村里的闲言碎语，这就是你的问题所在。没人让那个女人怀孕。"

"女人？她不是女人，她昨天还是我的学生。当然，她自己让自己怀孕了，对吗？"

"奶奶们给她做了细致的检查，确认了她还是个处女。我从来没有和她有过任何关系。"

"你竟然相信那些胡言乱语？你是所有受过教育的人的耻辱！"

人们说，索丽斯娃·希米亚的愤怒像草原之火一样蔓延开来，影响着每一个人：她的同事、父母和学生。他们说，她生气也是情有可原的。事实证明，卡玛古就是一个恶棍。尽管奶奶们已经证明泽姆的女儿还是一个处女，但是人们坚信，他就是那个让她陷入困境的人。要不然，那颗生命的种子是如何进入她身体的呢？是谁植入进去的呢？以什么方式？

人们的好奇心必须得到满足。

历史老师是音乐会的主持人，他按响了铃，合唱团停止了歌唱。他站了起来，显然很享受他所掌握的权力。

"请安静，主持人要讲话！"他喊道，"这是来自蓝色火烈鸟酒店的瓦蒂斯娃小姐，她付费二十美分，要求学校合唱团休息三首歌的时间，由蓝色火烈鸟酒店的合唱队来替代他们演唱三首歌！"

学校合唱团走下舞台的时候，人们鼓起掌来。蓝色火烈鸟合唱队走上舞台，女歌手诺帕媞蔻特和合唱队一起开始唱一首新的伊齐蒂比里歌。瓦蒂斯娃自己也加入了合唱队的演唱，并且还滑稽地跳起了舞。但他们还没唱到一半，铃声又响了，合唱队停止了演唱。

"这个年轻人付费二十五美分……他是海滨克罗哈中学的一名学生……他说他不允许任何人这样对待他学校的合唱团。"主持人说，"蓝色火烈鸟合唱队应该回家休息，学校合唱团应该回到舞台上。"

学校合唱团才唱了一首歌，瓦蒂斯娃就把他们请下台了。瓦蒂斯娃和一群学生，之后也有一些家长加入，他们的购买大战一直持续，价格涨到了五兰特。瓦蒂斯娃认输了，中学的合唱团控制了舞台。他们一连唱了三首歌，歌声在大厅里回荡，每个人都兴高采烈。学生们载歌载舞，满脸洋溢着喜悦之情。

第四首歌不是伊齐蒂比里歌，而是索丽斯娃·希米亚自己指挥的一首正式的古典乐曲。歌曲唱到一半，铃声响了。

"我们这儿有一个人，他不肯告诉我们他的名字。"主持人说，"他说，他不会叫停这首歌，因为这是我们最伟大的作曲家之一——迈克尔·莫休·莫兰创作的一首美妙的歌曲。他只是想说，孩子们脸上洋溢着美丽的笑容，孩子们的歌声可爱动人，听起来像雨滴一样欢快。但让他不高兴的是，歌曲指挥脸上没有一丝快乐的微笑，她看起来很悲伤。因此，他付费三兰特，要求坐在观众席上的那个人，切萨内之子卡玛古，上台去，在索丽斯娃·希米亚小姐指挥这首歌的时候挠她一下。买家说，我们从没见索丽斯娃·希米亚小姐笑过。"

索丽斯娃·希米亚非常严厉地看了付费者和主持人一眼。

卡玛古很尴尬，但本着游戏精神，还是配合着笑了，他走向主持人的桌子。铃声又响了。

"卡玛古付费两兰特五十分，要求不去逗索丽斯娃·希米亚小姐，因为买家没有提到他应该去挠希米亚小姐身体的哪一部分。"主持人宣布。

人们笑起来了。一些学生大叫："挠她的屁股！挠她的腰！"有些人尖叫道："挠她的脚板心！挠那里会更有效！"

但是主持人摇了摇铃说："叫喊没用！音乐会上只能用钱说话！如果你想说什么，请到桌边来付费。"索丽斯娃·希米亚狠狠地看了付费者一眼，然后看着卡玛古，她走向主持人的桌子。铃声响了。

"希米亚小姐出五兰特，不许挠她的痒，这是最后的决定。"主持人宣布，同时四处扫视，希望有人能出更多的钱，好让他如愿以偿。如果成功了的话，这将是海滨克罗哈的人们第一次看到他们的女校长笑得前仰后合。但是没有哪个付费者有足够的勇气来反驳索丽斯娃·希米亚。

合唱团继续唱莫兰的歌，直到唱完为止。紧接着，他们突然欢快地唱起伊齐蒂比里歌，并且边歌边舞。铃声响了。

"音乐会越来越热闹了。"主持人说，"现在，我们迎来了库克兹娃，泽姆的女儿……"

一听到这个名字，卡玛古的眼珠子都快蹦出来了。库克兹娃就在那里，看起来一如既往地自信。她离开主持人的桌子，坐在了付费要求卡玛古挠索丽斯娃·希米亚痒痒的那个人旁边。不用说，挠痒痒一定是她的主意。他想知道，过了这么多星期，她是从哪儿钻出来的。

"她付费五兰特，要求每一位名叫诺玛拉夏的女性观众走上舞台，就像选美比赛一样。"主持人说，"她要求让卡玛古当评委，选出最美丽的诺玛拉夏。"

卡玛古认为，这已经超出了玩笑的范围。他来听音乐会是为了让自己开心，而不是为了成为人们的笑柄。但是，生活在海滨克罗哈，名字叫作诺玛拉夏的女人们并不认为这是一种嘲笑。相反，她们认为这样做很有趣，因为对她们许多人来说，这是一个出名的机会。她们接连涌上舞台，高矮、胖瘦和年龄各异，总共大约有十五个人。她们在舞台上活蹦乱跳，观众被逗得捧腹大笑，欢呼雀跃。

卡玛古走到主持人桌前，目不转睛地看着这一群诺玛拉夏，抱着一线希望，期待自己要找的那个诺玛拉夏也在其中，但她没在这群女人里面。他付费十兰特，拒绝做裁判，让这群诺玛拉夏从舞台上下去。这样，合唱团才能继续唱歌。他补充说，下一个登台的应该是酒店合唱队。因为这笔钱的数目太大了，谁也没法与之抗衡。

铃声响了。

"这里有一群女孩。她们说她们不会要求合唱队停止演唱，合唱队必须留在舞台上，她们付费两个兰特，只想让库克兹娃上台，为她们的朋友所遭受的痛苦做个解释，因为库克兹娃似乎很愿意看到她们的朋友受苦。"主持人接着又说，"我得承认，我不明白这些年轻的小姐究竟要干什么，但是库克兹娃必须上台解释一下她们所说的痛苦。"

库克兹娃走上舞台，居高临下地对付费的姑娘们笑了一下。这不是她第一次与她们对峙，也不会是最后一次。这些人就是几个月前在她上班的时候攻击她的那几个女孩，也是在大潟湖当着卡玛古的面侮辱她的那几个女孩。

"这些女孩想让我为她们朋友的痛苦做一个解释，"库克兹娃轻蔑地说，"这个解释很简单。这是她们的朋友自找的。"

她正要走下舞台时，主持人用铃声拦住了她。

"另一个人为你付费了，库克兹娃。"主持人笑着说，"你看，你付费要求一群叫诺玛拉夏的女孩上台，是你开的头，现在，约翰·道尔顿付费二十兰特，要求你用分音唱歌。他说，你在他店里工作，他听到了你美妙的声音。但今天，你得和其他观众分享你的声音。"

唱歌是库克兹娃最引以为傲的事情。她开始唱歌，多种声音从她嘴里奔涌而出。大厅突然陷入了一片寂静。卡玛古想起了那个月光皎洁的夜晚，在格夏的背上，她的歌声让他达到了性高潮。

库克兹娃的歌声五彩纷呈，像黄色沟壑的赭色一样柔和，像泥土一样让人内心安定，像燃烧的火焰一样火红炽热，像深蓝色的海洋和深绿色的山谷，冷冷的色调，像夏天的雨点滑下两个一丝不挂的身体。

库克兹娃的演唱有一种恬淡柔和的色彩，如同刚刚翻过的土地，自然、耀眼、明亮而又有光泽。几乎就在同一时刻，倒霉的卡玛古的身体又湿了。

歌曲结束，她打量着观众，一片寂静。她走下舞台，走出大门，仍然是一片寂静。卡玛古慌了，担心她会再次消失。如果她这次又走了，他就永远找不到她了。他不会再让她从自己的生活中消失，他从座位上跳起来，叫着她的名字。当他冲出大门时，观众们一脸震惊地看着他。

"求你了，库克兹娃，等等我，"他恳求道，"我们必须谈谈。"

"我们没什么可谈的。"库克兹娃边说边继续往前走，几乎是在跑。

"我们有很多事情要谈！请不要离开我！"

她突然跑了起来，他跟不上。

"我爱你，库克兹娃！我爱你！"他上气不接下气地大喊。

"你对爱情一无所知，学者！"她大声回应，"再回学校去学学吧！"

她走了，他站在那里手足无措，他为什么会说出这样该死的话：我爱你？他怎么了？

他觉得自己刚才的行为丢人现眼，不能再去听音乐会了。他慢慢走回海边别墅。一阵风吹来，他听到从学校大厅传过来的声音。

学校大厅里有事发生。卡玛古离开后，全场一片寂静。然后，希米亚之子邦科站起来，愤怒地向泽姆走去。

"这是你干的好事，对吧？"他气愤不已，"你竟然让你女儿这么做！你用药逼着那个可怜的人去追她！"

"我为什么要这么做？我们家才不稀罕那个疯子！"

"你这样做是为了刁难我，是不是？让希米亚家成为笑柄！是的，为了刁难我们！你用同样的方式强迫阿巴特瓦人，让他们拿走了舞蹈！"

骚动令年轻观众格外兴奋，而年长的观众则为之震惊。索丽斯娃·希米亚显然对她父亲的暴怒感到羞耻。诺帕媞蔻特也一样，她站在合唱队中间，呆若木鸡。

主持人摇铃大喊："先生们，这是一场音乐会。有钱能使鬼推磨。如果你有什么话要对别人说，请到桌边来付费。你们可不能就这样互相交换意见！"

"告诉这个邦科，别来烦我，"泽姆说，"这里发生的事与我无关。尽管他活该，但阿巴特瓦人拿回舞蹈的事跟我没有任何关系！"

"金钱万能！不要仅仅只是说话！都是空话！在音乐会上付钱才能说话！"主持人喊道。

终于平静下来了，音乐会继续。来自蓝色火烈鸟酒店的合唱队唱起了另一首伊齐蒂比里歌。

铃声响了。音乐停止。

"女士们，先生们，泽姆付费了。"主持人宣布，"他说酒店合唱队的演唱，如同天籁，沁人心脾，但还缺少一样东西。嚎叫！如此美妙的音乐一定要有嚎叫伴唱。他付费十兰特，要求诺帕媞蔻特来演唱嚎叫，直到音乐会结束。"

如果这个要求来自其他人，而不是泽姆，这将非常有趣。但现在，没有人表示赞同。诺帕媞蔻特没有选择，只能开始演唱嚎叫。一开始，她很享受演唱嚎叫，在舞台上活蹦乱跳，但唱到第三首歌时，她已经筋疲力尽了。邦科走到桌前付了十一兰特，要求他的妻子停止演唱嚎叫。但是泽姆又出十二兰特，要求诺帕媞蔻特在音乐会剩余的时间里继续演唱嚎叫。邦科的钱已经花光了，但是索丽斯娃·希米亚又给了他一些钱。她的母亲被变成了一个放映机，这让她很生气。

看来，泽姆是有备而来的，他的岩兔皮包里装满了钱。每当邦科付费让诺帕媞蔻特从舞台上下来的时候，他就不停付费让诺帕媞蔻特回到舞台上。赌注现在已增加到一百兰特，希米亚家已经没有钱了，不能再付费了。人们惊呼，怀恨在心的泽姆要把他所有的养老金都花在一场演唱会上。

诺帕媞蔻特继续演唱嚎叫，合唱队来了又走，诺帕媞蔻特为他们所有的表演演唱嚎叫。音乐会结束时，她失声了，声音嘶哑，然后彻底说不出话了。村民们对泽姆破坏音乐会的行为感到愤怒，但他们无能为力，因为只有出钱才能在音乐会上说话。

这让希米亚之子邦科非常不快，他向泽姆发起挑战，要用棍棒一决高下。"让我们看看钱是否能让你免于决斗。"他说，"你愚弄了我的家人，你必须为此付出代价。钱让你骄傲得都不知道自己是谁了！"

但是道尔顿一向都是那个帮助灭火的人。他劝说他们停止战斗，他警告他们，法律对做这种蠢事的人可是毫不留情的，搞不好他们都得去坐牢。

在接下来的几天里，邦科想出了一种不同寻常的复仇方式。他告诉聚集在一起的怀疑派长老们，"既然这个笃信派如此喜欢嚎叫演唱，那我就请一群阿巴伊伊泽利，也就是嚎叫演唱队，为他演唱。"

阿巴伊伊泽利指的是对演唱嚎叫很在行的女人，她们期待别人请她们去演唱嚎叫。当邦科请她们帮忙演唱嚎叫时，她们欣然应允。当泽姆在织巢鸟的陪伴下，在那棵巨大的无花果树下休息时，演唱队的妇女们就在泽姆家外面嚎叫。她们知道他喜欢在午餐后小睡一会儿，因此选择在这个时候用最尖锐的嚎叫声刺激他的耳膜。起初，他对她们视而不见，认为她们最终会因为厌倦而放弃。但她们从不停止，不仅如此，她们还动员了更多的嚎叫演唱者轮流来泽姆屋外演唱嚎叫。

很快，事情发展到，只要见到泽姆，演唱队就会发出嚎叫声，她们甚至跟随他穿过村庄。即使那些原本不属于演唱队的年轻女孩看到泽姆时也会发出嚎叫声。每当他走近时，女路人就会停下手中的活，发出嚎叫声。

泽姆不知道该怎么办，去向西克夏酋长求助，但酋长也无能为力。酋长召见那些嚎叫者，她们却声称自己只是喜欢在乡村小路上自娱自乐而已，她们是无辜的，而且，这种行为在新民主国家南非并不违法。

终于，泽姆开始反击，他派噪鹛去嘲弄邦科。这是一种灰褐色的鸟，短腿，翅膀泛着金绿色或紫色。邦科走到哪里，那三四只鸟就跟到哪里，发出粗野的笑声。邦科在家的时候，这些鸟就停在邦科家四边形茅屋的屋顶上，继续嘲弄他。

感觉事情正在失去控制。村里有传言说，笃信派和怀疑派之间的战争已经超越了人类的能力。有传言说，邦科将会得到锤头鹳的帮助，这是一种棕色的锤头鸟。它会用闪电摧毁泽姆的田地，或者他的家园。但有些人对整个事件一笑置之，说这是空洞的威胁，因为邦科不知道如何与鸟对话，只有泽姆能与鸟交流。然而，还有一些人认为，这两位长老现在竟堕落到派遣鸟类等无辜生命为他们战斗，这是一种耻辱。

在这场战斗越发激烈的同时，卡玛古躲在他的海边别墅里，羞于在公共场合露面。好些天过去了，他甚至不敢去弗林德莱拉贸易商店。他从诺捷安特和玛姆西尔哈那里听说，这些争吵把整个社区搅和得不得安宁。她们告诉他音乐会上发生的骚动及其后果，请求他去和长老们谈谈，说服他们停止自相残杀。妇女们认为长老们会听他的，但是卡玛古并不这么认为，他认为自己在音乐会上的行为已经断送了他们对他的尊重。

有一天，约翰·道尔顿突然来访，他说，他们需要消除分歧，因为有更重要、更紧急的事需要他俩来做。开发商将举行公开会议，向村民解释他们把海滨克罗哈打造成旅游天堂的计划。道尔顿到时没办法参加这个会，因为他要去自由州的菲克斯堡处理紧急的家庭事务。他劝说卡玛古去参加会议，至少得有人在会议上表达不一样的观点，反对开发商打造旅游天堂的设想，这至关重要。

"你希望我们消除分歧，这是件好事。"卡玛古说，"我和你从一开始就没有任何分歧。我只是在你征求了我的意见之后，对水利工程表达了不同的观点……"

"好吧，"道尔顿承认，"也许是我太孩子气了，把这个观点当成是针对我个人的，但是让我们来谈谈这个公开会议吧。你能参加吗？"

"我上次在音乐会上做出那些事，现在谁还会听我的呢？"

道尔顿笑了起来。

"我不知道你发生了什么事，"他说，"但这次会议很重要，整个村庄的未来都取决于它，我们不能因为你的私人问题——"

"好了，好了，我去。"

在一个星期六的早上，开发商早早来到这里，是两个秃顶的白人和一个年轻的黑人，他们坚持要在大潟湖举行会议，以便他们直观地展示他们开发这个村庄的宏伟计划。据介绍，年轻的黑人男子叫莱法·莱巴洛，是黑人赋权公司的新任首席执行官。就是这个公司计划要把这个村庄打造成一个旅游天堂。他穿着深蓝色的西装，蓝色的衬衫，打着一条彩色的领带，看起来很帅。两个上了年纪的白人，都穿着黑西装，分别是史密斯先生和琼斯先生。在把公司的大部分股份卖给黑人赋权财团之前，这两位白人是公司的首席执行官和董事长。现在，他们是这个公司的顾问。

村里的大多数村民都来了。卡玛古到达时，他们用手指着他窃笑。他大胆地往前走，却惊愕地发现自己竟然站了海滨克罗哈中学老师们的旁边。索丽斯娃·希米亚眼望前方，假装没看到他。在音乐会上担任主持人的历史老师对他笑了笑，他微笑回应。

他扫视四周，搜寻最支持度假胜地开发项目的邦科。他就在那里，周围都是他的支持者。噪鹛不再嘲笑他了，给了他一些喘息的机会，嚎叫演唱队也停止用尖利的嚎叫声攻击泽姆的耳膜，那些妇女恢复了她们作为普通村民的日常生活。泽姆和他的女儿，以及一些支持者坐在一起。两位长老看起来都很疲惫。

在酋长介绍完来宾后，莱法·莱巴洛做了简短的讲话。他告诉村民们，他们生活在民主的新南非是多么幸运，在这里，一切都是清晰透明的。在糟糕的旧时代，没有人会为这样的项目咨询民众的意见。他刚才听到一些村民反对这个项目，他们要明白，这是一个相当重要的项目，政府本着尊重民众的精神咨询他们的意见，他们也必须尊重这些重要的访客，不要提出反对意见。然后，他请史密斯先生发言。

史密斯先生谈到了将要在海滨克罗哈发生的奇迹，这里将会有船、滑水和飞艇冲浪。大洋彼岸的游客们将来这里体验冲浪运动，因为这里的大海大部分时间波浪翻滚，非常具有挑战性，特别适合做这个运动。这里还会建造旋转木马给孩子们玩，还有直达天际的摩天轮。摩天轮翻滚扭转，乘客们会在极致的快乐与恐惧中尖叫。

"就在这里，"史密斯先生说，"在汹涌的大海上，我们将建造世界上最大、最刺激的过山车。这里将成为过山车爱好者的乐园，这些爱好者一生都在环游世界，寻找最大、最刺激的过山车。"

邦科和他的支持者拍手喝彩。除了索丽斯娃·希米亚这样的人，他们都没有见过过山车，但这并不重要，如果它能带来文明，那么它就对克罗哈有好处。

"这还不是全部，我亲爱的朋友们，"史密斯先生激动地说，"我们还要建造缆车，缆车将从大潟湖的一端横跨水面，到达另一端。"

"这些事情太美好了，"邦科说，"但我对冲浪持怀疑态度。假先知农卡乌丝曾预言，新人们也应该踏浪而来。"

莱法·莱巴洛解释说，这与古老的迷信无关。在发达国家，甚至在南非，像德班和开普敦这样的城市，人们都喜欢冲浪，但这里的浪又大又猛，比南非其他大城市的波浪更适合这项运动。

莱法·莱巴洛随后向顾问们解释了邦科的担忧。他们觉得这很有趣，笑了半天，村民们也笑了起来。

但是卡玛古不以为然。

"你谈到了所有游乐设施和美好的东西，"他说，"但谁能从中获益呢？坐在这里的这些村民将从这一切中得到什么？他们的孩子能乘坐旋转木马和过山车吗？他们能乘坐那些缆车和船吗？当然不能！因为他们没钱来支付这些消费。只有富人才能享受这些东西。他们来这里，会污染我们的河流和我们的海洋。"

"你凭什么替克罗哈人发言？"邦科问道，"你说，'我们的河流''我们的海洋'，你是什么时候来这里的？还是仅仅因为你在追求笃信派的女儿，你就认为你有权利认为自己属于这里？"

"嘿！你！邦科！如果你明白什么该做，什么不该做，就不要把我的孩子扯进来！"泽姆喊道，"我女儿没有邀请那个愚蠢的男人跟着她。但是，今天，这个切萨内之子说得很有道理，他是对的。游客会白白毁掉我们自祖先世代就有的树木和植物，而我们克罗哈人从中得不到任何好处。"

"你们会得到工作机会。"莱法·莱巴洛拼命挽回。他恳切地看着卡玛古说："请不要说服这些人反对一个对国家如此重要的项目。"

"这个项目只对你的公司和股东很重要，而不是对这些人！"卡玛古大声说，"工作吗？呸！他们失去的会比从工作中得到的要多得多。我告诉你们，克罗哈的村民们，这些来访者只关心他们公司的利润。这片海将不再是你们的了，你们要付费才能使用它。"

"他是被白人道尔顿唆使来的，"邦科说，"他是道尔顿的走狗。道尔顿自己偷偷藏了起来，把这个人派到这里来，因为他有一张黑皮肤的脸。道尔顿想要我们仍然留在祖先的黑暗时代。这样，他就能像他的祖先那样攫取我们的土地。"

"你是个骗子，邦科！"泽姆喊道，"你甚至会在半夜里撒谎。这个年轻人讲的是常识，与道尔顿无关。"

"你无法向这些人提供任何东西。"琼斯先生对卡玛古说，"如果你反对这些很有前景的开发项目，你能提供什么来替代它们呢？"

"推广一种有益于人民的旅游。这种旅游不会破坏当地的森林，也不会引来成群结队的人污染河流，赶走鸟类。"

"那只是一个梦。"莱法·莱巴洛喊道，"没有这样的旅游。"

"我们可以解决这个问题，克罗哈的村民们，"卡玛古呼吁道，"我们可以坐下来计划一下。有许多人喜欢沉浸在未受破坏的大自然里。"

"我们的计划将会继续进行，"莱法·莱巴洛坚定地说，"看你们如何阻止我们！政府已经批准了这个项目，我是执政党党员，这家公司的好多高管都是执政党党员。在被调任到企业之前，董事长本人曾是内阁部长。你们破坏不了我们的计划。"

"那么，你们将如何阻止进步和发展呢？"史密斯先生得意地笑着问。

"是的！他将如何阻止文明呢？"索丽斯娃·希米亚问道。

卡玛古一时不知如何回答这个问题。突然，他灵机一动，大喊道："我怎么才能阻止你们？我告诉你们我能怎么阻止你们！我要把这个村庄申报为国家遗产，那样就没人敢碰它了。农卡乌丝的预言导致了科萨人的杀牛运动，这是历史奇迹，它就发生在这里。基于这个，我可以把这个村申报为国家遗产！"

"又是那个该死的农卡乌丝！"邦科啐了一口唾沫。

"你的农卡乌丝正在地狱中被烈火焚烧。"索丽斯娃·希米亚说道。

"切萨内之子很聪明！"泽姆喊着，"我就知道，农卡乌丝总有一天会拯救这个村庄！"

很明显，大多数人都被卡玛古的干预说动了。邦科绝望地喊道："我问你们，我的村民们，这个切萨内之子，他受过割礼吗？连割礼都没有受过的孩子，我们都要听他的话吗？"

"你怎么知道他没有受过割礼呢？"泽姆问。

"这跟割礼有什么关系呢？"卡玛古说，"事实就是事实，事实不会因陈述这个事实的人是否受过割礼而改变。"

"是的，这确实有关系，"泽姆说，"这就是为什么这个怀疑派信徒提起这件事。他被事实和理性击败了，这就是为什么他现在谈论割礼。尽管切萨内之子针对这件事提出了很有价值的建议，但是如果他没有受过割礼，我们还是不能采用他的建议。"

卡玛古一开始很固执，他说他不明白为什么要根据一个人是否有包皮来判断他的价值。

"你说你尊重我们的习俗，"邦科说，"所以你只是选择性地尊重我们的习俗？你显然没有割包皮！"

"我请你，邦科父亲，到这儿来当众检查我是否有包皮。"卡玛古自信地说。他知道没有人敢接受这个邀请，即使他们接受了邀请，检查了他的身体，他们也找不到包皮。他已经在医院里割去了包皮，尽管是以最不体面的方式。

泽姆的支持者们鼓掌支持。

琼斯先生采取了比较温和的立场，他试图用很有分寸的语气让他们相信，这个地方将会多么美丽，城市里有的所有便利设施，这里都会有。这里将有一个购物中心、网球场和一个奥运会标准的游泳池。

他突然有一个新的想法，从他脸上的表情来看，这个想法相当高明。他说："我们甚至可以建造新的城镇住宅街区，做分时享用的度假村。"

"分时度假村？"史密斯说，"我们没有讨论过分时度假村。我们只谈过旅馆和赌场。"

"嗯，计划总是可以改变的，不是吗？"琼斯先生说。

"如果计划可以改变，我宁愿在这里修一个针对百万富翁的安老社区。"史密斯说，"这个地方很适合做这样的社区。我们可以叫它柳溪林。"

"林？"琼斯先生很惊讶，"我们要砍倒所有这些树，修建游乐设施，我们怎么能把它叫作'林'呢？"

"我们将拔掉这些本土的树木和野生灌木，种植一些从英国进口的树木，打造一个美丽的英式花园。"

开发商们似乎忘记了其他人，一直在争论，到底是打造一个美丽的英式乡村，还是建造一个无罪的分时度假天堂，怎样才能获利更多。他们散漫地讨论，度假区名字的后半部分用什么词合适。要拔掉树木，度假区名字的后半部分就不能用"林"字，要不换成"园"，或者"谷"，或者"丘"。连莱法·莱巴洛都被排除在讨论之外。起初，村民们觉得好笑，但很快他们就厌倦了，于是各回各家，留下开发商们继续在那里争论不休。

傍晚，卡玛古正在吃晚餐，有煎蛋、牡蛎和馒头。他心情舒畅，觉得自己挽回了在村民们心目中的形象。门外传来马嘶声，他没在意，但嘶鸣声持续不断，他不情愿地走到门口，打开了门，只见库克兹娃骑着格夏站在外面。

她咯咯笑起来。

"我很喜欢你今天做的事。"她说。

"你大老远跑来，就是为了告诉我这个？"

"过来，不要害怕，我不会吃了你的。"

他犹豫了一下，然后慢慢走向她。

"如果你喜欢的话，可以摸摸格夏。"她边说，边抓住他的手，用他的手抚摸格夏。

"求你了，"他脱口而出，"我想骑马，像那天晚上那样。"

"但是今晚没有月亮。"她轻声说道。

"没关系，"他着急地喊道，"我现在就想骑，我想感受那天晚上感受过的一切，也许那样我就能搞明白你是如何怀孕的。"

库克兹娃让他爬上马，坐在她身后，格夏飞奔起来。她用多种不同的嗓音唱歌，但是卡玛古什么也感觉不到，月光之夜的那种感受已无法重现。格夏加快了速度，库克兹娃脱掉衣服，把所有的衣服都扔了，他也脱下了衣服。

"我们可以在回来的路上把衣服捡起来。"她喊道。

他们一起骑在格夏背上，没有马鞍，没有缰绳，赤身裸体。

到达农卡乌丝山谷，他们在茂盛的草地上裸奔，互相追逐。然后他又一次跟着她跳进了深潭，他不会游泳，而她游得像鱼一样自由，她开始教他几个技巧。当他们从深潭出来时，他全身发痒，起了疹子，他尖叫起来。

"别像个孩子一样胆小。"她边说边用树叶帮他揉搓起疹子的地方，"可能是毛毛虫爬到你身上了，或者是你碰到了毒葛。但到目前为止，没有人因此丧命。"

9

约翰·道尔顿开始有点不耐烦了，不过他不敢表现出来。而约翰·加文勒却平心静气地坐着，似乎对乔治·格雷爵士的漫谈很感兴趣。加文勒二十六岁就当上了地方治安官，自然不会对正在讲故事的殖民地总督表现出不耐烦。他的人生路还长，还要为帝国服务很多年，他期待今后能获得更多晋升机会。所以，如果老道尔顿想要打断开普殖民地总督的漫谈，那是他自己的问题。老道尔顿没什么好顾忌的，不管怎么说，他为帝国政府服务的生涯几乎快要结束了。他说过，他要在英属卡法拉利亚的某个地方开一家贸易商店。

"爵士，也许我们应该谈谈目前的事。"约翰·道尔顿说。

"目前的事？不就是我们正在讨论的事情吗？"乔治爵士问。

"我说的是，英属卡法拉利亚的灾难。"道尔顿说，"听说你要去格雷厄姆镇，英属卡法拉利亚的首席专员约翰·麦克莱恩捎信给我们说，情况越来越糟，成百上千的原住民被饿死了。"

"罪魁祸首就是他们的习俗。"乔治爵士嘲笑道。然后他对那个年轻人说："加文勒，你知道吗？我委托别人为我详细研究本土法律和习俗，为我在东开普省的长官统治制度提供支撑。只有了解了他们的风俗习惯，你才能成为一个比当地人更能干的官员。你肯定很赞同我的做法。"

"那会很有用的，先生。"加文勒赞赏道。

"乔治爵士，此时此刻，原住民一个接一个地死去，"道尔顿恳求道，"即便如此，屠杀牛群的活动也还在继续。我们该怎么办？格萨哈河边的先知们牢牢地控制着人民。"

"你知道的，我在澳大利亚和新西兰也做过同样的事情，"乔治爵士自豪地说，"我收集了与土著语言、习俗和宗教相关的资料。记录这些是很重要的，因为这些东西注定会与传承它们的野蛮人一起消失。你说呢，加文勒？"

"确实如此，乔治爵士。"

"基督教文明的推进将清除古老的种族，古老的法律和习俗将逐渐被废弃、遗忘。"总督宣告道。

"这些正在进行，乔治爵士。我们这些您任命的地方治安官正在严格执行您的政策。"加文勒说道，假装充满热情。

"要清理那些充斥着谋杀阴谋和迷信活动的地区，"乔治爵士激情澎湃地说道，"就像在无知的野蛮人中间传福音一样。粗鲁的语言将会消失，英格兰的语言将取而代之，成为人们常用的语言。所以，我的朋友们，你们看，荒谬的杀牛行动预示着一个新时代的来临。"

"与此同时，我们该如何应对当前的紧急情况？"道尔顿问道，"我们该怎么回复首席专员？"

"这个男人是谁？"乔治爵士看着加文勒，轻蔑地指着道尔顿问道。

"约翰·道尔顿，先生。"加文勒回答道。

"我知道，但他是什么身份？"

"他是参加过边境战争的老兵，擅长笔译和口译本土语言。"

"乔治爵士，上次到边疆去的时候，我为您做过口译。"道尔顿恭敬地说道。

"那你告诉他，相较于跟土人打交道，能与我见面是他的幸运。不准他打扰我。"

"是的，先生。"加文勒说。

"对不起，先生。"道尔顿说道。之后的一整天，他一直在生闷气。

"至于格萨哈河边的那些先知，你们为什么不直接逮捕他们呢？"

"首席专员担心会发生暴动。"加文勒说。

"一群被饿得软弱无力的人会起义？垂死之人会起义？"

回到家里，两人就制订了逮捕先知的计划。但怀疑派的长老们建议他们缓一缓，等恩西托酋长和他的属民之间的一些问题解决了再说。看来，克罗哈的笃信派和怀疑派之间即将发生武装对抗。如果在那个时候逮捕先知，情况会更加糟糕。

恩西托酋长回到他的酋邦后，谣言四起，说他已经皈依并加入了笃信派。另一方面，他急于向他所有的属民证明，所谓的皈依是笃信派们臆想出来的。

他还想找到一种方法，彻底证明预言是错误的。他要求姆拉卡扎向夸科萨酋长展示那些他声称已经起死回生的新人。格萨哈河边的先知们拖延时间，但是恩西托不依不饶。

最后，姆拉卡扎宣布，新人们已经同意向恩西托酋长露脸。那位消瘦的酋长起了疑心，他派特温－特温去侦察约定的见面地点，以确保没有欺骗行为。不幸的是，姆拉卡扎的密探发现特温－特温藏在圣地附近的干沟里，而这个圣地是新人们为了恩西托才愿意现身的地方。

"恩西托侮辱了新人们！"姆拉卡扎惊叫道，"他在新人们到来的路上安置了一个怀疑派的人！当他们的道路被特温－特温这样的怀疑派邪恶的阴影阻碍时，你怎么能指望他们到来呢？新人们愤怒地离开了，去了大鱼河河口。恩西托必须承担所有的责任！"

笃信派愤怒不已，怀疑派再一次要为死者复活的延迟负责。一些人质疑特温－特温的意图，他不是曾公开表示他渴望得到女先知农卡乌丝的圣体吗？他是想要一箭双雕吗：在新人们到来的道路上设置障碍，同时在女先知每天去格萨哈河边与新人们交谈的路上拦住她？

"你永远无法了解这些怀疑派。"这就是姆拉卡扎所能说的，"无论如何，新人们已经发话了。农卡乌丝说，新人们说，因为怀疑派的祖先恳求过他们，所以他们已经决定不复活了。怀疑派的祖先们担心，他们的后代将因无视预言而注定灭亡。新人们仍然无比希望怀疑派会改变他们的想法，杀死他们的牲畜。"

但萨希利国王可不会轻易放过姆拉卡扎，他要求姆拉卡扎为新人们的到来定一个确切的日期。国王派往格萨哈河边的使者带回了一个坏消息：那里没有看到奇迹，只有那些想看到奇迹的人才能看到奇迹。他们说，在他们看来，有关新人和新牲畜的整个故事都是骗人的。

笃信派的盔甲上开始出现怀疑的小裂缝。

但特温和库克兹娃对先知预言的信仰仍然坚定不移。和很多人一样，他们饥肠辘辘、身体虚弱。他们从克罗哈出发，走了一整天的路，才走到巴特沃斯。六千多名相信先知预言的科萨人聚集在巴特沃斯，等待姆拉卡扎宣称的奇迹将要降临的那一天到来。

巴特沃斯洋溢着喜悦的气氛，因为复活终将发生。人们所能获得的食物少得可怜，但影响不了人们欢歌载舞、等待奇迹的愉悦心情。每个人都在等待下一个满月之日，也就是一八五七年一月十日。在这一天，月亮将变成血红色，死者将会复活。

特温很不开心，因为在欢乐的人群中，一个先知也看不到，姆拉卡扎也不在那里。农卡乌丝和诺班达不在，就连库尔瓦纳十一岁的女儿，姆蓬戈河新的女先知农科茜也不见踪影。人们低声说，也许农科茜的缺席可以解释，毕竟新的日期并不是由她的教派决定的。

"你开始怀疑先知了吗？"库克兹娃问道。

"不，我不怀疑先知，"特温向她保证，"但要是她们能亲自来这里欢迎新人就好了。"

"新人们不会来巴特沃斯，海西他爸。"库克兹娃提醒他，"我们来这里，仅仅是为了庆祝他们抵达格萨哈河。先知们强调，只有萨希利国王和他信任的顾问们才能亲眼见证新人们乘风破浪，到达夸科萨海岸。"

"我知道，我知道。这些都是新人们自己的指示。"

"所以你看，所有的先知一定都在格萨哈河河口迎接新人们。"

库克兹娃和特温不知道，格萨哈河河口出事了。在一月的第三天，萨希利国王和一群顾问骑马来到这里，却发现姆拉卡扎和农卡乌丝已经消失了。他们留下的消息是，由于怀疑派酋长们的卑劣行径，新人们愤怒地回到了另一个世界，国王和他的臣民要等到二月的满月之日。

人们第一次愤怒地批评了国王，国王很伤心，觉得很丢脸。当他试图向人们讲话时，他们向他发起激烈的质问，集会在混乱中结束。心灰意冷的萨希利决定骑马回到他在后西塔的王宫。在路上，他试图用他父亲的矛自杀。他的顾问们及时阻止了他，他们不得不密切关注着他，把所有的刀、矛和其他武器都藏起来，不让他发现。

然而，特温和成千上万坚定的信徒仍然留在了巴特沃斯。二月初，人们又重新燃起了希望，甚至沮丧的萨希利也获得了一些勇气。有传言说，预言已经在莫修修国王的土地上成为现实。到下一个满月之日，这一切一定会在萨希利国王的土地上成为现实。国王又骑马回到了巴特沃斯，和人们一起庆祝。

人们虽然很饿，但信仰让他们内心充实。

预言曾说，在复活期间，太阳将在早晨晚些时候升起，它会像血一样红，升起后不久，它又会回到起点，只是为了重新开始。那时，地球将被彻底的黑暗笼罩，狂风大作，暴雨倾盆，并伴有电闪与雷鸣。死人将在那一刻复活。

"我留下！"国王萨希利向群众宣布，"我和你们一起留在这里，等待我的父亲辛萨和他的牲口复活！"

人们欢呼雀跃，嚎叫庆祝。

国王让当地的商人卖蜡烛给他的人民，让他们在黑暗中有一些光亮。有人看见约翰·道尔顿走来走去，向笃信派们兜售蜡烛。他有成箱的蜡烛，甚至向那些缺货的商店店主供货。商店店主们希望笃信派到他们的商店购买这种必需品，而道尔顿却把他的蜡烛送到人群中。他整天兜售蜡烛，累得满头大汗。这就是他贸易帝国的开始。

聪明的笃信派不像特温、库克兹娃和聚集在巴特沃斯的群众那样唱歌跳舞，而是为新人们准备了新的牛奶袋，翻新了他们的房子，为他们做了新的门，重建了他们的牛栏，甚至那些再婚的寡妇也离开了她们现在的丈夫，回到她们原来的家，等待自己初恋情人的复活。

一八五七年二月十六日，期待已久的一天终于到来了。太阳如期升起，但它不是血红色的，看起来跟平常的太阳一样。看着太阳穿过天空，笃信派们难以置信。没有黑暗，没有打雷，没有闪电，死人也没有复活。

怀疑派们一如既往地劳作。对笃信派们来说，这是大失所望的一天。

也许在接下来的日子里，事情会发生变化，笃信派们叹息道。但是什么都没有发生，第二天照旧，接下来的一天依然如此，一直持续，直到人们彻底失去希望。

特温和库克兹娃慢慢地回到克罗哈，饥肠辘辘的两个人把腰带系得更紧了，他们现在只能以草和蚂蚁为食。他们生气，但不生先知的气。人们大失所望，都是因为恩西托和他的探子的错，是他们侮辱了新人。这是所有怀疑派的错，因为他们拒绝屠杀他们的牲畜，而且继续耕种他们的土地。

但萨希利国王最终彻底失望了。他把责任归到自己身上，因为是他发布了命令，要求人们服从格萨哈河的先知。他告诉约翰·道尔顿："我受骗了，我必须把这件事向'命名十条河的人'解释清楚。请帮我告诉他，我和我的人民不想要任何战争。"

"我会看看我能做些什么，"道尔顿说，"尽管目前我正忙着建立我的贸易商店。我已从英国政府的全职工作中退休。"

特温和库克兹娃回到姆拉卡扎的院子，重建他们的信仰。姆拉卡扎正在向一小群充满渴望的笃信派布道，他们希望听到鼓励的话语。农卡乌丝和诺班达站在他旁边。像往常一样，农卡乌丝看起来糊里糊涂，不知所措，而诺班达则眼神淡漠。

"农卡乌丝说，新人们告诉她，他们不想被科萨人的强求困扰，他们会在他们认为合适的时候出现。"

"没希望了，"库克兹娃低声说，"先知抛弃了我们。"

"还有一线希望，"特温回答，"姆拉卡扎说，新人们说，他们仍然会露面。尽管怀疑派那样对他们，但他们并没有完全抛弃我们。"

"去谴责怀疑派吧！"姆拉卡扎激昂地说道，"因为他们拒绝杀牛。新人们本来已经准备好了。伟大的'永生之人'——纳法卡德，已经准备好把新人们带到我们的海岸，他们还赶着六千多头牛。但是怀疑派的祖先仍然想把他们的后代从永恒的诅咒中拯救出来。他们希望顽固的怀疑派会改变主意，杀死自己的牲畜。只有这样，逝者才会复活。美丽的笃信派信徒们，这些预言必须由你们来实现，你们要把这片土地上的牲畜都杀了。"

人们对怀疑派感到愤怒，于是入侵了怀疑派信徒的畜栏和牧牛点，偷了他们粮仓里的粮食，还有他们养鸡场的鸡，甚至连狗也没能幸免。回到后西塔的王宫，国王宣布："我不能挨饿，这片土地上还有牲畜，它们都是我的。我要多少就拿多少。"他的命令把事情变得更糟了。

特温－特温发誓要用他的生命来保护他剩下的牛，他的粮食眼看就要吃完了。自从在克罗哈受到白人保护后，他就一直无法耕种土地，因为担心笃信派会烧了他的田地。

他打算把他的庄稼照看好，直到收获。希望笃信派信徒们已经吸取了教训，开始耕种土地，而不是毁坏那些能让人活命的农作物。

他对笃信派的困境毫不关心。甚至当他听说他的孪生哥哥、哥哥的黄皮肤妻子，以及他们黄皮肤的儿子，靠含羞树的树皮生存时，他也不可怜他们。

他不会忘了他曾经受过的苦。

* * *

含羞树，科萨人称之为乌姆加，数量众多，容易成活。这是唯一不需获得酋长许可就可以砍的树。而其他所有的树木，即使是外来的树种，人们要砍伐的话，首先必须得到酋长的许可。

因为砍树的罪行，库克兹娃出现在酋长西克夏的法庭上。卡玛古也来旁听这个案子，他想知道，库克兹娃总是以树木保护者自居，为什么还会砍树。她反对开发建设度假天堂，原因之一是海滨克罗哈的自然美景将遭到破坏。但现在，她站在村里的长者们面前，被指控犯了破坏树木的严重罪行。更糟的是，她甚至不是因为需要柴火才砍的那些树，她把树砍了后，只是放在那里。

但她依然桀骜不驯地站在那里。像她的父亲一样，她也开始剃头发了，尽管她还没发展到剃掉眉毛的程度。她披着一条红毯子，毯子垂至脚踝，但依然无法掩盖她突出的肚子。她看起来像是要孤注一掷，对抗到底。

一位长老概述了对泽姆女儿库克兹娃的指控。昨天有人看到她在农卡乌丝山谷砍倒了许多成熟的树木。即使来自西克夏酋长王宫的妇女们大声叫她住手，她也置若罔闻，继续砍树，丝毫不在乎别人指责她没有教养。似乎只有别人对她动手，才能阻止她砍树。

邦科站起来反对。

"这很不正常。"他抱怨说，"你在哪里见过这个年龄的孩子因为做错事而被控告或起诉？根据我们的习俗和传统，当未成年人犯罪时，被起诉的应该是他或她的父亲，或法定监护人。"

"我已经二十岁了。"库克兹娃说。

"你还未成年。"酋长西克夏解释说，"即使你已经三十或五十岁，只要你不结婚，你仍然是未成年人。"

"那是旧的法律。"库克兹娃喊道，"沉重的旧法律曾让中世代的人们不堪重负。在没有歧视的新南非，旧的法律没用。"

"她现在想教我们法律知识。"酋长嘟囔道。

"未婚女性是否属于未成年，在这个问题上，她可能是对的。但是她还不到二十一岁，"酋长的一个顾问说道，"法律明确规定她是未成年人。"

"但如今他们十八岁就有投票权了。"另一位长老热心地说道。

"也许她以为自己有了孩子就可以自立了。"邦科抱怨道，忽略了法律规定了的或者没有规定的所有细节，"或者她以为，她与这个切萨内之子的不正当关系等同于结婚吗？这个切萨内之子带给这个村子的只有麻烦。"

"这件事与我无关。我不知道为什么这位长老要把我的名字扯进去。"卡玛古抗议道，同时看着酋长，希望酋长为他说句话。

"泽姆为什么藏在他女儿的裙子后面？他为什么不能像个男人那样站起来，承担责任呢？"邦科问道。

泽姆很有风度地站了起来，朝着邦科的方向，嘲弄地笑了一下。

"我本人就在这里，我又如何能隐藏自己呢？"泽姆质问道，"是我说你必须控告我的女儿，而不控告我吗？和你们所有人一样，我了解我们的法律、习俗和传统。你们这些人，你们这些懦夫，竟然决定起诉我的女儿，而不是起诉我！难道这也是我的错吗？"

"你知道你在说些什么吗，泽姆？"司法官问道，"你称

呼我们所有人为懦夫，包括酋长在内吗？你是在侮辱这次公共
会议吗？"

"那是你自己的理解。"泽姆说着坐了下来。

"也许我应该解释一下这个女孩为什么被起诉。"西克夏
酋长说，"我们派遣的信使到泽姆家时，这个女孩在家。她坚
持认为自己才是应该被起诉的人，她说，砍树的人是她，而不
是她父亲，她还夸口说要一次又一次地砍树。我的信使似乎很
生气，决定起诉她，教训她一下，而不起诉她的父亲。在整个
过程中，信使忘记了我们的司法习俗和传统。归根结底，泽姆
必须为他女儿的行为负责。"

"我不是有意对你们无礼，我的长老们。"库克兹娃说道，
显得很谦卑。有些人可能会认为她的这种态度很正常，但她随
后又补了一句："我是砍了树，而且我还会再砍。"

"这个固执的女孩必须坐下来，否则就离开这里。从什么
时候开始，女孩们也可以参加公共会议了呢？她们从什么时候
开始对长老如此无礼了呢？难道是因为切萨内之子的后代在她
腹中跳动，所以她才这样说话吗？"邦科强烈质问道。

男人们笑了。有一个人大喊道："你们这些怀疑派的人在
这里争斗，是为了引进现代的东西！"

但是卡玛古不会任由这位长老这样诽谤他。他坐在那里大
喊："嘿，邦科父亲！你把我扯进来，你要为此付出代价。你
有牛吗？我要控告你，直到你倾家荡产为止！"

"这个女孩必须离开这里。"邦科坚持说道，没有理会卡
玛古。

"她不能走，因为她是这件事的证人。"司法官说，"虽然

我们指控泽姆，但她才是那个砍树的人，她必须解释她为什么那样做。"

"她已经承认她砍了树。我们要做的就是罚她父亲的款。"邦科争辩道。

参加公共会议的村民们一致同意，那个女孩已承认她犯了罪，没有必要在这个问题上浪费太多时间。长老们还有其他事情要处理，不能整天坐在这里讨论这件事。眼下，他们要处理关于开发商的问题。据说，商业开发将为克罗哈带来文明。今天他们必须要解决这个问题。卡玛古说这个地方可以变成民族文化遗址，他必须解释清楚其真正含义，以及克罗哈人民将如何从中受益。

"酋长必须开出适当的罚款，这样我们才能继续商议下一件事。"一位长老建议道。

"不要着急，"泽姆说，"我们这一方还没有陈述，你们就不能谈罚款的事。"

"你们有什么好说的？"邦科问道。

"这个女孩以前也曾砍过光滑冬青，但到现在都还没有人投诉她。"

"光滑冬青有毒，有很强的破坏性，谁都知道这一点！"

"我砍的树也是如此。"库克兹娃说，"那些树都是外来的，不是我们本土的传统树木！"

"难道你砍树，只是因为它们是外来的树吗？"邦科愤怒地问道，"难道你要到诺格科洛扎森林里去，把那里所有的树都毁掉，只因为那些树是祖先时代从白人的土地上进口来的吗？"

"诺格科洛扎森林里的树木对任何人都没有害，任它们留在那里就好，"库克兹娃耐心地解释道，"那里的树都是蓝桉树。而我毁掉的树是马缨丹树和金合欢树，像光滑冬青一样有害。这些树来自其他国家……来自中美洲，来自澳大利亚……抢占我们传统树木的生存空间，是危险的树木，所以我们应该要毁掉这些树。"

"法律规定，我们可以自由砍伐含羞树。"希米亚之子邦科坚持说道，"但法律没有提到任何其他树种。"

"所以说，我们必须改变法律。"库克兹娃再次解释道，"就像含羞树一样，金合欢树的种子可以在火的帮助下发芽生长。它的种子可以在地里躺十年，但只要有火的外力作用，它就能发芽生长。金合欢树耗水量巨大，所以在金合欢树下什么也不长，它是一个敌人，因为我们国家没有足够的水。如果我们可以自由砍伐含羞树，因为它像野火蔓延一样，生长速度极快，那么我也可以在未经许可的情况下砍伐金合欢树……还有马缨丹树。光滑冬青也是这样的植物，所以我会经常砍它，但我却没有因此被带到长老面前，被控诉。"

大多数长辈都点头表示同意，还有些人嘟囔着表示认同。人们对库克兹娃拥有的智慧感到惊讶，对于这个年纪的小女孩来说，她不是应该想着怎么用红色赭石颜料或者其他饰物把自己打扮得漂漂亮亮的吗？

"法律就是法律，"邦科坚称，"不能为了这个冲动的女孩而改变法律。法律规定，我们只能自由砍伐含羞树。我们不能选择性地执行法律。请记住，就在一个月前，住在蓝色火烈鸟酒店的两名白人游客因为从我们村走私苏铁而被警察逮捕。还有，上周，我们在这里惩罚了那几个杀了红翼鸥椋鸟的男孩。"

长老们异口同声地说道，这没有可比性，红翼鸥椋鸟是一种神圣的鸟，代表福气，任何人都不允许杀它。

酋长的司法官显然被感动了，他站起来大声疾呼："难道我们需要教导像邦科这样德高望重的长老们我们有哪些禁忌吗？杀红翼鸥椋鸟是一种罪过。是的，男孩子们喜欢吃像鸡肉一样美味的鸟肉。但从我们年轻的时候起，我们就被教导，永远不能杀红翼鸥椋鸟，我们只能吃自然死亡的鸟。它们成群结队地生活在森林里，成千上万地结队飞翔。我们只能远远地看着，渴望得到它们。看到它们自相残杀，打得你死我活时，我们很高兴，因为我们知道，只有这时，我们才有机会吃到它们。这是一种神圣的鸟。如果有一只红翼鸥椋鸟飞进你的房子，那就意味着，你们全家都得到了祝福。红翼鸥椋鸟就像是生活在地球上的耶稣，为我们赐福。如果杀了它，你将会遭遇不幸。我们惩罚那些杀害红翼鸥椋鸟的男孩，是为了教育他们关于生命的知识，拯救他们于不幸。"

"我说的是，适用于含羞树的规则，应该同样适用于金合欢树和马缨丹树。"泽姆大声地插话道。

"也许我们应该先听听库克兹娃怎么说，然后再对这件事做出判断。"卡玛古建议道。

他们看着他，好像他是一条刚从垃圾堆里钻出来的顽皮小狗，窜进了房子里。没人想到他会厚颜无耻地在这件事上发表自己的意见。毕竟，现在每个人都知道，他被笃信派们喂了一剂强大的魔药，使他讨厌一个受过良好教育、举止文雅的怀疑派女士，转而像只小狗一样跟在这个砍树的塞壬后面跑。现在，她甚至怀了他的孩子。当然，村里的人在库克兹娃怀孕这个问题上有不同看法，因为奶奶们老早就说过，库克兹娃没跟哪个男人有过肌肤之亲，没有人可以质疑她们在这方面的专业知识。

作为利害关系人，他不是应该明智地三缄其口吗？但是，村子里的每个人都可以旁听公开法庭审理案件，即使这个人和当事双方是亲戚关系，他也无须回避。

邦科站起来回应，没有理会这个没有骨气的外地人。与此同时，远处滚滚的浓烟吸引了所有人的注意力。牧童们突然出现，提着一桶桶水，奔向火焰升起的方向。

"房子起火啦！有个院子起火啦！"他们大喊道。

公共会议中断了，人们冲过去帮忙灭火。卡玛古趁着混乱与库克兹娃说起话来。

"你为什么就不能顺其自然呢？"他问道。

"所以，你同意他们的观点，对吗？"

"不，我不同意他们的观点。但是你肚子里的孩子……你不应该让他承受这么大的压力，这对他就没有好处。"

她笑了，看着自己的肚子。

"别担心，他们不会追究此事的。"她安慰他。

"哦，他们会的，邦科会盯着这件事的。"

"去帮他们灭火吧。"

"你先答应不要再砍树了。"

"我们再谈，好吗？"

她走了，他盯着她看了一会儿，然后奔向滚滚浓烟。他震惊得说不出话来，因为他发现许多院子都着火了，其中一处就是他的商业伙伴诺捷安特家的院子。

一位步履蹒跚的老妇人告诉他，事实上，诺捷安特家就是最初起火的地方。

风使火势更大了。他们在开公共会议的时候，天气凉爽而平静，但突然间狂风大作，火势蔓延，人们试图扑灭大火，但努力无果。

"发生什么事了，奶奶？"卡玛古问道。

"去问诺捷安特吧。"老太太生气地说，"正是因为她的粗心大意，才使我无家可归。克罗哈有神奇的力量，这里的天气变幻莫测，因为这是农卡乌丝的土地。"

人与火的对抗最终失败，许多房子都被夷为平地。

火灾对合作社是个打击，诺捷安特失去了一切，包括缝纫机和一堆属于合作社的材料与珠子。

卡玛古后悔让这些女人在家里工作，而没要求她们在他的海边别墅里工作。因为他认为，她们在家里工作起来更有效率。在他的别墅里，玛姆西尔哈和诺捷安特很多时候都在闲聊，或者谈论她们曾经接受过的剖宫产手术。她们比较彼此的瘢痕，区别它们的大小和形状，并感叹道，即使在天气不好的时候，她们也没感受过瘢痕造成的困扰。"我常听人说，阴天或寒冷的时候，瘢痕就会发痒。如果我说我的瘢痕也会痒，那就是在撒谎。"诺捷安特会这么说。"我也是，我的瘢痕从来不痒，我总是忘记它的存在。"玛姆西尔哈会这样回应。

在她们自己家里，就只有她们在家，她们的丈夫在约翰内斯堡和自由州的矿区辛勤劳作，孩子们要么在学校读书，要么在草原上放牛。没有人可以跟她们闲聊，所以劳动效率提高了。

第二天，卡玛古决定去看看诺捷安特，她暂时在玛姆西尔哈家里借住。

"我和你一起去。"库克兹娃说，"我带你去她住的地方。"

"我知道她住在哪里。"卡玛古回答。他真的不想让她和他一起去，因为人们看到他们在一起时，总会指指点点、嘻嘻窃笑，这让他觉得不舒服。"还记得几个月前玛姆西尔哈遭遇不幸时，我去她家吗？"

卡玛古合作社的妇女似乎总是遭遇不幸。在给婴儿哺乳时，玛姆西尔哈睡着了，就是那个给她带来了不起的剖宫产瘢痕的孩子，她巨大的乳房导致孩子窒息而死。卡玛古去她家表示了哀悼，又参加了葬礼，然后和道尔顿一起去劝说她的家人和解，因为她的家人指控她谋杀了自己的孩子，这样她就可以到处跑，自由自在地在合作社赚钱。他们说，她看重金钱胜过孩子。

"我还是想去。"库克兹娃坚持说，"必须让他们习惯看到我们在一起，就让他们说去，直到他们的舌头说累了为止，除非你想临阵脱逃。"

他不明白，她怎么能如此准确地读懂他的心思，并把他的恐惧用语言表达出来。

清晨，他们向恩西泽勒村走去，这是一个位于峡谷深处的村庄。

诺捷安特仍然心有余悸，她坚持要和卡玛古单独谈谈，避开库克兹娃。她告诉他火是怎么开始的。她的丈夫从矿井回来休短假，要求妻子满足他的生理需求，她答应他说，只要他先洗个澡，她愿意满足他所有需求。

这让他怒不可遏。

"你以为就因为你现在和受过教育的人一起赚了那么多钱，我就配不上你了吗？"他喊道。

他一边往圆形茅屋里倒石蜡，一边大吼大叫，说她要求他洗身体是无理要求。他从什么时候开始，得满足条件才能享受婚姻的乐趣了呢？当他赶着牛去向她的父亲提亲，说要娶她时，哪里有澡盆呢？她，一个普通的女人，有什么权利来判断他是否清洁呢？

他放火烧了房子。

"他现在在哪里？"卡玛古问道。

"警察抓了他，他们指控他纵火。"

在回家的路上，卡玛古向库克兹娃简要介绍了起火的原因。他告诉她，合作社的成功给社员们带来了很多家庭问题，这让他感到很不安。

"你不应该为此担心。"库克兹娃说，"当女人赚的钱更多时，男人就没有安全感了。赚钱使女性更加独立，男人们必须习惯这一点。"

她把他带到海边，对他说，这是从克罗哈到恩西泽勒村最短的路线，但她想让他看的是一艘沉船——蓝花楹号。她告诉他，在她出生的许多年前，这艘船在海上迷路了，撞在了狂野海岸的岩石上，船上所有的白人都得救了，但他们既不会说英语，也不会说恩西泽勒人所知的任何其他语言。她的父亲认为，那是一艘迟到了一个多世纪的俄国船。曾经在苦难的中世代，人们希望俄国人能来拯救他们。

她爬上了船的大梁，坐在甲板上仅存的栏杆上。他担心栏杆会断掉，她会重重地摔一跤，但她无所顾忌，根本不在乎。一阵风吹过来，差点把她吹倒了。她放开身上的红毯子，任由毯子坠入水里，越漂越远。她尖声大笑，单薄的衣服紧紧地贴在她的身体上。她的身体很丰满，肚子更加突出。

他站在船的龙骨上，要她下来，免得受伤，她却鼓励他也上来。

一只鸟大声叫着：瓦克瓦克，基里里！他们大笑着，模仿鸟的叫声，看谁模仿得最像。他们四处张望，寻找鸟儿，却没有看到。

"这就是锤头鹳。"库克兹娃说。

"不，那是巨型翠鸟。"卡玛古说。

"城里人，你凭什么以为你能与我争论鸟的事？"

鸟儿在他们头顶盘旋，栖息在桅杆上。这是一种长喙鸟，羽毛是黑色的，缀有白色的斑点，胸部的羽毛棕白斑驳，它头上没有髻，所以就是巨型翠鸟。

"你是怎么知道的？它听起来确实像锤头鹳！"

"我有最好的老师，那就是你。"

她喜欢听他这么说。她开心地笑了，翠鸟也欢快地叫着飞走了。

"城里人，你比你看上去的更聪明，过来亲我一下，别那么胆小。"

他鼓足勇气，心想可能勇敢一点好一些。他爬上船的大梁，和她一起坐在了栏杆上。他害羞地在她脸上亲了一下，她拿起他的手，把它放在自己的肚子上，他体内的血液瞬间沸腾起来。

"你有什么感觉？"她问。

"他正在不顾一切地狂踢。"

"他在笑！我听到他在笑。"

"傻瓜，那是翠鸟的叫声。"

下午晚些时候，卡玛古去了弗林德莱拉贸易商店。这一次，他不用再四处扫视，寻找那个可以缓解他思念之情的目标。他不再憔悴，只是需要有人帮他抑制他体内涌动的欲望。道尔顿就能帮上这个忙，因为他是一个脚踏实地的人，虽然他们的关系仍有一些紧张的迹象，但正在慢慢恢复正常。卡玛古到道尔顿的办公室时，道尔顿正在闲适地读着一本杂志，而他的太太则忙于一些文书工作。

卡玛古吹嘘他发现了蓝花楹号，但没有提及他在船上的浪漫插曲。道尔顿告诉他，蓝花楹号是一艘希腊货船，沉没于一九七一年九月。当时，水手们一直在开派对，都喝醉了，他们已经六个月没有领到工资了，所以他们把船给毁了。

"你去那个偏僻的地方干什么？"道尔顿问道。

"只是去探险，"卡玛古在撒谎，"更多地了解这个可爱的国家。"

"只是去探险吗？和泽姆的女儿一起？"道尔顿顽皮地笑了起来。

太太不满地看了卡玛古一眼。卡玛古现在已经习惯了她的冷淡态度，对此毫不在意，他也没有回答道尔顿的问题。

"我不知道他看上了那个粗野姑娘哪一点。"太太评论道，仿佛是说给自己听的。

卡玛古仍然没有回答，只是礼貌地笑了笑。

"她就是个烂苹果。她不在这里工作了，我很高兴。如果不是约翰，我早就把她解雇了。约翰似乎对最坏的人都报以同情。"太太继续说道，"索丽斯娃·希米亚那样的女人才是淑女，受过良好的教育，光彩照人。约翰，我不知道你的朋友为什么把她甩了。"

"不要相信你在村里听到的流言蜚语。"卡玛古说。

"那你没有甩了她？"太太不解地问。

"嘿，亲爱的，我们不要窥探男人的风流韵事。"道尔顿说道。

"首先，不存在甩了她这种说法。我们之间什么事都没有。"

卡玛古没有再补一句说，就像村里的谣言一样，索丽斯娃·希米亚似乎也不这么认为。她每天都让一个小男生给他送信，说她想见他，语气冷淡而疏远，像是传唤他去见她一样。有一天，瓦蒂斯娃甚至来帮她送信。他一直无视女王召见他的命令，并一直避免路过海滨克罗哈中学，或者邦科的院子。送来的信息一天比一天疯狂，听起来不再像命令，而像是恳求。如果她不是这样一位文雅的女士，她早就到他的海边别墅，把他从蛇洞里拉出来了，但她太骄傲了，压根不想和那个没上过学的女孩一决胜负。据小道消息说，那个女孩现在经常公开出入那栋别墅。

"希米亚小姐是一位女士。"太太说着，为他们端来咖啡和饼干。以前，这都是女佣人的活儿，"不像那个红色女孩。

我才听说，那个女孩甚至把树砍了。"

"这倒提醒我了。"道尔顿说，"案子进展如何？"

"还没有结案。"卡玛古简略地说。

"她疯了！竟然想到砍树！"道尔顿笑着说。

"我也这么认为，约翰。我开始也觉得她疯了，但听到她的说法后，我觉得她说得有点道理，约翰。"

道尔顿和太太认真地看着他，似乎想确定他是否也失去了理智。

"你和破坏性力量站在了一起。"道尔顿说，"我听说你们合作社的女人杀了一只黑蛎鹬。她们说，黑蛎鹬跟她们争抢贻贝。"

"这样做是不对的，"卡玛古承认，"我警告过她们不许这么做。我告诉过她们，非洲黑蛎鹬是一种濒临灭绝的鸟类，不能捕杀。她们就是无知，约翰。我认为在这些问题上，我们所有的人，包括你，约翰，我们都需要接受教育。然后我们就会明白，为什么库克兹娃砍倒了那些树。"

卡玛古建议，与其在走廊上的电视里播放与海滨克罗哈人民毫无关系的老电影，还不如考虑播放一些有关发展问题的影片，以及倡导社区对话的纪录片。重要的是，人们应该讨论影响他们生活的事情。但问题是，在哪里可以找到这样的影像资料。

卡玛古不知道，当他忙着和道尔顿一起喝咖啡时，泽姆家出事了。诘问者和演唱嚎叫的人再次聚集在一起，他们制造的嘈杂声如此之大，连织巢鸟也受惊乱飞，互相撞来撞去。

邦科又开始攻击泽姆了！这一次，除了之前的嚎叫演唱队，他又增加了诘问者。嚎叫演唱队的女人们生活中最快乐的事情就是演唱嚎叫。而诘问者都是年轻人，他们最大的乐趣就是对最轻微的挑衅起哄。他们很善于诘问，甚至在没人说话的时候，他们也可以诘问。他们只需看着一个人，在脑海里想象他的话，然后诘问他。邦科向他们承诺，在每天的诘问结束后，他们可以享用由酿酒专家诺帕媞蔻特亲手酿制的啤酒。

与此同时，库克兹娃正在院子里的一个圆形茅屋里生孩子。村里的奶奶们，同时也是接生婆们，围在她身边。她又喘又叫，嚎叫者在外面嚎叫，诘问者故意添乱。泽姆则坐在茅屋门口，双手抱头。

聚集的诘问者和嚎叫者看到他很痛苦，于是提高了音量。

"再试一次，我的孩子，"一位奶奶说，"用劲！"

"孩子的头已经露出来了。"另一位奶奶说。

她又用了一次劲。她听到了尖声急叫，但不是孩子的声音。之前卡玛古说过，那种叫声是巨型翠鸟的声音。血糊糊的小家伙出生了，他立刻开始大声哭喊，似乎想要与外面的嚎叫和诘问一决高下。

"是个男孩。"一位奶奶说。

"一个男孩，"库克兹娃说，忘记了疼痛，"就叫他海西吧。"

"海西！"奶奶们齐声喊道，"那是个什么名字？"

10

邦科好久没有为美好事物感动流泪了。自从切萨内之子卡玛古降祸这个村庄，使怀疑派家庭不得安宁以来，他的生活里就再也没有过美好的事物了。阿巴特瓦人来了，拿走了他们的舞蹈，使他失去了唤起悲伤的媒介。没有舞蹈，对怀疑的崇拜将如何存在？如果不能间或利用阿巴特瓦人的舞蹈，进入迷幻状态，穿越薄雾笼罩的山脉和平原，去体验过去的痛苦，怀疑派在这个世界上就会陷入孤立无援的境地，这是他们无法承受的。

泽姆和他那些卑鄙的笃信派也让邦科很头疼。泽姆用了魔药，使道尔顿和可恶的卡玛古等有影响力的人都站到了他那一边。泽姆的女儿也对懦弱的卡玛古施了魔咒，把他从怀疑派信徒的女儿手中夺走，就是那个为文明而活，也愿为文明不惜一切代价的女儿。泽姆快被嚎叫者和诘问者逼疯了，直到他从悬崖上摔下来。泽姆，泽姆，泽姆，这个名字在邦科的脑袋里嗡嗡作响，他无时无刻不想着复仇。

那些噪鹛也让邦科很头疼。这些鸟现在喜欢在邦科粉红色的圆形茅屋外闲逛，抢母鸡和小鸡仔的玉米吃。虽然噪鹛更大，也更丑，但母鸡并不厌烦它们。每当他冒险离开院子时，总有三四只讨厌的鸟儿跟着他。它们笨拙地在他头上盘旋，发出沙哑的叫声。

美好的东西来之不易。

正当长老为此闷闷不乐的时候，索丽斯娃·希米亚回家了。尽管她一脸坚定，但他能感觉到她的沮丧。她告诉她的父母，她正努力地在政府找工作。

"我们还以为你已经忘记了呢。"邦科说。

"我也以为我忘了这些，所以，我待在这里，建设我的学校，但这个地方不适合我，我在这里没有成长空间。"

"这是你的村庄，你出生在这里，你的祖先们曾经就生活在这片土地上，这就是你的空间。如果一定要有人走，那也应该是卡玛古！"邦科喊道。

"这跟卡玛古一点关系都没有！"索丽斯娃·希米亚喊道。

"在卡玛古来这里之前，她就想去城市工作。"诺帕媞蔻特附和道。

"但她后来没再提起过这件事，诺帕媞蔻特，她没有再谈起过这件事，直到那个卡玛古把我们村搅得鸡犬不宁。"

"邦科，也许她是对的，"诺帕媞蔻特恳求道，"也许我们应该允许她离开。我们村的许多年轻妇女都到城里去工作了，她们的受教育程度远不及索丽斯娃的一半。"

"你不能说允许我走，妈妈。当我想去的时候，我就去。我不再是个孩子了，我不是在请求你们的允许。我只是告诉你们，下周学校放假的时候，我要去比勒陀利亚提交个人申请。我以前的好多同学都在执政党中任高职，他们将为我说情。我必须去，因为去了会有更好的发展。现在，我应该去更文明的地方生活。"

"你听到她说什么了吗，诺帕媞蔻特？这就是你支持她的结果？"

"她是一个大人了，邦科，让她走。"

希米亚之子邦科咆哮着冲了出来，"笃信派们又赢了！他们要把我的孩子从埋葬她脐带的地方带走……从这个她担任中学校长、成为名人的地方带走。"

"你把你父亲惹火了。"诺帕媞蔻特平静地说。

"我看出来了。"

"这个卡玛古，你真的爱他吗？"

"这与卡玛古无关，母亲。"

"他不值得你这么做，你知道吗？"

"他跟我的事情没有关系。我唯一担心的是，他正在把这个村庄带回到上个世纪，现在似乎许多人都同意他的观点。"

"也许我们对他的评价太苛刻了。"诺帕媞蔻特小心翼翼地说，"也许确实有许多不同的发展道路。"

"你怎么能这么说，母亲？"

"他们合作社做的衣服……是如此美丽，还有卡卡短裙、串珠装饰品、手袋，都很漂亮。"

"那是异教徒的衣服，妈妈。那是尚未见过文明之光的红色人的衣服。"

"哦，我多么怀念美丽的科萨服装啊！"

索丽斯娃·希米亚难以置信地看着她的母亲。诺帕媞蔻特若有所思的表情，表现了她对过去的深深怀念。屋外邦科的尖叫声打破了沉默，两个女人都冲了出去。

一群蜜蜂在他的四边形铁顶房子的屋檐上建造了蜂巢，此刻，蜜蜂正在攻击他。女人们尖叫着为他打开了茅屋的门，他冲了进去，她们把门关上了。他被蜜蜂蛰了很多口，整个脸立刻肿了起来，眼睛也看不见了，他的瘢痕也开始发痒。他坐在椅子上呻吟着，"祖先们怎么能这样对我呢？"

"是蜜蜂蛰了你，爸爸，不是祖先。"索丽斯娃·希米亚说，"我们带你去诊所吧。"

邦科心想，教育让这个女孩变蠢了。难道她忘记了，在科萨族传统信仰里，蜜蜂是祖先的信使吗？当一个人被蛰后，他必须宰杀一头牛或一只山羊，酿造大量高粱啤酒，来安抚祖先。

"一定是那个恶棍泽姆干的。"邦科呻吟道，"他一定是说服了我们共同的祖先，让他们派这些蜜蜂来蛰我，无头祖先答应了！难道他们不知道吗？蜜蜂不是用来玩复仇游戏的！"

但此时此刻，泽姆根本没心思去想复仇计划，他在想念生活在彼岸世界的诺英格兰德。好几天了，他一直在想诺英格兰德，他很想念她。他觉得，如果她还在的话，如果她没有匆忙去了祖先的世界，把她的丈夫和孩子留在一个因缺乏信仰而肮脏不堪的世界里的话，事情就不一样了。最近，他脑子里一直想着诺英格兰德，吃的东西一点都没碰过。他只是躺在他的大树下，甚至不在意那些诘问者和嚎叫者的声音。泽姆对他们制造的噪声无动于衷，这让他们很沮丧。他们不知道，现在什么事都干扰不了泽姆，因为他满脑子都是诺英格兰德。

他甚至都没有注意到卡玛古过来和他打招呼。卡玛古不知道该怎么办，他想也许老人是睡着了，但老人的眼睛却睁得大大的，面带微笑。他又问候了一次，一次又一次。

"我是来看库克兹娃和她的孩子的，老家伙。"卡玛古大声说，这样他的声音就能盖过由哭喊声、起哄声和织巢鸟的叫声共同制造的嘈杂声。那些在圆形茅屋里手忙脚乱，照顾库克兹娃和海西的女人听到了他的声音，来到门口。

啊，终于有人能帮他一下了。一个星期前，海西在一片嚎叫声和诘问声中诞生。在这个星期里，卡玛古内心炙热，却又寂寞难耐。他在自己的别墅里孤独地煎熬着，思念着库克兹娃，回想着这个地方对他的影响。这个地方彻底改变了他。曾经，他是一个放荡不羁的人，是吉格斯俱乐部的常客。但是，自从他来到海滨克罗哈后，他就没有再喝过酒，也不再吸烟，甚至不再有强烈的性欲。自从来到这里，他仅在梦里跟女人发生过性关系。如果是在过去，他会充分释放自己强烈的性欲，把在这个村里他每天都会遇到的瓦蒂斯娃，甚至是蓝色火烈鸟酒店的女服务员和打杂女工等都变成满足他欲望的对象。而现在，因为库克兹娃对他的影响，他不再执着于寻找诺玛拉夏，甚至连做梦都没有再梦见过她了。

他在自己的别墅里苦苦思念库克兹娃，日渐憔悴。终于，他鼓足勇气，来到泽姆的院子，想请求允许他看一眼那个女人和她的孩子。

"你不能见库克兹娃和孩子。"一个女人在门口尖叫道。

"是她这么说的吗？她说过她不想见我吗？"卡玛古问道。

"你没看见这根芦苇吗？这意味着不允许任何人进入这所房子。"

她指着一根从门头与屋顶之间伸出来的芦苇。

"他在白人的土地上长大。他不知道，门上插一根芦苇，意味着这个家里有一个新生婴儿，不允许男人进入。"另一个女人同情地说。

"但他是孩子的父亲，"另一个说，"做父亲的可以不受约束。"

"谁说他是父亲？奶奶们说了，库克兹娃还是个处女。"

又有几个女人走到门外，加入辩论，完全忽视了卡玛古。卡玛古只能困窘地站在那里。

"即使他是父亲，"一个干瘪的、没有牙齿的老太婆断言，"他也没有娶这个泽姆的女儿。根据传统习俗，如果允许父亲进入房间，就意味着这个父亲娶了孩子的母亲。"

"是的，"另一个补充道，"不是指那些刚刚非法播撒了他们的种子的男人。"

"也不是指那些偷吃禁果的人。"另外几个大喊道。

但有几个女人不同意。她们说，父亲就是父亲，不让父亲看自己的孩子是残忍的行为。相反的观点认为，风俗就是风俗，男人必须学会不能随便与女人发生关系，否则就得为自己的行为负责，娶那个与他发生过关系的女人。

"谁说是切萨内之子糟蹋了泽姆的女儿呢？"一片喧闹声中，一个人通情达理地说道，但是卡玛古听不到了，他离开了泽姆的院子，越走越远。起先，他只是漫无目的地闲逛，尽可能远离那些叽叽喳喳的女人。然后，他有了目标，去海边，去他曾经与库克兹娃常去的地方，去他最后一次见到她的地方——蓝花楹号。

他坐在库克兹娃曾经坐过的栏杆上，翠鸟立在桅杆上，又一次嘲弄般地叫着，他大笑着回应。鸟儿没有料到会得到这样的反应，它飞走了。他转向海浪，指挥着它们，好像它们是一个合唱队。海浪猛烈地撞击珊瑚礁，形成雪白的浪花，浪声一声高过一声。恩西泽勒村的孩子们尖叫着，顺着岩石溜进海里游泳，为父母取水。据说，海水具有治疗作用，可以用来饮用或洗漱。他们对那个在轮船残骸上玩耍的陌生人感到好奇。他向他们招手，他们笑着游到一边去了。他想象库克兹娃就在旁边，他紧紧地抱着她，劲头十足地跳舞。孩子们惊奇地看着他，哈哈大笑。他们也模仿他，围着船跳舞。

与此同时，真实的、有血有肉的库克兹娃正在生那些过分体贴的女人的闷气。听说卡玛古来找过她，她们却不允许他进入茅屋，她抱怨说，她们至少可以叫她出来跟他谈谈。如果她再也见不到他，她和她的孩子将永远不会原谅她们。海西哇哇大哭，似乎在昭告全世界他见证了这件事。他经常号啕大哭，这些妇女说，这是因为他父亲的部落没有为他举行神圣的出生仪式，因为他的父亲是谁都不知道。

* * *

海西大声哭喊，似乎要让全世界都能听到。库克兹娃唱了一首摇篮曲，希望把他哄睡着，却越来越没有耐心了。特温走在她前面，哼着歌儿，赞美即将到来的救赎。他的信念依然坚定，但其他笃信派对他感到失望。他们抱怨说，他们口头上选举他为秘密部队的领导人，要去摧毁怀疑派的房屋、庄稼和牲畜，但他似乎对突袭一点兴趣都没有了。他只想和库克兹娃一起坐在山上，等待俄国船只来拯救他们。不知怎么的，他的信仰使他变得无精打采，没有斗志了。

没有特温的参与，坚定的笃信派们也依然继续袭击怀疑派家庭，但是他们收获的战利品越来越少。怀疑派的人把他们的牲畜藏在那些坚定的怀疑派酋长领导的部落里。比如，特温－特温把他所有的牛群都藏在阿玛托尔山里，由他众多的儿子照看。他们在峡谷深处的黑人保护村建立了固定的牲畜饲养场，外人难以到达那里。

然而，在其他村庄，袭击却愈演愈烈。大批饥饿的笃信派信徒在洗劫怀疑派的家园后，将其烧毁。怀疑派信徒请求加文勒和他的主人——"命名十条河的人"来保护他们。加文勒亲自保护特温－特温，是因为殖民地政府认为这个人有利用价值，而其余的怀疑派并没有获得保护。"命名十条河的人"说，怀疑派应该坚守立场，但他不会派遣军队去保护他们，他明确表示，只有当秘密破坏部队误入白人定居点和白人农场时，他才会派遣军队。

特温领着库克兹娃下山时，没有考虑袭击怀疑派的事，甚至连海西的嚎叫也没有打扰到他，他只想着一件事：救赎。

"海西他爸，孩子饿了。"库克兹娃有气无力地说。

但是特温没有回答，他继续往前走，边走边哼赞美诗。库克兹娃冲到他面前，把孩子丢到他怀里。

"怎么了，库？"他问道。

"他也是你的孩子，海西他爸！他饿了！"

"我们去姆拉卡扎的院子里吃点东西吧。如果你厌倦了带孩子，我不介意帮你。不管怎样，海西已经足够大了，可以自己走路了。在他这个年纪还把他背在背上，你会把他宠坏的。"

"他走不了路，海西他爸，他饿了。在姆拉卡扎家里，我们什么也得不到。上次我们去那里就一无所获。姆拉卡扎自己也在挨饿，女先知们也是如此。"

快到姆拉卡扎的院子时，他们听到了女人的恸哭声，声音压得很低，却撕心裂肺。特温立刻明白了，这所房子里有人去世了。他把海西交还给库克兹娃，跑进姆拉卡扎的家里。屋里面有更多的女人，跪在姆拉卡扎骷髅一样的尸体周围。又饿死了一个。诺班达和她的哥哥恩库拉也在那里，他们没有哭泣，只是坐在那里，像往常一样，他们眼神空洞，蓬头垢面。但农卡乌丝却不见踪影，据说她投靠了一位笃信派酋长。

"他是一个伟大的人！"特温宣告。他想哭，但眼睛已经流不出泪水了，只能跪在干瘪的尸体旁边，低声啜泣，悲叹姆拉卡扎的死亡。从前，姆拉卡扎是一个健壮的福音传播者，一个热情洋溢的女先知守护者，而如今，他却变成了一堆骨头。

"政府的走狗来了！"一个女人在外面尖叫。

是姆朱扎来了，陪同他的还有十四个人，他们骑着马，穿着警服。姆朱扎现在是加文勒少校警察部队的一员。

"我们是来逮捕姆拉卡扎和那些女孩的。"姆朱扎宣布。

"你得到祖先的世界才能把他抓起来。"特温得意地说。

"什么？他死了吗？"姆朱扎失望地问道。

"你哪里还有脸去见祖先呢？"特温问道。

"我们来迟了，"姆朱扎对他的人说，"他逃脱了法律的制裁。但是我们要把这几个女孩带回去。"

"这是亵渎！"特温喊道，"你们不能碰女先知。"

"阻止我们试试看。"姆朱扎嘲弄道，他从马上下来，进了拱顶茅屋，两个警察跟着他。笃信派们无助地看着他们把诺班达和恩库拉拖出了屋子。

"农卡乌丝在哪里？"姆朱扎吼道。

没有人回答。

"我会找到她的，不惜一切代价。"

"如果你想要的是姆拉卡扎和农卡乌丝，你为什么要逮捕诺班达？她的哥哥恩库拉又做错了什么？"特温质问。

"诺班达也是姆拉卡扎的女先知，"姆朱扎说，"她说的话和农卡乌丝说的一样多，而且常常比农卡乌丝更受欢迎。还有那个叫恩库拉的男孩，他是姆拉卡扎的信使，经常被派去给酋长送信。"

当警察带走男孩和女孩时，特温在警察身后喊道："你会为此付出代价的，姆朱扎！祖先会惩罚你的！你的父亲，我们伟大的先知恩克塞勒，会扭断你的脖子，因为你与那些征服他的子民的人为伍，那些征服者杀害了他们上帝的儿子！"

姆朱扎对他的空话一笑置之。

人们还是不明白姆朱扎怎么了。他是先知恩克塞勒的儿子，恩克塞勒在一八一八年预言了死人复活！他是远近闻名的伟大的反殖民主义战士！他是一位战争英雄。他于一八五一年烧毁了巴特沃斯的一个传教站，却被殖民者一枪击中腹部！在杀牛运动刚开始时，姆朱扎宣布，他的父亲将重新领导俄国军队，解放科萨人！而今天，他却成了殖民地主人的仆人，怀疑派信徒的偶像！的确，燃烧的余烬生出了灰烬。

与此同时，听说格萨哈河先知们的势力终于被摧毁，特温－特温很高兴。后来听说农卡乌丝最终被人从藏身之处找到并逮捕时，他更加高兴。姆蓬戈河的女先知农科茜也被逮捕了。约翰·加文勒少校照管着她们。

特温－特温想，也许这片土地上的人民不再疯狂，所有家庭将重新团聚。但是，信仰的灾难曾让他痛苦不已，他不会原谅特温，也不会原谅自己的大妻子。她曾经被姆兰杰尼认定为女巫，为了她，他遭受了鞭打的耻辱，她却投奔了笃信派。一想到那个奸诈的女人，他的瘢痕就痒得厉害。

* * *

最令邦科悲伤的事情是，诺帕媞蔻特叛逃到了卡玛古的合作社，当他的瘢痕奇痒难耐时，没人帮他挠痒，也没人抚慰他。虽然这对曾经恩爱的夫妇现在住在同一栋房子里，但他们不再交流了。希米亚之子邦科决定，在诺帕媞蔻特恢复理智之前，坚决不跟她说话。

而诺帕媞蔻特坚信，自己是理智的，而且比以往任何时候都理智。正因她很理智，所以，看到玛姆西尔哈和诺捷安特在合作社所做的工作后，她对漂亮的科萨服饰充满渴望。她不顾丈夫和女儿的反对，毅然加入了合作社，成了家人眼中的叛徒，尤其是现在，在村里的发展问题上，她也认同笃信派的看法。

对邦科来说，这是最大的背叛。他脸上的皱纹越来越深，内心也越来越悲伤。笃信派们又赢了一次，但只是赢了一次争斗，而不是战争。这场信仰之战将是一场旷日持久的战争，怀疑派一定会赢得最终的胜利，因为文明站在他们这一边。《圣经》上不是说，我们必要得胜，胜过黑暗的权势吗？光明一定会战胜黑暗，将黑暗赶走。

这个想法让他开心起来，但他没有哭。他曾经习惯于为美好的事物哭泣，而现在，他突然大笑起来，笑得前仰后合。他终于发现，时刻保持严肃和愤怒是件很费劲儿的事。他在村子里走来走去，哈哈大笑。因为无法与邦科的笑声竞争，噪鹮撤退了。其他怀疑派信徒觉得他很丢人。这个故事从一张嘴传到另一张嘴，"你听到最新消息了吗？邦科笑了！"

人们认为，是诺帕媞蔻特的背叛才使他有这种病态的举止。

邦科一路笑到弗林德莱拉贸易商店。在这里，他发现卡玛古正在恳求道尔顿与他一起去泽姆家，向库克兹娃求婚。他们突然停止了谈话。看到老人哈哈大笑，他们慌了神。

"毁灭我子民的人啊，我向你们问好！"邦科爽朗地说道。

"是不是有什么不对，邦科父亲？"道尔顿问道，仔细地看着他。

"你们把我们都拖入了混乱，除此之外，还有比这更不对的事情吗？"

卡玛古和道尔顿注意到，他只是发出了笑声，但他的眼睛看起来比以前更悲伤了。

"给我赊账，我死去朋友的儿子，别再问我愚蠢的问题了。"邦科不屑一顾地挥手说道。

他要求道尔顿给他拿咸牛肉和烟丝，把账记在黑本子上，因为他的女儿，也就是学校的校长，会为他还钱的。他说，他叫邦科，希米亚之子，他不依赖妻子的养老金，他把女儿教育得很好，所以，他在年老时能得到她的照顾。对他来说，他的妻子可以和那些把她带入笃信派阵营的人一起花掉她所有的钱。他还说，他这么说是为了卡玛古好。

"你的妻子加入合作社是因为她想加入。"卡玛古说。道尔顿把老人想要的东西放在他面前的柜台上。"没有人引诱她去那里。她这样做，是为了她自己和她的家人好，很快，她赚的钱会比政府给的养老金还多。"

邦科突然大笑起来，拿着他的牛肉罐头和烟丝，走出了商店。两个男人同情地摇摇头。

"世界末日到了吗？"道尔顿问道。

"这种笑声一点也不令人愉快。"卡玛古说，"这是悲伤的笑声。"

"你知道，你想让我做的事情……我妻子会因此生我气的，"道尔顿说道，又回到了哈哈大笑的长老进入商店之前他们讨论的话题，"她不明白你看上泽姆家女儿什么了。"

"你的妻子永远不会明白的。我知道，即使是我约翰内斯堡的朋友也永远不会理解。在他们看来，我可以和她上床，但是不能娶她！他们会说我疯了。"

"这很不合常规，卡玛古，"道尔顿说，"因为我不是你的亲戚。通常情况下，你需要三个亲戚帮你提亲。"

"我在这里没有亲戚，约翰，只有你最合适。"

当道尔顿和卡玛古到达时，泽姆和他的四名男女亲戚正坐在他的大树下。今天嚎叫者和诘问者都不在这里，没人知道邦科为什么把他们喊回去了。自从他开始笑以来，他做的事一直让人摸不着头脑。

和长者们打完招呼后，道尔顿说："你们得到消息了吧，我们要来向你们的女儿提亲？"

"你们就是我们要见的客人吗？"泽姆疑惑地问道。

"是我们，泽姆父亲。"道尔顿说。

亲戚们打量着他们，从头看到脚，他们一直在吸着他们的长烟袋，朝地上吐痰。道尔顿讨厌这个习惯，但他假装没看见，因为，此时此刻，他在这里就是个乞讨者，他不能规定人们应该怎样做。有人给他们拿来了两把椅子。亲戚们都坐在地上，看起来很失望。

"你们说吧，我们听听看。"泽姆说。

"我们是来向你们的女儿提亲的。"道尔顿说。

"那个年轻人已经和我们的女儿谈过了吗？"一个亲戚问。

"请允许我们先讨论一下。"道尔顿恳求道。

亲戚们很惊讶，面面相觑。

"讨论？这是一个简单的问题，但我们允许你们讨论。"泽姆说。

道尔顿和卡玛古走到一个亲戚们听不见的地方。

"你向库克兹娃求过婚了吗？"道尔顿问道，"她同意了吗？这是亲戚们想知道的。"

"还没有，我没法向她求婚，"卡玛古承认，"他们不让我见她。"

"你把我们弄到这里来，简直就是愚弄我们自己。他们会问库克兹娃，如果她说不呢？女人不喜欢自己的爱被别人视为是理所应当的，你知道吗？"

"好吧，我就说我问了她，她同意了！"

"你在撒谎！"

"你是我的信使，不知道我们之间发生了什么，告诉他们我说的话就行了。"

他们又回到泽姆和他的亲戚那里。道尔顿告诉他们，他们谈论的这个年轻人确实和他们的女儿谈过了。

"如果是这样的话，那就很好。"一位亲戚表示，"去把那个年轻人叫来，我们定一个新的日子见面。我们的女儿就在这里。"

"他就在这里。"道尔顿指着卡玛古说，"他就是求婚者。"

亲戚们再次大吃一惊，他们生气地看着泽姆。

"你知道这件事吗？"一个舅舅问道。

"我甚至不知道来客是谁。"泽姆为自己辩护。

"这不合常规，"舅舅说，"求婚者竟然第一天就亲自来了，他应该按我们的要求来，他不应该为自己的婚姻讨价还价。"

"我的父亲们，母亲们，我在这里没有亲戚可以为我做这些。就是这个原因，我自己和道尔顿之子一起来这里。"

"他不是小伙子，他对我们的女儿来说太老了。"一位老妇人评论说。

"对我们的人民来说，年龄从来就不是问题。"一位老人说，"如果我们的女儿不介意，那我们为什么要在意呢？"

"他结过婚吗？"舅舅询问道。

"我从来没有结过婚，我的父亲们，母亲们。"

"那样的话，他就还是个小伙子，不管他的年龄多大。"另一位老妇人说道。

"他知道我们女儿的情况吗？"另一个舅舅看着道尔顿问道，"我们不能在这里谈论，就好像我们的女儿还可以在她的婚礼上穿白色婚纱。"

"他对此非常了解。"道尔顿说道。

"也许他应该对此负责。"一位年轻的亲戚补充道。

"不，这不可能。"泽姆强调说，"奶奶们说过，她从来没有跟哪个男人发生过关系。"

"我不在乎，"卡玛古急忙说道，"我愿意承担责任。如果需要的话，我甚至可以做亲子鉴定，我只想娶你的女儿。"

"回家吧，"舅舅说，"你还会回来的，你知道该带些什么来。"

在接下来的日子里，卡玛古非常忙碌。他派人到附近的村庄买了三头牛，他必须在第二次拜访时，把这些牛送到泽姆家。这些还不是彩礼。第一头牛表示感谢女子家人允许男子向女子求婚；第二头表示男子喜欢女子的美丽；第三头表示感谢女子家人允许男子与女子同享闺房之乐。

与此同时，酋长要求卡玛古向长老们说明村庄发展的备选方案，因为约翰内斯堡的财团想要在克罗哈建造博彩综合体，卡玛古是号召村民否决这个计划的人之一。他召开了一系列会议，概述了他的计划。在每一次会议上，怀疑派都大声鼓吹，说这个度假天堂一定会为这个村庄带来文明，所以卡玛古必须积极地为他们的计划辩护。他甚至不得不去见执政党的地方和省级官员。这些官员对投资计划受阻很不满，他们认为开发计划能够为村子的经济发展带来投资。每开一次会，他都会把计划思考得更加成熟。

在与政界大佬的会面中，他从来没有忘记提醒他们，约翰内斯堡和其他大城市的所有黑人赋权组织都只赋权给少数被选中的人，他们没有为人民创造就业机会。相反，这些组织在收购这些大公司时都会进行所谓的"规模调整"，以实现利润最大化，成千上万的工人因此被裁。这些黑人赋权组织并没有为工人创造就业机会、赋予他们权力。相反，工人们因此失去了工作。

这个想把克罗哈变成度假天堂的公司也是如此，只有少数被选中的人，也就是少数政党领导人和工会领导人会从中受益，这些人也是公司的董事。他们住在约翰内斯堡的豪宅里，与这个村庄没有任何关系。实际上，人们从商业开发创造的少量工作机会中获得的利益远低于他们因此蒙受的损失。开发公司在这里赚到的钱基本不会用在这个村里。至于在这里建造城市住宅和专供百万富翁的英式安老村的梦想呢？不，这不是梦想，是噩梦。对于这一点，要说得越少越好。

"说得越少越好，因为你没有其他选择！"希米亚之子邦科喊道。邦科又不笑了。他告诉他的怀疑派同伴，这是笃信派在他心中植入的暂时性精神错乱。

"我确实有一个更好的建议。"卡玛古说道。

村民们必须团结起来，利用能在村里找到的天然材料，也就是他们用来建造房子和覆盖房顶的材料，在克罗哈建一个背包客旅馆。有许多游客喜欢去未被污染的地方旅游，他们的唯一目的就是欣赏自然之美，观赏鸟类，而不去伤害它们。这样的话，游客们就可以在自助式拱顶茅屋里，或在有厨房和餐厅的旅馆里享受格卡莱卡部落的热情招待。村民们可以为游客准备正宗的科萨食物，与豆子一起煮的玉米粥，还有波涛汹涌的大海里盛产的各种贝类，比如贻贝、牡蛎和鲍鱼等。很多人会来这里吃海鲜，尤其是用克罗哈人独特的方式烹饪的海鲜。他想起他第一次去泽姆家时，吃了库克兹娃烹饪的牡蛎和贻贝后，开始喜欢海鲜。

"赌城将为这个村庄带来电。"邦科说。

"村里必须通上电……但不是因为赌城。"卡玛古回应道，"政府必须把电通到这里，因为这个村子需要电。政府在推动电气化政策，即使是最偏远的村庄也应该通上电。"

突然，他兴奋地大喊道："想想看，我们甚至可以自己发电！利用太阳！这里阳光充足！我们可以利用太阳为我们的旅馆和房子提供照明！我们甚至可以利用太阳做饭、烧水！"

人们惊讶不已，连连摇头，连卡玛古的支持者都认为他疯了。他试图向他们解释太阳能的神奇之处。他告诉他们，这不仅仅是梦，这样的事情在其他地方已经成为现实。邦科和他的怀疑派们担心，卡玛古描绘的愿景会打动更多人。

"这人一看就是个骗子，"邦科喊道，"他说我们必须建一个旅馆。我们为谁建这个旅馆？为他！他想利用我们来发财，就像他利用这个村里的一些蠢女人赚钱一样。"

"邦科父亲，你所谓的蠢女人赚的钱是你做梦都想不到的。"卡玛古回答说，"她们自己做生意赚钱。合作社不是我一个人的，是所有成员的。同样地，如果村民们一起建造这个度假胜地，游客们将有机会体验非洲家庭的生活。村民们共同建造这个度假胜地，共同拥有这个度假胜地，他们不为任何人工作，只为他们自己工作。这个地方不会像有过山车和缆车的赌城那样又大又美，但它将是我们大家的。中国人有句话说，宁为鸡头，不为象尾。①"

"这和中国人有什么关系？"邦科嘲弄道，"笃信派天生相信所有这些来自大洋彼岸的陌生外国人，首先是俄国人，现在轮到中国人了！"

那些懂中国谚语的人笑了。

"建好这里后，游客们怎么知道我们这个地方呢？"一个年轻女人问道。

"我们将在南非背包客网站上为这个地方做广告，但我们也会针对不同类型的游客。例如，有些人会因为这个地方的历史意义而来。要知道，这里可是一个充满奇迹的地方！农卡乌丝就是在这里预言起死回生的！"

"那个该死的农卡乌丝又来了！"邦科生气地走出了会场。

卡玛古对自己感到很满意，毫无疑问，大多数村民都支持他的想法。

泽姆听说了他的表现，对他表示了赞赏。此刻，卡玛古、泽姆，还有约翰·道尔顿就坐在巨大的无花果树下，等待泽姆家亲戚们的到来，继续商议库克兹娃的亲事。泽姆不再参加村里的公共会议了，他似乎对村里的任何事情都失去了兴趣。卡玛古问他为什么不关注村里的事情，他说："你会完成这项工

---

① 原文如此。中国俗语应为"宁为鸡头，不做凤尾"。——编注

作的。我的心已经不在这里了，我一直在想念诺英格兰德。现在我还在这个世界，也是因为她给了我喘息的机会，要我料理完库克兹娃的婚事再走。"

"你说的话像谜语，老头子，"道尔顿说，"你想告诉我们什么？"

老人还没来得及回答，他的一些亲戚就来了。没过一会儿，一个男孩赶着三头牛来了，卡玛古将用这些牛求婚。妇女们用嚎叫声迎接牛群。

"现在牛已经到了，我们可以继续了。"一位舅舅说。

"但是白兰地……白兰地在哪儿呢？"另一个亲戚问道。

道尔顿奔向他停在大门附近的四驱厢式货车，搬来一箱白兰地。

"我们知道这些习俗，我的长辈们，"他说，"如果求婚者没有带白兰地来，这种场合就不算圆满。"

"把她叫来吧！"舅舅说道。

库克兹娃来了，站在所有人面前。自从库克兹娃生下海西后，卡玛古就再也没见过她。她没有看他，只是盯着地面。在这样的场合，女孩子应该是害羞的。卡玛古心里乐开了花。库克兹娃害羞的样子看起来很陌生。

"你认识这些人吗？"舅舅问。

她偷偷地看了一眼卡玛古。他的心提到了嗓子眼，祈祷她能给出肯定的答案。他以前没有向她求过婚，他祈祷她不要认为他把她的爱视作理所当然的。他没有机会见她，并向她求婚。他不可能坐等这样的机会自己出现，他现在就想和她在一起。立刻，马上！

"是的，我认识他们。"库克兹娃回答道，卡玛古松了一口气。如果她说她不认识他们，这个故事就结束了，这可能意味着她拒绝了卡玛古的求婚。

"你是在哪里认识他们的？"一个舅妈问道。

"就在克罗哈村。"库克兹娃回答说。

"为了证明你真的了解他们，他们部落的名字是什么？"舅舅问。

"他们是旁多米西人，属于玛约拉的部落，他们的图腾是蛇。"库克兹娃自信地回答道。

卡玛古窃喜。

"你听到她说的话了，她同意了。"舅舅满意地说。

"我们听到了。"道尔顿回答道。

"你可以走了，我的孩子。"舅舅要求道。

她朝卡玛古顽皮地眨了眨眼，然后转身走向她的拱顶茅屋，茅屋的门上还插着一根芦苇。

"我的任务完成了。"道尔顿说。

"不，还没有完成，"舅妈说，"我们还没有讨论彩礼。"

"十二头牛。"泽姆说。

"泽姆父亲，这太多了。"道尔顿恳求道，"当然，除非是三百兰特一头的牛。"

"十二头牛，没有商量的余地。"泽姆坚持说，"库克兹娃是灵魂之子，我们要求的是一千兰特一头的牛。"

"趁他们还没改变主意，我们先接受吧。"卡玛古轻声对道尔顿说。

"他们不会改变主意的。谈判是一种习俗……试图把彩礼谈低一点。"道尔顿低声回答。然后，他对亲戚们说："我们决定接受你们的条件。"

"彩礼说定了。"他们异口同声地说。

"三天后，女孩的舅舅和其他一些亲戚将带她去我们新女婿的家。"泽姆说，"根据习俗，我们应该带她去卡玛古的父母家，而不是他的家。但这不是一场合乎常规的婚姻。我们要把女儿嫁给这个男人，却连他的父母都不认识，也不知道他的家在哪里。"

"这的确是一桩不合常规的婚姻。"舅舅表示同意，"你要知道，切萨内之子，我们把这个女孩带到你家后，你必须要杀一只山羊，然后由新家的长女给我们的女儿取个新名字。但你现在这种情况，谁来给我们的女儿取名字呢？"

"是的，"一位舅妈补充道，"谁来把山羊腿交给新娘呢？"

"我们会随机应变。"卡玛古说，"玛姆西尔哈和诺捷安特会帮我做所有我的女性亲戚应该做的事情，她们现在就像是我的亲戚。"

"好好照顾我们的女儿。"泽姆警告说。

妇女们从屋里拿出食物，有很多羊肉、土豆和菠菜。肉盛在一个大盘子里，男人们用自己的刀切肉，其他食物被一样一样单独盛放在搪瓷盘子里。不过，没有高粱啤酒，大家喝的是道尔顿带来的白兰地。

"我原本希望我们的儿媳会给我们做她的拿手好菜，有鲍鱼、贻贝、洋葱炒牡蛎，配着玉米粥吃。"道尔顿边吃边说。

"这个道尔顿之子！"舅舅说，"你来自哪里？难道你不知道我们的习俗吗？在这种场合，应该为客人准备适当的肉食，而不是你说的那些来自大海的怪物。"

他们都笑了，说年轻人喜欢改变传统。其中一个人说，他们的女婿和道尔顿都不年轻了，都是中年人了，他们应该保护习俗，而不是试图改变习俗。大家笑得更厉害了。

"别让我们的女儿再砍树了，"一位舅妈向卡玛古建议道，"否则你要一辈子在法庭上东奔西跑。"

"顺便问一下，她的案子怎么样了？"舅舅问。

"案子就这样终结了，现在没人再提这件事了。"泽姆自豪地说，"怀疑派信徒邦科非常努力地想把这个案子再搞起来，但是村里的长老们有更重要的事情要处理。"

话题转到邪恶的邦科和他对怀疑的狂热崇拜。大家都嘲笑怀疑派的愚蠢，讥讽他们的仪式，并赞美阿巴特瓦人要回舞蹈的行为。他们诅咒邦科的祖先，因为他们拒绝杀牛，进而摧毁了科萨民族。怀疑派的愚蠢祖先必须为预言的失败承担责任。

"我个人认为，在农卡乌丝这个问题上，邦科说得有道理。"道尔顿相当不明智地说道，"你们的祖先杀了他们的牛，这确实是很愚蠢的做法。"

他们看着他，好像他的话亵渎了神明。卡玛古怀疑，白兰地是不是已经让道尔顿神志不清了。任何一个清醒的人，任何一个理智的人，都不可能冒险在这么一群铁杆笃信派中间说任何关于邦科的好话。他很幸运，因为他们对彩礼谈判结果很满意，心情很好，否则他们会把他活剥生吞了。结果，他们没有要吃掉他，只是目瞪口呆。

"道尔顿之子是被怀疑派收买了吗？你不是告诉我，他是站在笃信派一边的吗，泽姆？"舅舅问。

"他是个反复无常的人。"泽姆说。

道尔顿似乎没有注意到他所挑起的是非，继续一边大口地喝着白兰地，一边漫不经心地说着话。

"不，我不是善变的人。我没有站在笃信派一边，卡玛古也一样。我们只是碰巧在发展的问题上，在保护本土的树木等植物、鸟类等动物的问题上，同意你们的看法，或者你们碰巧同意我们的看法，仅此而已。我们都不是农卡乌丝的支持者。"

"好了，约翰，此时此地不适合争论这些事情。"卡玛古恳求道。

"必须说实话，卡玛古。"道尔顿说，"否则，他们会指望你参与他们的争吵和仪式。"

"这个道尔顿之子说我们的祖先很愚蠢，"泽姆悲伤地说，"这就是为什么他的祖先要煮了我们的祖先吗？"

"您能忘了那件事吗？"道尔顿祈求道，"你们笃信派就像邦科一样，每当我们在哪怕最微小的事情上与你们意见不一致时，你们就提起煮你们祖先的事！"

"愚蠢？"舅舅质疑道，"我们的信仰很愚蠢吗？这个道尔顿之子已经被怀疑派收买了。"

"不，我的父亲们，他不是那个意思，"卡玛古说，"信仰并不愚蠢。"

"信仰不愚蠢！"道尔顿难以置信地惊呼，"死去的人和牛从海里冒出来！你的意思是，这种想法一点也不愚蠢？"

"如果你们的基督能在海上行走，能把水变成酒，那么农卡乌丝的牛也能从海上起来。"泽姆笃定地说道，"而且它们确实起来了，人们确实看到了，难道不是吗？甚至像萨希利这样的国王也看到了从海上起来的牛。这些奇迹都有见证人，正如你们的基督有见证人一样。当然，牛起来，只是为了证明预言的真实性。人们只是看到它们在波浪中显现，然后又回到了祖先的世界。如果怀疑派的人不再怀疑，它们就不会回去。"

"老人说得很好。"卡玛古说道，"笃信派们对他们的信仰很虔诚。在农卡乌丝的整个事件中，我看到了信仰的虔诚，约翰，这种虔诚的信仰在历史上一直存在，现在也有如此虔诚的信仰，那些相信的人确实看到了奇迹。同样，因为对信仰的虔诚，成千上万的人在圭亚那的琼斯镇服毒自杀，因为他们认为，世界末日即将到来。对信仰的虔诚，同样导致了几十位男女，还有孩子，心甘情愿地与他们的先知 —— 大卫·柯雷什在得克萨斯州的韦科葬身火海。"

"我不知道你是否能把我们的先知与来自白人书里的先知相比较。"舅舅说。

"我想说的是，把那些相信农卡乌丝的人斥为傻瓜是错误的。"卡玛古说，"她的预言源于科萨民族精神上的痛苦和物质上的匮乏。"

道尔顿觉得自己被出卖了。有时，应该迁就这些人，因为要把他们引入正确的道路，得先容忍他们的缺点。但卡玛古的话很有说服力，他不仅仅是在讨好他的姻亲，而且对自己说的话深信不疑。另一方面，笃信派们信了他的话，但这些话对他们来说毫无意义。他们说，受过教育的人喜欢把最简单的事情神秘化，用无意义的话来迷惑他们。

"你很清楚，卡玛古，农卡乌丝是一个渴望被关注的小女

孩，"道尔顿说道，"她模模糊糊地听过恩克塞勒关于复活的
训导……以及基督教中复活的故事，因为她的舅舅曾经是基督
徒。因此，她决定编造自己的神学理论……随着她作为一个伟
大女先知的声望越来越高，她编造的劲头也越来越大。这是一
个年轻姑娘的幻想！"

道尔顿坚持不放弃，空酒瓶越来越多，他说话也越来越随
意。太阳慢慢爬向它的休息地。

"奇迹就是奇迹，约翰。她是一个年轻的女孩，是的，年
轻的女孩容易看到幻象。"卡玛古说。

"如果我认识的某位中学校长在这里，她会告诉你，你刚
才说的话带有严重的性别歧视。"道尔顿笑着说道。

"这是真的，你知道吗？谁总是看到圣母玛利亚的幻象？
年轻的女孩。我们的法蒂玛女士……我们这位女士，那位女
士……看见圣母玛利亚幻象的都是年轻的处女！"

第二天，卡玛古感到很羞愧。他坐在门廊上，晨光温暖着
他赤裸的身体。他后悔在泽姆家和道尔顿争论，他俩在他的姻
亲面前出尽了洋相。为人们的信仰争论不休，好像他俩是一切
智慧的源泉，别人一定觉得他们傲慢自负。长辈们盯着他们，
毫不掩饰他们的厌恶之情，难怪他们不尊重所谓受过教育的
人。都是道尔顿的错，他喝醉了。卡玛古一口白兰地都没喝，
但他的声音比那些喝过白兰地的人还大。道尔顿大口喝着白兰
地，像喝水一样。当他俩离开时，道尔顿摇摇晃晃，步履蹒
跚，大声唱着歌。

道尔顿开着他的四驱厢式货车到达时，卡玛古正在想，他

将如何向姻亲赎罪。商人心情愉快，他向卡玛古问好，并继续讲述昨天任务完成得如何成功。看到卡玛古闷闷不乐，他停止了说话。

"怎么了，伙计？他们昨天对你做了什么？"

"你昨天让我很难堪。"

"我给你找了个新娘，你就这么感谢我吗？"

"你昨天喝醉了。那些人会怎么看我们？"

"他们是我的人民，我了解他们，他们也了解我，我和他们一起长大，我跟他们是一体的。我不知道你为什么要关心我和他们在一起时的表现。不管怎样，我们来谈谈你那天在会上概述的计划。"

"对了，你觉得那些计划怎么样？"

道尔顿说，他仔细考虑了很久，觉得那些设想很好，但是，仍然可以再改进一下。他们应该建造一个由村民共同拥有、共同经营的文化村，而不是建造一个背包客旅馆，为热爱自然的游客提供自助式小木屋。他已经有两位能干的女性：诺曼莉琪和诺万吉莉，她们通过文化表演和展示科萨族的习俗来娱乐游客，这项业务已经做得很成熟了。游客们喜欢参观这样的文化村，看看科萨人是如何生活的。可以在文化村建造传统的科萨小屋，而不是建造在克罗哈随处可见的新式六边形小屋。妇女们将穿着她们祖先穿过的传统科萨服装，在小屋内表演磨小米，用牛粪打磨地面，用不同颜色的赭石颜料在墙上画画，还可以在这里展出陶罐和其他陶器。游客们会成群结队地去看少女们跳舞，看小伙子用棍棒打斗。他们也将看到身体涂满白色赭石颜料的受了割礼的人。通过这些，游客们可以了解狂野海岸的科萨人是如何生活的。

"受了割礼的人？就在文化村里？受了割礼的人们能在村里做什么？"卡玛古好奇地问。

"这些人是演员，不是真正的受了割礼的人。"

"那么我们向游客展示的就不是科萨人生活的真实画面。在现实生活中，受割礼的人不会在村子里转悠，妇女们也不会穿着她们最漂亮的衣服磨小米、装饰墙壁。少女们在房子前面跳舞的同时，小伙子们也不会在那里用棍棒打斗。这些都太做作了。"

"这就是文化村的目的：在一个地方展示人民文化的各个方面。"

"这不诚实。这样的文化村只是一个博物馆，假装人们是那样生活的。如今在南非，人们的真实生活与那些在文化村里展示的生活不一样。展示的那些生活某些方面也许是真实的，但游客看到的大多是过去的生活……很多都是想象的过去的生活。他们必须诚实地告诉游客，他们试图展示的是人们过去的生活方式。他们不能假装这就是人们现在的生活方式。"

"看来你打算反对我提出的每一件事。"道尔顿痛苦地说，"一开始是我的水利工程，现在你把我与诺曼莉琪和诺万吉莉做得很成功的民俗表演都否定了。而在你来这个村庄的很久以前，我们就开始了这项业务。"

"我只是说，我对你的计划有想法。这是保护民间习俗的一种尝试……重塑文化。当你挖掘科萨人被埋葬的前殖民身份时……一种已经失去的前殖民时期的真实感……你是在暗示他们目前没有文化，他们生活在文化真空中？"

"你现在说话的口气像索丽斯娃·希米亚！"

"索丽斯娃·希米亚说不出我刚才说的话。她谈到文明，指的是她想象中的西方文明。而我感兴趣的是科萨人今天的文化，而不是昨天的文化。科萨人不是博物馆的藏品。像所有的文化一样，他们的文化是动态的。"

"我知道你想干什么，卡玛古。你在否定我的想法，因为你想发展你自己的合作社，你只想和你的那些妇女一起获利。我听说你的马屁精玛姆西尔哈和诺捷安特一直想把诺曼莉琪和诺万吉莉挖到你那里去。"

"我不知道你在说什么。我们把诺曼莉琪和诺万吉莉挖过来做什么？我们的业务是采收海鲜，生产科萨服装和饰品，而不是从轻信的游客身上捞一把。"

"你想把一切都留给自己，你不想让我分一杯羹，你太贪婪了！我的人民不会让你得逞的，我的人民爱我。"

"你的人民爱你，因为你为他们做事。我强调的是人们应该独立自主，为自己做事。你就是商人思维……你想从中分一杯羹，而我并不想从中获得什么。这个项目将完全由村民自己拥有，并将由他们以真正的合作社的方式推选出委员会，由委员会来管理这个项目。"

卡玛古和道尔顿之间的分歧很快就成了村民们的谈资，村民们认为这是一场权力斗争。怀疑派很高兴，认为他们最终一定能够分裂笃信派。只要反对赌博天堂建设项目的人起内讧，分成两个阵营，就可以让村庄顺利地走上文明之路。不久，调查员就会来开展前期调查工作。

人们议论纷纷。有人说，道尔顿是嫉妒卡玛古与妇女们的合作社取得了成功，他不满足于拥有弗林德莱拉贸易商店，他想拥有村里的一切。而另一方面，道尔顿的支持者声称，卡玛古试图接管与旅游相关的所有商贸活动，包括诺曼莉琪和诺万吉莉的文化展示。卡玛古从约翰内斯堡远道而来，就是为了在格卡莱卡部落播下分裂的种子。道尔顿把他安顿在克罗哈，帮他买了一栋别墅，甚至给他找了个新娘，但他太忘恩负义了。

卡玛古很沮丧。他的生活中唯一值得高兴的事是，要不了多久，库克兹娃的亲戚将把她和海西一起送到他的别墅来。尽管老人们坚持说，因为库克兹娃是非婚生子，按照习俗，孩子应该属于泽姆，而不属于库克兹娃的新家庭，但卡玛古声称，海西是他的孩子。有一个速成的家庭，让他感觉很美妙，他从来没有想过他生来就是当父亲的料。他曾经放荡不羁，没心没肺，不断地通过不同的方式寻求肉体快乐，任何女性都有可能成为他满足肉欲的对象，直到他来到了海滨克罗哈。在这里，他被笃信派平平无奇的女儿驯服。他会是海西的好父亲。海西的名字来自最早的科伊族先知海西·艾比伯，他是那个在天堂讲述自己故事的人——齐格瓦的儿子。当被仇敌追赶时，是海西将大河的水分开，使他的百姓通过大河，当他的人民过了河，而敌人正试图通过时，大河合拢，把敌人都淹死了。

库克兹娃曾经给他讲过有关神圣石冢的故事，想起这些，卡玛古暗自微笑。他还了解到，早在白人传教士带着类似摩西及其穿越红海的故事来到这里之前，科伊人就在传颂海西·艾比伯的故事了。

送信人的到来打断了他的沉思。他告诉卡玛古，库克兹娃暂时不会来别墅与他开启新生活。卡玛古和道尔顿谈好彩礼离开后，泽姆就宣布，他现在可以安静地离开了，因为他的任务已经完成了，然后，他就坐在那里发呆，从那以后，他一句话也没有说过，也不听任何人的话，好像外面的世界并不存在。库克兹娃觉得，她不能任由父亲处于这种状态，她要设法帮他恢复健康。只有在父亲恢复健康后，她才能与丈夫团聚。

好多天过去了，泽姆仍然是这种状态。又好几个星期过去了，他的状况依然没有好转。不久以后，卡玛古被允许去探望他的妻子，他至少每隔一天来一次泽姆的院子。泽姆身上发生的事让卡玛古困惑不解。

库克兹娃让他们把她的父亲放在他最喜欢的马——格夏背上，并把他带到农卡乌丝山谷。他们把他放在农卡乌丝第一次看到陌生人幻象的地方，也是在那里，陌生人给了农卡乌丝关于救赎的信息。库克兹娃希望这将有助于唤醒泽姆的精神记忆，使其回到现实世界，但没有用。

他们找来了一个伊基拉，也就是治疗师和占卜师，来帮忙解决这个问题。当然，伊基拉及其助手只有在吃了专门为她们宰杀的山羊之后才能开始工作。

伊基拉说，格库努赫韦贝部落的女儿，也就是诺英格兰德，正在召唤泽姆，但是库克兹娃正用心牵拉着他，她不希望她父亲死去，她自私地紧紧地拉着他不放手。深爱着老人的两个女人之间上演了一场拉锯战，正因如此，泽姆仍然在生者的世界和祖先的世界之间徘徊。

"诺英格兰德终将获胜，因为她与非常强大的祖先联合在一起。"伊基拉说，"尽管库克兹娃有足够强大的心长久地牵拉着老人，但她毕竟只是一个女孩。"

老人们恳求她放开这个可怜的人，让他安详地离开人世。库克兹娃很生气，为什么每个人都想让她父亲死？

当亲戚们正等着诺英格兰德战胜库克兹娃，带走泽姆的时候，有人用两头牛拉着一个三角形木制雪橇，把一个女人送到了泽姆家。她病得很重，但看起来还是很漂亮。她静静地躺在雪橇上，身下垫了一个垫子，身上盖着一条灰色的驴毯，只露出一个头。她头上戴着鲜艳的方布头巾，眼帘低垂，说话时神情羞愧。

雪橇停在泽姆家门外，拉雪橇的人解开了牛轭。正守着泽姆的笃信派听见外面有动静，便走了出来，看着屋外雪橇上的女人和赶牛的人，他们很吃惊。

"她是我的女儿，"男人解释道，"她坚持要我把她留在这里，因为只有这样才能治好她的病。"

然后，他就走了。

没有人知道该拿这个女人怎么办，直到库克兹娃来到跟前。她看了那个女人一眼，立刻尖叫起来。

"你来这儿干什么？你还不满意你对我母亲所做的吗？你是来给我父亲的棺材钉最后一颗钉子的吗？"

"求求你，库克兹娃，"那个女人虚弱地低声说道，"发发慈悲吧，我就要死了，这是我对诺英格兰德的最后一次请求了。我听说泽姆快要死了，你还在挽留他。我很高兴你一直挽留他，直到我来到这里。也许他可以帮我带个口信给诺英格兰德，让她解除诅咒。我看过各种各样的医生，他们都无法止住我的月经，只有诺英格兰德能结束折磨我身体的痛苦。"

她告诉周围的男男女女，东伦敦医院的医生给她的病起了个名字：宫颈癌。他们告诉她，这是无法治愈的。他们给了她一些药片以减轻疼痛。他们说的话不足为奇，因为她知道，不管人们怎么称呼它，这种病都是无法治愈的。那个伊基拉也是这么说的，解铃还需系铃人。那个伊基拉应该知道，是他在她的内衣上做了手脚，才使她变成现在这个样子的。

诺英格兰德不可能起死回生，解除对她的诅咒，但至少泽姆与诺英格兰德在另一个世界相聚时，他可以让她解除加诸这个女人身上的痛苦。女人说，除非让她见泽姆，否则她就不走了。

"你让你的朋友为难我……无论我走到哪里，她们都要骚扰我！"库克兹娃无情地对这个倒霉女人大喊道。

"除非泽姆的灵魂已经升天，否则我是不会离开的。"女人坚持说。

每个人都看着库克兹娃，好像这个女人的救赎取决于她，好像是库克兹娃要为这个女人的命运负责似的。她跑回她的拱顶茅屋，崩溃大哭。她很生气，因为他们都希望她父亲快速离开这个世界，这样他就可以帮他们带信给诺英格兰德。她下决心要更尽心地照顾父亲，好让他恢复健康。但这个生病的女人坚持在泽姆的门外守着，她很感激泽姆那些慈祥的亲戚给她端来面包和茶，但她拒绝被转移到任何一间房子，她只想在泽姆的房门外等着。

第二天，卡玛古来看库克兹娃和海西，同时看看泽姆好点没。他看见了那个躺在雪橇上的女人。看了那个女人一眼，卡玛古立刻心跳加速、手心出汗、呼吸急促，就好像刚才一直在跑步一样。

"你是诺玛拉夏吗？"他轻柔而惊讶地问道。

她疲倦地抬起眼睛。

"诺玛拉夏！"他激动地喊道。

"你是谁？"

"在守灵的时候……在修布罗……你唱得真好听。"

"是的，我在那里守过灵，唱过歌。"

"我们还说过话。你不记得了吗？"

"当时那里有很多人，我不记得你了，我现在只想让痛苦消失。"

11

　　成千上万的人死去，起初主要是老人和儿童，然后是中年男人和女人。死亡无处不在，在峡谷中，在草原上，甚至在宅地周围，尸体和骷髅随处可见，没有人有力气去埋葬他们。

　　特温和库克兹娃决心要不惜一切代价让海西活下去。特温一改往日无精打采的状态，加入了笃信派的突击队，和他们一起从笃信派和怀疑派那里盗取食物。库克兹娃把她在草原上和山洞里捡到的陈旧骨头煮成汤，尽管这些骨头已经被太阳晒了很多年，她还是希望能从骨头里得到一些营养，她和海西把汤喝了。

　　特温的突击队最远到达了东伦敦。他们闯入殖民者的马厩，偷走了他们的马，并把马宰了，把肉分了。如果看到丈夫从远处走来，肩上扛着一整条马腿，库克兹娃一定高兴不已，因为这意味着他们那一天会有很多肉吃。人们不再反感吃马肉，他们忘记了，他们曾经常常嘲笑巴索托人，因为巴索托人把马肉，尤其是马肉干，当作美味佳肴。

　　有时，甚至在特温到家之前，他就被成群结队的饥民袭击了。他们会抢他的肉，拿着肉跑掉。有时，当库克兹娃还在煮肉的时候，饥饿的小偷会从火上偷走整锅食物，端着锅跑掉。

这是一个你死我活，弱肉强食的世界。

让他们羞愧不已的是，他们真的吃过狗。他们偷走了殖民者喂养得健壮的狗，并把它们煮了当晚餐。

但是死亡还在继续。殖民者设置路障，配备枪械，以保护他们的动物免受掠夺者的伤害。许多笃信派坐在家里等死，无助的母亲眼睁睁地看着自己的孩子跌倒，再也爬不起来，垂死的妻子看着家里的狗啃食丈夫的尸体，她们知道，自己迟早也会成为狗的食物，而狗最终也会被饥肠辘辘的其他人吃掉。这是一个狗咬狗，自相残杀的世界。

"在这种情况下，人们最终会以彼此为食。"特温说道。他坐在海西旁边，库克兹娃正在煮一些草，这是他们睡觉前的食物。

"只有疯子才会这么做。即使在最坏的情况下，我们也决不能沦落到吃人的地步，就像巴索托人在迪法坎战争和迁徙期间那样。"库克兹娃回答说。

"有些人已经疯了，"特温说，"饥饿让很多人疯掉了。"

"先知辜负了我们。"库克兹娃哀伤地说，"我们必须行动，我们必须寻求庇护，甚至去殖民地向我们的征服者寻求帮助。"

"先知并没有辜负我们，"特温说，"是我们辜负了她们。我们自己辜负了自己。错误不在于预言，而在于怀疑派，是他们没有遵从农卡乌丝的训导！死人还会复活！"

"海西他爸，你可以坐在这里，等着死人复活，我要把我的孩子带走。"

"你要去哪里？"

"我要到姆丰古部落去。我听说他们庇护了不少挨饿的科萨人。"

"你现在不能抛弃先知！"

"抛弃先知？"库克兹娃大声嘲笑道，"是她们抛弃了我们。她们现在在何处？姆拉卡扎死了，女先知们也被逮捕了，你们的先知欺骗了我们。你们的神软弱无力，没能保护他的人民。我要回到我们科伊族人民的神那里寻求庇护。"

库克兹娃确实回到了她的人民的神那里，请求神原谅她抛弃了他。众星之女库克兹娃继续祭拜齐格瓦的七个女儿。齐格瓦是那个在天堂讲述自己故事的人，是他创造了世界和全人类。流浪归来的女儿再次与明亮的星星交流，这些星星也被称为七姐妹星。

几年前，她带领西克夏的儿子们到了丰饶之地，现在，她以相同的方式领着特温和海西来到姆丰古部落的土地上。但这次他们没有格夏可以骑，他们步行，把腰带系得紧紧的。这一次，没有特温－特温和他的众多妻子和孩子，没有牛可以赶，没有猪，没有鸡，只有三个骨瘦如柴、脚上长满老茧的灵魂。

一路上，他们碰见许多尸体躺在路边，有些身体还没有彻底断气。尚未断气的身体上深陷的眼睛里透出了一丝生机，皮肤紧贴着骨头，龟裂的皮肤看起来就像是被炙烤过的干旱土地。特温和库克兹娃知道，如果他们自己最终没有死在路边的话，就算是幸运的结局了。

虽然他们看起来像是从坟里爬出来的一样，但他们最终还是来到了姆丰古部落。他们发现，许多笃信派投靠在不同的家庭里，他们以劳动换取住处，他们为主人照看牛群，在肥沃的土地上锄地，并为他们投靠的姆丰古家庭站岗。这对许多来自格卡莱卡部落最高贵家族的笃信派来说是一件屈辱的事。

特温和库克兹娃一直在吵架。她把他们带到姆丰古部落的土地上，这让他很不高兴，因为姆丰古部落与英国结盟，是卖国贼。他们无视农卡乌丝的预言，低价购买笃信派的牲畜，以此致富。而现在，他们又宰杀牲畜，给法卡，也就是那些瘦骨嶙峋的人吃。

"你是宁愿我们饿死在克罗哈吗？"库克兹娃问道。

他无法回答这个问题，只是不停抱怨搭救他们的姆丰古人的奸诈本性。他扬言，一旦他恢复得足够强壮，他就会离开，回到他祖先的土地上去。

"你一无所有，回那里能做什么？"库克兹娃劝说道。

"我会去找特温－特温，"他说道，但他的声音不是很坚定，"或者去巴索托，或者去姆蓬多和旁多米西部落，许多笃信派在那些部落避难，去那些地方起码不像在这里这样丢脸。"

库克兹娃轻声笑着说，也许特温－特温会张开双臂欢迎他，毕竟他对特温－特温做了那么多坏事。说完，她就去喂海西吃玉米粥和酸奶了。

毋庸置疑，特温－特温没有心情欢迎任何一个导致他的民族衰落的人。他仍然得通过约翰·加文勒和约翰·道尔顿获取殖民地政府的保护。道尔顿一直渴望从为殖民地服务的工作中退休，开始自己的事业，但他被劝服继续为伟大的女王服务，至少服务到边境和英属卡法拉利亚的事情解决之后再退休。他现在当上了治安官，长期驻扎在恩西托酋长的领地上，因此直接负责保护特温－特温和年老的酋长不受四处劫掠的笃信派的伤害。

但是特温－特温对殖民地政府越来越失望。"命名十条河的人"自诩为"世界上除欧洲人之外的人民的大恩人",他正在利用毫无防御能力的科萨人,攫取他们越来越多的土地,用作白人的定居点。当特温－特温听说白人定居者的先头部队在笃信派的家园废墟上为自己圈占大片大片的耕地时,他的瘢痕又痒起来了。那些仍然留在自己家园的科萨人突然发现他们在自己的土地上成了非法占地者。现在,他们不得不为新的主人工作。

"命名十条河的人"命令只给那些愿意为殖民者工作的人提供饥荒救济。许多科萨人在白人定居地像奴隶一样工作,却只能领到基本的口粮。

"我们正在实现我们的目标,"他慷慨激昂地对他的官员们说,"科萨人成了我们有用的仆人、我们商品的消费者、我们收入的贡献者。像新西兰的毛利人一样,这些人并不是无可救药的野蛮人。我们应该让他们成为我们的一部分,与我们信奉一样的宗教,有着相同的兴趣爱好。"

他很高兴他所有的计划都很顺利地实现了。他一直想摧毁酋长们的权力,迫使他们的臣民离开他们的土地,在白人的农场和城镇为白人殖民者工作,从而削弱科萨人的独立性。因为杀牛运动,他实现这一目标的速度比他预期的速度要快很多。

然而,治安官们觉得乔治爵士传达的消息含混不清。治安官们向仍具有劳动能力的人提供救济,但乔治爵士不断批评他们,说他们的善举未加甄别。在他看来,这不是真正的救济。

他说，未做甄别的慈善活动将吸引成群结队的原住民到威廉姆斯国王镇来。有些人甚至会从遥远的祖鲁地区赶来，以享用卡菲尔救济院提供的汤。这个救济院是传教士建立的慈善机构。

一天，在格萨哈河附近，道尔顿和加文勒骑马走在布满头骨和骨骼碎片的路上。"我搞不懂乔治爵士到底想要达到什么目的。"道尔顿说道，"他一直在干涉卡菲尔救济委员会救济饥民的行为，他声称，委员会的慈善机构吸引了大量的原住民来到威廉姆斯国王镇。但与此同时，他派军官招募更多的原住民到殖民地做苦力。"

"你永远无法了解乔治爵士。"加文勒说，"我猜他想关闭卡菲尔救济院。"

"他要不就干脆关了救济院，别再找借口。可现在，他又指责我们不该不加甄别地救济科萨人。"

"他知道自己在做什么，他是一个聪明人。"

"你喜欢这个人，是吗？你是那个把他的理论付诸实践的人。"

"正相反，我不喜欢这个人。为了大英帝国的利益，我忠于他，因为他是一位优秀的总督，也很仁慈，但我不喜欢这个人。"

"你不喜欢他？我不相信。"

"因为你不知道他曾经如何对待我的父亲。我的父亲曾经是南澳大利亚的总督，因为乔治爵士的检举，我亲爱的父亲失去了工作。他们声称，我父亲对殖民地的财政管理不善。更重要的是，乔治爵士是在我的家人盛情款待他之后，揭发了我的父亲。"

"命名十条河的人"反对不加甄别的施舍，并把他的指令扩展到姆丰古部落。他极其反对姆丰古部落民众对法卡人，也就是瘦骨嶙峋的那些人太过仁慈，并指示他们的酋长驱逐那些在他的人民中寻求庇护的科萨人。有许多人被赶出姆丰古部落，其中包括特温和库克兹娃，两千名难民被移交给殖民地劳工官员。特温太瘦弱了，在劳动力市场上无法吸引任何人的兴趣。最后，他成了卡菲尔救济院里的一名难民，和那些被饥饿逼疯的人住在一起，直到他自己也疯了。与此同时，库克兹娃和海西从一个村庄流浪到另一个村庄，乞讨残羹剩饭。她希望有一天她能找到她的科伊族人民，回到他们温暖的怀抱。

特温－特温听说了他成千上万的人民是如何因杀牛运动而失去生命的。他听说了"命名十条河的人"的所作所为，眼看着在自己人民的土地上白人定居点越来越多，他内心充满了痛苦，瘢痕也越来越痒。

看着灾难就这样降临到自己人民的头上，特温－特温和恩西托酋长难过得直摇头。

"我们被骗了，"他告诉恩西托，"这些像鬼魂一样，耳朵反射太阳光的白人，像瘟疫一样在夸科萨蔓延。"

"我们能怎么办？我们是一个被打败的民族。"老酋长说。

"有人说，是'命名十条河的人'策划了这一切宰牛的勾当，这一定是真的。"特温－特温说，"是他把这些思想灌输给农卡乌丝的，他想让科萨人自相残杀。现在，他享受着胜利的果实，而不用动一根手指头。"

"我们能怎么办？"恩西托疲倦地重复道，"我们是一个被征服的民族。"

"就像那个愚蠢的恩奇卡国王，也就是姆兰杰尼之战的英雄马库玛将军的父亲，我们帮助白人征服了我们自己的民族！这些白人第一次来到这里时，嗜酒如命的恩奇卡国王将他们视为自己的臣民，他欢迎他们，并允许他们在他的人民中传福音。第二天早上醒来时，他才发现，白人们已经占领了整个国家，而他自己成了白人的臣民。"

"许多人现在转而崇拜白人的神，因为他们看到白人的神比我们的神更强大。"恩西托说道。

"白人的神一点也不强大，"特温－特温轻蔑地说道，"他不是眼睁睁看着白人杀死自己的儿子，坐视不管吗？就我个人而言，我厌倦了所有这些神。"

特温－特温走了，去沉思宗教的危险。

奈德、姆朱扎、道尔顿和加文勒曾多次试图劝说特温－特温皈依基督教。但他告诉他们，他不能加入这个宗教，因为这个宗教允许其皈依者像英国人对待科萨人那样对待他人。他确实对所有的宗教都大失所望。因此，他发明了对怀疑的崇拜，把怀疑提升到宗教的高度。

* * *

没有舞蹈，怀疑派对怀疑的崇拜几乎是死气沉沉的。希米亚之子邦科非常痛苦，因为阿巴特瓦人不愿把舞蹈借给他们用，哪怕只借一天也不行。怀疑派试图创造他们自己的舞蹈，但他们没有创造过能让人进入恍惚状态，进而回到过去的舞蹈，他们创造的舞蹈没有这个效果。

非常遗憾的是，钟爱女人的祖先特温－特温在他还没有完善他的信仰仪式之前就去世了。否则，他们如今崇拜怀疑就不需要从阿巴特瓦人那里借用舞蹈了。如果祖先特温－特温当初发明了信仰仪式，那么，今天的怀疑派就可以沉浸在祖先发明的古老仪式中，这些仪式将自动成为连接他们与祖先世界的绳索。这是一个充满痛苦和劫难的世界。

事情发展到这个地步，没有任何一种药膏可以安抚邦科的瘢痕。

孤独吞噬着他的内心。他曾经深爱的妻子诺帕媞蔻特很多时间都待在合作社。她说，她仍然深爱她的丈夫，而她固执的丈夫拒绝理解她的需求。即使是在家里，高傲的邦科也不跟她说话。他是不会和她说话的，除非她不再跟笃信派及其支持者一起闲荡。他勉为其难地吃她做的食物，甚至不愿意跟她说他没有吃饱，想要再吃一点。当她不在合作社工作的时候，她会坐在树下，也就是怀疑派曾经跳舞的地方，优雅地抽着她的长烟袋。自从她不顾邦科和女儿反对加入合作社后，她又开始抽她的长烟袋，穿传统的装饰有翁巴科的科萨服装，佩戴珠子饰品。在合作社，她被誉为"翁巴科最佳裁缝"。翁巴科是一种用于装饰的黑色带子，一般被用于装饰卡卡短裙，或被用于基于卡卡服饰传统、改良过的现代衬衫上。

索丽斯娃·希米亚觉得母亲的这些生活习惯让人作呕。她成功地使父母抛弃红色，而现在，诺帕媞蔻特竟然违背她和父亲的意愿，回归传统的生活方式。她苦苦哀求母亲，但她母亲坚持认为，她不会再用没有灵魂的欧洲服装来令自己窒息了，欧洲的衣服对她来说完全就是惩罚，她一直都很喜欢那些漂亮的传统科萨服饰，并将永远钟爱这种衣服。至于吸烟，她再也不会仅仅为了让女儿高兴而压抑自己对烟草的强烈欲望，她要随心所欲，畅享辛辣烟草带来的快乐。

但是索丽斯娃·希米亚还有更多要操心的事。她明白，她再也无法让卡玛古回到她的身边，并认同她对文明生活的向往。他已决定放弃一切文明的生活方式，去追随野蛮人的生活方式，他注定会失败。无论如何，她和他在一起都不会幸福。她代表着文明和进步，而他却一意孤行地维护那些可耻的习俗和不体面的穿着方式。他和库克兹娃是绝配，他们一起自甘沉沦于红色，沉沦于传统的生活习俗。而她，希米亚之女，不久就要离开这个村庄了。

尽管如此，她还是被克罗哈惯常的闲话搞得心烦意乱。他们说，她现在成了叛徒，转而支持卡玛古和笃信派们所倡导的那些发展计划。有人说，她改变立场，只是因为她认为这是挽回卡玛古最好的方法。还有人说，库克兹娃抢走卡玛古是为了替她的孪生哥哥报仇，索丽斯娃·希米亚曾经像吐口水一样把她哥哥甩了，只是因为他没有受过教育。索丽斯娃·希米亚以前从不在意这些流言蜚语，但是现在，这些谣言越传越离谱，尤其是关于她甩了库克兹娃哥哥的谣言。她发现自己不得不经常为自己辩护，甚至与那些她认为没资格与她同行的人辩论。她坚信，越早离开这个红色之心越好。

但索丽斯娃·希米亚的麻烦事还没完。有一天醒来，她发现历史的瘢痕竟然在她身上爆发了。突然，对她祖先的鞭笞变成了对她的鞭笞。她抵制这些异教徒的瘢痕，拒绝相信瘢痕是祖先复仇计划的一部分。她狠狠地责怪她的父亲，说他不该恢复对怀疑的崇拜。

"即使我没有恢复这种崇拜，瘢痕也会在它们想要出现的时候出现。"邦科说，"他们与宗教信仰没有任何关系，即使是对这种信仰一无所知，中世代的人们也没能摆脱这种瘢痕。这是特温－特温的后代中每一代的第一个孩子必须承担的。"

听说他们女儿文明的身体上出现了历史的瘢痕，怀疑派感到震惊。他们本以为瘢痕不会再出现了，因为邦科家没有男性来继承它们。在所有历史中，女性身上从未出现过瘢痕。因此，每个人都相信，瘢痕的诅咒终于被打破了。

在邦科年轻一点的时候，他的妻子没能给他再生一个儿子，怀疑派试图说服他再娶一个妻子，好给他生一个继承人，但是他太爱诺帕媞蔻特了，所以他拒绝再娶任何一个女人。人们甚至说，诺帕媞蔻特用爱情魔药把他迷住了，就像特温－特温的大老婆一样，她显然是个女巫。但是邦科和诺帕媞蔻特都对这种闲话一笑置之。

现在，他们的女儿身上出现了瘢痕。

"他们还期待什么？"一些人喋喋不休地问，"她是女儿身，男人心，没人能驯服得了她。这就是为什么像卡玛古这样的医生都不敢娶她。他知道她是自己的主宰，不甘于被任何男人控制，这就是为什么她用铁棍子管教中学里所有的男女学生。"

索丽斯娃·希米亚收拾行李，离开了海滨克罗哈。在与村里笃信派的对抗中，她失去了话语领导权；在与库克兹娃的对战中，她失去了卡玛古的爱。如今，她在比勒陀利亚的教育部找到了一份新工作。她要到更加文明的地方——有路灯的地方去工作。这样，她看医生就更方便了，她可以去看皮肤科医生和整形外科医生，治疗被诅咒的瘢痕。

邦科又一次深受打击，先是妻子抛弃他，追随了笃信派；现在，女儿又放弃一切，去了城市。更糟糕的是，他已经失去了作为校长之父的威望。

索丽斯娃·希米亚远离克罗哈，听不到那些喋喋不休的议论了。村民们坚持认为，她是逃走的，因为她的心碎了，爱情迫使她离开了村子，这是她应得的，她自食其果，因为她曾经甩了特温，她对他太苛刻了。

听说希米亚甚至没有道别就离开了，卡玛古感到很难过。但他没有时间担心这个，因为泽姆家麻烦事一大堆。

泽姆拒绝死亡，他徘徊在海滨克罗哈所在的世界与另一个世界之间，另一个世界指的是与现实世界平行的祖先的世界。笃信派们请求库克兹娃，"这是因为你用你的心牵住了他，请放开这个可怜的人吧，他已尽了他的本分，让老人走吧！"

每个人都向往来世的美好生活，把老人留在这个世界是残忍的做法。

库克兹娃很生气，因为每个人都想让那个老人死去。让她更生气的是，村民们因为父亲的状态而指责她。

"你们怎么知道我父亲的日子真的到头了？"她质问道，"你们怎么知道他不可能从这种状态中痊愈，重新享受这个世界的生活呢？"

人们记得，许多年前，泽姆就想过要死。他觉得自己在世上活着的时间太长了，于是他杀了一只山羊，请求祖先指给他一条通往他们永恒之地的路，但祖先们拒绝带他走。而现在，他就坐在那里，盯着墙上的一个地方，亲戚们围在他身边。怎么能确定这一次祖先们已经准备好接受他了呢？

"哦，是的，他们已经准备好了。"笃信派的一位长老说，"这次他一定能离开，诺英格兰德非常强大。"

格夏站在泽姆的门外，不停地嘶鸣。

然后是诺玛拉夏。

在泽姆奄奄一息时，诺玛拉夏坐在六边形茅屋外的雪橇上守夜。她透过门缝，用微弱的声音恳求他："到那儿时告诉她……让诺英格兰德放过我……让我恢复健康……带走痛苦……带走所有这些月经。"

"他听不到你说的话，"一位慈祥的老太太说，"他正在两个世界之间徘徊。"

她的朋友，也就是那些曾处处为难库克兹娃的女孩，不时给她送来食物和水，陪她坐着。每当她疼痛发作时，她们都努力安慰她。她们始终坚信，所有那些给她带来痛苦的人，都应该被打入地狱，被烈火焚烧。女孩们的父母告诉她们，把她们的朋友弄成这样的伊基拉不可能是真正的伊基拉。真正的伊基拉不会伤害人，他只会给予那些有需要的人治愈的力量。这个人使诺玛拉夏持续流血，现在还伴有疼痛，他是一个只会造成伤害的邪恶之人，他也会被地狱之火烧死。

卡玛古第一次在泽姆的门外惊讶地认出诺玛拉夏时，她已经不记得他了，这让他很受伤，但是他找不到机会再跟她说话。她的朋友们来了，对她很关心，她们让卡玛古不要打扰她，所以他到屋里去看库克兹娃，陪海西玩耍。他很生库克兹娃的气，因为他无望地追寻了诺玛拉夏好几个月，而库克兹娃却不告诉他真相。

有一天，当他看到诺玛拉夏独自一个人坐在雪橇上时，他告诉她："我跟着你，从约翰内斯堡来到这里，我是来找你的。"

"你是库克兹娃的男人。"她低声说道。

"是的，我和库克兹娃订婚了。但是是你带我来的，我梦见的是你，她只是闯入了我的梦。"

"你没有权利梦见我，不要梦到我，我成了这样，就是因为我错误地把目光投向了这个院子里的一个男人。"

"成了这样？你是说诅咒？"

"库克兹娃一直在跟你说这个吗？"

"你的朋友当着我的面攻击她，是因为诅咒吗？"

"是的，和诅咒有关。"

卡玛古试图说些什么，安慰这个垂死的女人。

"那是生命之河，你就是河流。男人和女人就是从这条河来的。当诅咒从那里喷涌而出时，人类也从那里出来。这不是诅咒。我不介意在那条河里游泳，我可以在那条河里游一辈子。"

"你不知道你在说什么，走开。即使我没有死，你也不能在这样的河里游泳。当我听说有个陌生人在找我时，我以为他们说的是一个疯子。现在我知道了，你是真的疯了。我不想在我剩下的生命里，遭受更多的诅咒。"

"她是对的，卡玛古。"库克兹娃冷笑着说道。

卡玛古几乎要吓晕过去，他不知道库克兹娃一直站在门口听着。

"你终于摆脱了在约翰内斯堡街道上缠着你的那些魔鬼。"她补充道，然后把他带到屋里去了。

几天过去了，泽姆仍然拒绝离开人世。院子里的织巢鸟不停歇地叫着，想念那个整天坐在大无花果树下的男人。格夏也拒绝离开，一直守在泽姆门外。诺玛拉夏继续在这里守夜。

库克兹娃被卡玛古的窘迫逗乐了，因为他在自己软弱的头脑中创造了一个幻象。

一天下午，卡玛古对诺玛拉夏说："我到处找你。"

"我当时一被诺英格兰德雇佣，这个院子里的男人就盯上了我。看看我现在落得了什么下场。"

"你的病和这件事无关。你自己也说过，东伦敦医院的医生说你得了宫颈癌，这是一种疾病。如果在生病初期没有发现这种疾病，没有用放射疗法或其他任何医生可以做的疗法去治疗的话，它确实会导致许多妇女死亡。但如果你在开始出血的时候就注意到这一点，也许你现在已经痊愈了。"

"他们说你是个医生。"

"不，不是那种医生，我对医学一窍不通。即使是像我这样的门外汉，也就是那些不是医生的人，也都知道宫颈癌是一种常见疾病，这不是诅咒。请让我送你去医院吧。我知道，他们已经告诉你，你的病已经到了晚期，无法治愈，但你需要照顾和帮助。"

"难道你认为，仅仅是因为白人医生给这种病起了个名字，它就和诺英格兰德无关了吗？"

"没有人能让别人得癌症。"

"那你们的白人医生怎么不知道为什么我这么年轻就得了这种病呢？为什么他们说我的病不同寻常？"

"我不知道。"

"你有很多东西要学，医生。"

"我只是想帮你，请让我来帮你吧，我为你付安养院的钱，在那里，你会得到很好的照顾，他们会帮助减轻你的痛苦，让你生活得更舒适些。"

"不，我就要坐在这里……在这个害我的地方，我要死在这里，让他们不得安宁。别管我了，到你的妻子那儿去吧。"她苦笑着对他说。

即使遭受这般痛苦，她依然可以微笑面对。

几天过去了，泽姆还是拒绝死亡，亲戚们再一次从四面八方赶来，苦口婆心地劝说、恳求库克兹娃："不要打扰老人！让他安详地走吧。"

受到这样的指责，库克兹娃勃然大怒，她要亲戚们明白，她没有牵制着泽姆不放他走。亲戚们这才意识到，她是认真的，也许他们应该换个方向，寻找使泽姆固执地留在这个世界的其他原因。对！特温！泽姆的儿子特温去了约翰内斯堡后就再也没有回来，也许老人是想跟特温道个别再走，必须派人到约翰内斯堡去把他找回来。

"他们去哪里找特温？"朋友们告诉诺玛拉夏这个计划时，她问道，"他已经死了，就在修布罗，我为他守过灵，唱过歌。"

第一次听到特温的死讯，每个人都很震惊。当得知他烂醉如泥，郁郁寡欢地死在修布罗的大街上时，女人们号啕大哭。

特温已经沮丧了很长一段时间，没有人再买他的雕刻了，因为他雕刻的人像都是真人，没有人想要这样的雕刻。艺术品买家更喜欢扭曲的雕像，不对称的雕像，头长在肚子上，眼睛长在脑后，奇形怪状的，很多胳膊，脚上还有扭曲的嘴唇。但特温拒绝创造扭曲现实的雕像，他只会按照道尔顿教他的方法来雕刻逼真的人物。穷困潦倒的特温最后饿死了。在修布罗一幢大楼的楼顶，一群年老的和无家可归的人聚在一顶破旧的帐篷里悼念他。诺玛拉夏和卡玛古也为他哀悼过。

"你当时穿得像个新婚的女人……然而你并没有结婚。"卡玛古感到奇怪。

"这样做是为了让男人们对我敬而远之。"诺玛拉夏解释说。

库克兹娃笑着说："这显然不起作用。有一个人看见你是别人的儿媳妇，还是跑来追你。"

"诺玛拉夏在那里做什么？"人们很疑惑。

"我当时很绝望，就去约翰内斯堡找特温。"她告诉他们，"我不知道他能帮上什么忙，我只记得，在诺英格兰德发现了我和她丈夫的事情之后，特温是唯一继续跟我说话的人。他是唯一没有记恨我的人。伊基拉告诉我，只有诺英格兰德才能扭转我的不幸遭遇，但诺英格兰德死了。我那时想，也许我可以通过特温联系到她，也许特温知道如何唤起她对我的怜悯之心。"

但为时已晚。当她抵达约翰内斯堡时，特温就在那个星期去世了。她在守灵时唱的那首充满爱的告别歌，是在恳求诺英格兰德把她从诅咒中解脱出来。她希望特温能把这个消息带给他的母亲。

村里人对城里人缺乏品位感到惊讶，他们竟然不喜欢那些看起来非常逼真的雕刻。即便如此，笃信派们还是指责约翰·道尔顿，怪他不该教导他们的儿子雕刻忠实于真实生活的雕像。

"这是道尔顿的错，"库克兹娃哀号，"是他教我哥哥雕刻像真人一样美丽的人。他假装什么都知道，所以他应该知道城里有钱买雕刻品的人不喜欢漂亮的人。特温本来可以通过雕刻他原来雕刻的那种矮胖瓶状人像获得成功的。"

卡玛古也认同这种观点，在他看来，也许特温的原创作品会有市场，因为它古怪有趣，充满民间特色。

那天晚上，人们告诉泽姆，特温早已去世。他第一次苍白无力地笑了，然后就死了，他是微笑着走的。诺英格兰德赢了，难怪她的召唤如此强烈，因为她的儿子一直在帮她与库克兹娃争夺泽姆。

第二天早上人们醒来时发现，诺玛拉夏也死了。这让笃信派们更加愤怒。他们气呼呼地说，这个寡廉鲜耻的女人还不肯放过泽姆，甚至当他妻子召唤他时，她也硬撑着陪在他附近。现在，泽姆带着他的情妇去了祖先的世界。她和诺英格兰德之间将有一场大战。他们派人去叫诺玛拉夏的父亲来把他女儿的尸体拉回去安葬。

听说泽姆死了，希米亚之子邦科非常愤怒。泽姆啥事都要盖过他一头，现在泽姆又先他一步到达祖先的世界，成为他的祖先。当邦科最终死去，到达祖先的世界时，泽姆已经在那里待了很长一段时间了。当邦科还是那个世界的新人时，泽姆已经熟悉了那个世界的角角落落。与此同时，当邦科还在这个世界的时候，谁知道泽姆会跟祖先撒什么谎，诬陷邦科呢？谁知道他会给怀疑派家庭造成多么严重的破坏呢？泽姆一定会是一个非常不友好的、睚眦必报的祖先。即使给他宰了山羊和公牛，也安抚不了他。笃信派们又赢了。这是一场只要邦科还活着就永远无法超越的最终胜利。他的瘢痕痒得厉害。

在泽姆的葬礼上，墓地演讲者们说，当一个士兵倒下时，另一个士兵就会站起来。海西这一代人将继承前人留下的事业。另一位演讲者说，泽姆一家深受祖先喜爱，他们是死亡之家，先是诺英格兰德去世，然后是特温去世，现在轮到泽姆了。

泽姆的葬礼过去一个月了，库克兹娃还没有去卡玛古的别墅。只有在泽姆去世几个月，为他举行过伊萨图仪式后，库克兹娃才能来与他团聚。他的家人要宰一头牲畜，并提前酿造啤酒。在伊萨图仪式上，妇女们会穿上最美的卡卡短裙，戴上漂亮的珠子饰品，男男女女一起跳乌姆辛特索舞，以缅怀死者。

卡玛古待在泽姆家时，大多数时间都是在陪海西玩耍。他看到一些村民往农卡乌丝山谷走去。他们告诉他，政府的人来勘测克罗哈，度假胜地和赌场综合体的建设将继续进行。战争最终失败了。

在农卡乌丝山谷，他发现一群人正在和土地测量员说话。土地测量员是一个骨瘦如柴的白人，穿着卡其色狩猎服。希米亚之子邦科就在这群人中，其中还有西克夏酋长。不远处还有另一群人，神情沮丧。卡玛古立刻认出，那些是与他站在一起，反对建设赌场综合体的人。

土地测量员兴奋地向邦科展示他的新设备。他说，这是一个微波测距仪，你猜怎么着？它是在南非研发的，可以精准定位，这是其他任何仪器都做不到的。所以他们不必担心，他会在很短的时间内完成测量。要不了多久，在这个长满灌木丛和树木的地方，将会有一个让人惊叹，令人感到无上荣耀的赌博城熠熠生辉。

"看吧，切萨内之子，你和你的笃信派最后都失败了。"邦科说道。

"你允许他们这样做吗？"卡玛古将这个问题指向了西克夏酋长。

"切萨内之子，这不是我允许的，"酋长说，"是政府想要搞这个开发项目。毕竟，这可能对村庄有好处。切萨内之子，进步的车轮滚滚向前，无人能阻挡。"

土地测量员手一挥就开始了他的测量工作。邦科和他的追随者欢呼起来。卡玛古和他的追随者们绝望地看着眼前的一切。他们正要离开时，约翰·道尔顿开着他的四驱厢式货车来了。他一路大喊，突然把车停在了土地测量员身旁。他一脸严肃地从他的厢式货车上下来，手里挥舞着几张纸。

"你以为你在干什么，我的朋友？"他问道。

"我在做什么？我当然是在测量，测量这个选址，将来要在这里建赌城和配套的柏油路。"土地测量员劲头十足地回应道，"看到那边了吗？那是我们要建游乐设施的地方，还有缆车……"

"恐怕不会有什么赌城了，我的朋友。"道尔顿递给他一张纸。这是一项禁止对该地区进行任何测量的法院命令。同时，还有一封来自政府艺术、文化和遗产部门的信，这封信宣布该地为国家遗产地。

"任何人都不许碰这个地方！"道尔顿得意地喊道。

人们欢呼雀跃，把道尔顿扛在肩上，他是这个村庄的救星，他们高声呼喊，高唱胜利之歌。然而，邦科却像一头愤怒的公牛，他的追随者们试图让他平静下来。他见人就骂，连着朋友和敌人一起骂。他又一次失败了。

道尔顿朝着卡玛古得意地冷笑了一下。他已经把他的人民从约翰内斯堡这个过分热心的陌生人的魔爪中赢了回来。这就是为什么他没有告诉任何人他已经申请了法院命令来阻止开发商，也没有告诉其他人他亲自开车到比勒陀利亚去拿到了政府的信函。这就是为什么他坚持要郡治安官亲自执行法院命令。这就是为什么他一直保存着政府的信函和法院命令直到最后一分钟。他要把他的人民赢回来。

12

库克兹娃的歌声有着柔和而缤纷的颜色。她用不同的声音唱歌，与此同时，海西在沙滩上玩耍。他已经六岁了，却对大海毫无兴趣。从他出生的那一天起，他的母亲就梦想着有一天带他去海边，教他游泳。他的成长与他母亲的成长不同。库克兹娃的母亲从来不让她靠近海边，而海西则不同，他甚至应该比鱼游得都好。但是，令她失望的是，海西对海洋没有兴趣，他是被母亲拖来海边的。库克兹娃在大潟湖的浅水区划水，用不同的声音唱歌时，海西在沙滩上玩耍。

她的歌声有各种不同的亮色，有鲜艳的黄色，血一般的红色，今天的颜色，过去的颜色，梦幻的颜色，在贫瘠的土地上描绘噩梦的颜色。她常在暗礁和山脊上出没，一身红色。一个善于命名的人也出现在这里，他曾给十条河流命名，现在，他疯狂地骑遍夸科萨，声嘶力竭地大喊，向每一个愿意听的人宣布："我终于平定了科萨兰！"

被平定的家园成了一片废墟。在新建的小镇上，被平定的成千上万的瘦骨嶙峋的男人被登记为劳工。被平定的妇女留下来耕种土地，照顾家庭。被平定的男人们回来后发现，他们的家被转移到了其他地方，被塞入了那些被平定的小村庄。他们被平定的土地变成了富饶的移民耕地。

特温－特温的儿子们从阿玛托尔山回来，重建了他们的家园。但是重建的家园比以前的小多了。特温－特温是少数几个还养着牛的人之一。这些牛就像在这片土地上游荡的黑眼幽灵一样瘦弱，它们产的奶又少又稀，用这些牛奶做成的酸奶看起来像洗碗水一样肮脏，但是人们还是得喝。有时他们会把喝剩下的酸奶施舍给乞丐。

库克兹娃现在成了一个一无所有的乞丐，即使她瘦弱得像那些在大地上游荡的鬼魂一样眼窝深陷，脸上科伊族人高高的颧骨因饥荒而变得更加突出，她也不会走近特温－特温的院子。就像她自己族里那些被称为斯特兰特卢珀的人一样，她一直生活在荒凉的海滩上。她在海边捡拾贝壳，自己生吃一些，剩下的拿给海西吃。海西已经长大了，可以自己捡贝壳了，但他似乎很讨厌大海。他宁愿与大海保持安全距离，在粗糙不平的海滩上看着母亲。

特温－特温知道，大家谈论的那个海的女人是他哥哥的妻子，他知道海西是他的侄子，是特温血脉的传承人，他也知道特温最终因精神错乱死在了卡菲尔救济院，他什么都知道，但他不在乎。每天醒来，他都为过去的事情愤怒不已，内心充满痛苦。他一生中有两件憾事：一是他还没来得及当面向特温表达他的幸灾乐祸，特温就去世了；二是他一直没抓住机会袭击约翰·道尔顿，为自己的父亲报仇雪恨。现在已经太晚了。当道尔顿还是一个治安官的时候，他曾和道尔顿一起骑马走遍了这里的各个村庄，但他错过了很多机会。道尔顿在克罗哈的小山上建立了一个大大的日用杂货商店，现在是一个地位显赫的商人。从这座小山上，道尔顿可以看到几英里外的下方，那里有一个传教站，他的儿子在那里传教。现在太晚了。如果后代们认为值得的话，就让他们为无头祖先报仇吧。特温-特温自己失去了太多。

邦科认为自己没什么可以再失去了，因为他已经失去了一切。笃信派在每一件事上都赢过了怀疑派。克罗哈没有赌场综合体，他女儿过去常跟他说的关于文明的一切美好的事情都没有，取而代之的是一个旅游景点。它最初是一个背包客旅馆，现在已经发展成了一个度假营地。那些加入了合作社的村民共同拥有这个度假营地。瓦蒂斯娃利用她在蓝色火烈鸟酒店学到的技能，负责管理这个营地。从邦科的角度来看，更糟糕的是，这个度假营地是基于泽姆的院子建起来的。库克兹娃搬到卡玛古的别墅后，她就把这个院子给了合作社。营地里新建了更多科萨茅屋风格的小木屋和六边形小木屋。这个营地与蓝色火烈鸟酒店形成了激烈的竞争关系。游客们被巨大的无花果树和织巢鸟所吸引，这些织巢鸟在无花果树上建造了一座空中之城。他们还在一个六边形小木屋中展示科萨人的传统服饰和珠饰，这些都是由玛姆西尔哈、诺捷安特和诺帕媞蔻特带领妇女们缝制的。

对邦科来说，所有这些都代表着他的失败。笃信派赢了，他再没有什么好失去的了。这都是约翰·道尔顿的错，是他把那个卑鄙的卡玛古带到这个村子里来的。他们伙同笃信派，跟怀疑派对着干。结果，他失去了阿巴特瓦人的舞蹈，失去了妻子，失去了女儿，失去了在村子里享有的尊重和威望。而这个村庄则失去了一个熠熠生辉的赌博天堂，这个天堂本来可以改变每个人的生活。一个缺乏赌城魅力的乡村度假营地取代了这一切。

还有泽姆，他已经离开差不多有六年了。千禧年已经来临，它引起的兴奋已经消失，人们早已不再相信所谓的起死回生这种说法。然而他并没有忘记那个可恶的家伙，那个如今被尊为祖先的泽姆。当邦科在人世间日渐衰弱的时候，人们屠杀动物，祭祀泽姆，请求他向卡马塔传达他们的请求。泽姆有能力向其他祖先撒谎，让他们远离邦科。

邦科认为，一切都对他不利，他必须为无头祖先西克夏报仇，不管用何种方式，必须要找回祖先的头颅。道尔顿必须要跟他的祖先说，让他们把西克夏的头还回来。只有到那时，邦科，以及他四分五裂的家才能恢复正常。

他带着他的大砍刀和圆头棒，漫不经心地走到道尔顿几年前建立的文化村。这个文化村现在与度假营地是直接竞争关系，它也是一个合作社，由道尔顿负责经营，诺万吉莉和诺曼莉琪提供协助。虽然它被称为文化村，但它并不是一个真正的村庄，文化村有四个圆形茅屋，用茅草覆盖屋顶，芦苇做篱笆。茅屋的外墙装饰着五颜六色的几何图案，里面放着可供出售的、大小不一的陶罐。用牛粪打磨过的地面上到处都是草席。除此之外，没有别的了。在茅屋门前的一块空地上，村里的演员们穿着各式各样的科萨服装走来走去，有的坐在树桩上，喝着高粱啤酒。游客来到这里后，会邀请那些还没有到达青春期的年轻女孩跳舞，这些游客大多是蓝色火烈鸟酒店的客人。可以从游客那里得到小费，女孩们很高兴。

邦科要求见约翰·道尔顿。诺曼莉琪告诉他，他已经回他的商店了。邦科爬上小山，来到了弗林德莱拉贸易商店。道尔顿此时正在整理那些黑色账本，为明天发放养老金做准备。明天，领养老金的人会来兑现他们的支票。看到邦科，他以为老人又是来赊账的。

"今天可不能再赊账啊。"道尔顿说。

"谁说我要赊账？"邦科回答道。

但道尔顿没注意他的回应，继续闲聊，"我知道你女儿经常给你寄钱。索丽斯娃·希米亚有一份好工作，国家教育部的副主任可是一个了不起的职位，你一定为她感到骄傲。但我只会在养老金领取日之后才给你们赊账。"

"我不赊账，道尔顿，"邦科平静地说，"我要你转告你的祖先，让他把我祖先的头还回来。"

"你祖先的头？你疯了吗？"

"把西克夏的头还给我，道尔顿！"

道尔顿还没来得及回答，邦科的圆头棒就落在了他的头上。商人倒下了，失去意识。邦科又用砍刀给了他两记重击。鲜血喷涌而出，溅到墙壁上。太太哭着跑出她的小办公室，店员和销售人员也尖叫着跑出来。邦科见人就打，嘴里吐着白沫，尖叫着说头上有什么东西让他痛苦难耐。顾客和路人终于抓住了他，拿走了他的武器。道尔顿倒在地板上不省人事，头部和手臂上各有一处伤口，血流不止。

格夏嘶鸣，库克兹娃没有停止她的众声之歌，只是抬头看了它一眼，会心一笑。每当吃饱了草，格夏就到处找她，如果她不在家，它就去农卡乌丝山谷，如果她不在那里，它就会去海边，去大潟湖找她。不管她在哪里，它总能找到她。格夏与库克兹娃彼此相爱。格夏是她父亲最喜欢的马，是父亲的化身，所以她不敢在它面前做任何让父亲丢脸的事，也不敢在它面前说那些不会在她父亲面前说的话。她尊重格夏，就像尊重她的父亲一样。

格夏又嘶鸣了一次，库克兹娃跳出水面，摸了摸它的脖子，让它再去吃点草，因为她打算在海里玩一整天。她希望海西最终会答应跟她下水，希望海西成为游泳健将，但海西害怕大海。

库克兹娃的众声之歌在山谷间回响，使荒凉的海滩覆盖上了暗淡的色调，朦胧、模糊，但不是白色的，而像是灰色的薄雾。她歌唱在雾中行走的库克兹娃。她骨瘦如柴，凸起的眼珠坐落在高高的颧骨上方，她的皮裙破烂不堪，一串珠子都没戴，因为珠子早就被用来换取食物了。她是大海的女人，一个流浪者，一个海滩拾荒者。只要能在海里找到海鲜，她和她的儿子就不会挨饿。现在该是海西学会采收海鲜的时候了。如果她出了什么事，他该怎么活下去？可海西害怕大海。

她歌唱在雾中行走的女先知。

一位白人妇女正在教女先知们玩玫瑰花环游戏，那是加文勒太太。先知们和加文勒太太以及她的丈夫约翰·加文勒少校住在一起。尽管她们连最简单的游戏都搞不懂，但加文勒太太还是觉得她们很有意思。她教她们动听的歌颂死亡的儿歌《玫瑰花环》：环成环形的玫瑰啊，花束已经装满了口袋。阿嚏！阿嚏！我们全都要倒下！

这些孩子，这些先知，她们不知道如何倒下，她们动作笨拙、粗鲁。她们的头脑太迟钝了，连最简单的动作也不会。嗯，农科茜学得快一点，知道如何玩得开心，她也会玩跳房子游戏，而农卡乌丝和诺班达却怎么也学不会，特别是农卡乌丝，她似乎大部分时间都糊里糊涂，蓬头垢面。

加文勒太太试图教她们梳妆打扮的基本常识。她让她们泡在浴缸里，让她们用鹅卵石搓洗神圣的身体，用肥皂和水彻底清洗自己。等她们把身上的污垢一层一层洗掉后，加文勒太太给她们穿上鲜艳亮丽的夏装，把她们打扮得漂漂亮亮的。她和菲茨杰拉德医生，就是那个"命名十条河的人"从新西兰带来的杰出医生，把女先知们带到一个照相馆，给她们照相。

"微笑，农科茜！"她说道。

咔嚓。

"快点儿，农卡乌丝！别那么闷闷不乐的！"

咔嚓。

这些先知，她们不仅不知道如何倒下，她们也不知道如何微笑。

咔嚓！咔嚓！

然后她们乘"爱丽丝·史密斯号"去开普敦。在整个航程中，神圣的女孩们一直被当作展品，每个人都想好好看看她们。在开普敦，女先知们被带到贫民收容所。在那里，她们与很多女囚犯和被驱逐的人关在一起。

"农卡乌丝的历史故事真的让度假营地很受欢迎。"卡玛古对躺在医院病床上的约翰·道尔顿说，"我们在所有重要的旅游杂志上登广告时都用她的名字。克罗哈是一个充满奇迹的地方，如果她被葬在这里，大家可以获得更多收益。"

道尔顿呻吟着，试图动一下身体，滴注器晃了几下，他又呻吟起来。他看起来像一个全身缠满绷带的木乃伊，身体连接着各种奇怪的装置。在东伦敦这家非常昂贵的私立医院，道尔顿被照顾得很好。医生告诉卡玛古，他能活下来是一大幸运，他一定能挺过去，但不能保证他所有的身体机能都能恢复如初。

"邦科被逮捕了，听到这个消息，你一定很高兴。"卡玛古说道，试图延长谈话来消磨时间。道尔顿长长地呻吟了一声，仿佛在说他不想接近那个疯子。

"你必须快点好起来，约翰，"卡玛古真诚地说，"我们之间不应该是竞争关系。我们的宿怨已经持续了太多年，五年，或者六年。为了什么？什么也不为！度假营地和文化村应该在克罗哈共存，我们必须共同努力，你必须快点好起来，回家，约翰，我们需要你的经商经验。"

道尔顿呻吟着表示同意，他努力举起他那只被绷带裹了一层又一层的手，卡玛古轻轻地握了一下。

在开车回家的路上，卡玛古看到沿路都是金合欢树。库克兹娃告诉他，这是入侵的树种。一路上，他没有看到多少克罗哈本土的树木，只有金合欢和其他进口树木。他觉得自己能住在克罗哈是一件很幸运的事。那些想要保护本土植物和鸟类的人赢得了胜利，至少现在是这样，但能坚持多久呢？整个国家都充斥着贪腐，每个人都希望自己能捞上一把。当权者迟早会以人民的名义决定在海滨克罗哈建一个对人民有益的赌场综合体，赌场综合体一定会成为现实。因此，不仅是每家的男主人，他们的妻子、儿子、女儿、表亲，或者他们的代理人等，也都应该被赋予平等的权利，人民应该获得权利。

　　库克兹娃唱着柔和的、色彩缤纷的歌，看着海西。她咽下满满一口新鲜的牡蛎，看着海西。

　　唉，这个海西害怕大海！可没有大海，他怎么活下去？他将如何执行拯救他的人民的任务呢？库克兹娃抓住他的手，把他拖进水里，他一边大叫一边乱踢。巨浪来了，把他们淹没在水里，然后又冲了回去。库克兹娃兴奋大笑，海西尖叫得更大声了，他挣脱她的手，大声喊道："不，妈妈！不！这个男孩不属于大海！这个男孩是村里的人！"